© 2024 Taly Woods
Verlag: BoD · Books on Demand GmbH,
In de Tarpen 42, 22848 Norderstedt
Druck: Libri Plureos GmbH, Friedensallee 273,
22763 Hamburg
ISBN: 978-3-7693-1035-1

Khimmard

Nolas Vermächtnis

- Taly Woods -

Von Bis

Der kalte Nebel des Krieges zieht über das Land hinweg. Stille kehrt ein. Nach vielen beängstigenden Wochen verstummen nun endlich die Schläge der Kämpfe. Die Nacht ist eingebrochen und Malia und ihre Freunde müssen die Geschehnisse erst noch realisieren. Es ist wie ein Traum. Ein sehr schlimmer Traum, denn es ergibt alles keinen Sinn. Keiner traut sich etwas zu sagen, denn keiner kennt in diesem Moment die passenden Worte. Lisalas Niederlage war im Endeffekt zu einfach. Es ging so schnell und Malia hat sich einen Kampf immer viel dramatischer vorgestellt. Doch welch große Opfer mussten sie bringen! Sie hatten Glück, dass Lisala einfach so vor ihnen stand. Es war leichtsinnig sich unter die Freunde zu schmuggeln, aber hätte Andira es nicht früh genug erkannt, hätte Lisala tatsächlich leichtes Spiel gehabt, sie alle im Schlaf zu ermorden. Leichtsinnig, aber genial. Es war klug von Andira, Nola in ihre Vermutung einzubeziehen. Doch dadurch ist diese wundervolle alte Dame gestorben. Nola hat sich geopfert. Es war ihr nicht wichtig, was mit ihr selbst geschehen wird. Es ging immer nur um Rhimmard. In ihren Augen hatte ihr eigenes Leben weniger Wert als die Rettung dieser Welt. Diese wunderbare Frau war wie eine Familie für Malia geworden. Und wieder musste sie sich verabschieden. Die Stelle, an der Nola starb, ist gekennzeichnet durch Asche und violett leuchtende Glut, die leise vor sich hin knistert. Daneben liegt Fili, die sich für Nola geopfert hat, unwissend, dass Nola genau vorhatte, an diesem Tag zu sterben. Ihr guter Wille wurde so grausam bestraft. Doch hätte dieser erste Angriff nicht Fili, sondern Nola getroffen, hätte der Körpertausch nicht stattfinden können und Lisala wäre nur in Verbindung mit Aries Tod untergegangen.

Tris und Andira knien an der Klippe, die Sullys leblosen Körper in die Tiefe gezogen hat. Wütige Wellen preschen gegen das Land. Andira hat zwar Sullys Tod gerächt, doch es reicht ihr nicht aus. Sie hätte Lisala dafür lieber gefoltert, als sie in einem schwachen Moment einfach auszulöschen. Es war wirklich zu leicht. Ein wilder Kampf hätte viel mehr ihrer Wut genommen. Andira fühlt sich, als hätte sie nur eine Fliege zerquetscht, die sie etwas zu sehr genervt hat. Sie hat viel zu lange gewartet. Hätte sie Arie getötet, wären ihre Freunde noch am Leben. Andira wollte es nie zugeben, nie schwach wirken, doch Sully gehörte ihr Herz. Er hat sie immer durchschaut, immer ihren Kern gesehen. Er hat sich ihr immer wieder aufgedrängt, weil er wusste, dass sie mehr ist, als sie zeigt, und sie hat es genossen. Er hat sie gesehen. Er hat sie ernst genommen. Er war nie eingeschüchtert von ihrer Macht. Andira wusste schon immer, dass sie eine besonders mächtige Hexe ist. Sie hatte als kleines Mädchen schon Zauber durchgeführt, die ihr niemand beibringen konnte. Sie war immer konzentriert, gebündelt in ihrer Magie. Sie hatte sich nie aus der Ruhe bringen oder ablenken lassen. Damit hatte sie ihre Kraft schnell unter Kontrolle und konnte schon früh schwierige Zauber ausführen. Andira hat keine Geschwister und ihre Eltern waren immer beschäftigt. Kinder aus der Nachbarschaft fanden sie gruselig. Die Hexerei war alles, was sie hatte. Die Akademie besuchte sie eher, weil ihre Eltern es wollten und weil es sich so gehört. Doch sie wusste immer, dass sie bereits mächtiger ist als einige ihrer Lehrer dort. Wie die Nachbarskinder, hatten auch die anderen Schüler früher oft Angst vor ihr und mit ihrer kalten Art konnten nur wenige umgehen. Es war schwer für sie, diese Freunde nun zu finden und heute so viele von ihnen zu verlieren, bricht ihr das steinerne Herz. Dass ausgerechnet Sully einer von ihnen ist, kann sie kaum ertragen.

Die Zwillinge Loomy und Luana halten sich weinend in den Armen. Überrumpelt von den Ereignissen und ängstlich fließen ihnen Tränen über die Wangen. Sie haben eben erst ihr Zuhause verlassen, um in den Krieg zu ziehen und dabei nicht bemerkt, dass sie dem Bösen direkt in eine Falle gefolgt sind. Es waren nur wenige Minuten, die nun alles veränderten und sie vergingen wie ein Augenaufschlag. Die beiden Hexen konnten nicht reagieren, sie haben Andira allein an der Front stehen lassen. Sogar Fili hat versucht einzuschreiten. Doch sie standen nur wie versteinert da, gelähmt von den Blitzen, die durch die Luft peitschten. Wären sie im Krieg überhaupt eine Hilfe gewesen? Wären sie dafür vorbereitet gewesen? Sie haben sich jedenfalls in diesem Gefecht versteckt. Flucht statt Kampf. Feige. Und nun trösten sie sich gegenseitig, anstatt ihren Freunden beizustehen. Doch es ist auch ihr Verlust. Auch ihre Freunde sind gestorben und sie konnten nichts dagegen tun. Sie hatten Angst. Die mächtigste Hexe der Zeit stand vor ihnen und drohte, sie alle zu töten. Es fällt ihnen schwer zu begreifen, dass Arie von Lisala nur besetzt war. Dass dieses anfänglich unschuldige Mädchen von ihr gesteuert wurde und nun wieder ganz die friedvolle und gute Person sein soll, die sie einst war. Eine solch dunkle Macht muss in dieser langen Zeit einen Stempel hinterlassen haben. Es muss doch bereits eine dunkle Seite in Arie geherrscht haben, die sich Lisala zu Nutzen machen konnte. Können sie Arie nun vertrauen? Ist Lisala ganz sicher völlig aus ihr entwichen? Hatte sie wirklich die ganze Zeit über keine Kontrolle über das, was sie getan hat?

Arie liegt in Malias Armen. Der Moment fühlt sich an wie eine Ewigkeit. Malia hält ihre Schwester fest an sich gedrückt. Tränen rauschen über ihre Wangen. Minuten vergehen, ohne eine Regung von Arie. Sie hat ihre Schwester eben erst wieder gefunden und nun so schnell wieder verloren. Davids Hand drückt Malias Schulter. Er würde ihr in diesem Moment gern jeden Schmerz von der Seele nehmen. Asche und Schnee wirbeln in Zeitlupe durch die kalte Nachtluft.

David ~ "Malia... Malia, sieh nur, Aries Augen!"

Malia schreckt auf. Aries Wimpern zucken. Sie wacht auf. Ihre Schwester lebt. Malias Trauertränen verwandeln sich sogleich in Freudentränen. Arie ist erschöpft, aber sie lebt. Kaum zu glauben, was ihr widerfahren ist. In den Armen ihrer Schwester fühlt sie sich nun jedoch ganz sicher. Sie ist nicht mehr allein und sie spürt, wie ihre Seele langsam wieder Platz in ihrem Körper findet. Tiefe Atemzüge füllen ihre Lungen, als sie mehr und mehr erwacht.

David ~ "Wir sollten sie ins Haus bringen, Malia. Es ist kalt hier draußen und Arie ist total fertig."

Malia nickt zwar, doch sie fühlt sich wie versteinert. David greift Arie unter die Arme und hievt sie hoch. Arie ist schwach. Zu schwach, um aufrecht stehen zu können. David stützt sie und geht mit ihr ins Haus. Malia versucht zu Andira und Tris zu gehen, doch ihr Körper fühlt sich so schwer an, dass sie sich kaum zum Laufen überwinden kann. Tris und Andira stehen Trauer und Wut ins Gesicht geschrieben. Malia möchte ihr Leid ausdrücken, doch hat sie das Gefühl, dass die beiden jeden Moment explodieren könnten. Obwohl Andira mit Lisala auch Nola getötet hat, weiß Malia, dass dieser Plan aus Nolas Kopf entsprang. So sehr sie leidet, sie kann Andira keine Schuld für Nolas Tod geben. Was Andira geleistet hat, wäre keinem anderen in diesem Moment gelungen. Eine unschuldige Person zu opfern, hätte sie selbst nicht geschafft. Selbst, wenn es nicht Nola gewesen wäre. Malia setzt sich neben ihre Freundin und greift unterstützend nach ihrer Hand. Die Zwillinge haben sich inzwischen auch aus ihrer Umarmung lösen können und stehen hinter Andira und Tris.

Luana ~ "Wir müssen sie beerdigen."

Malia ~ "Du willst jetzt Gräber schaufeln?"

Andiras Wut bündelt sich ~ "Wir können Sully nicht beerdigen. Sein Körper ist weg, falls du das noch nicht bemerkt hast! Wir können ihn nicht im Zyklus weiterschicken! Er ist dort unten, von der Klippe verschlungen und im Meer vergraben! Fischfutter!"

Loomy ~ "Andira, das wissen wir. Aber Fili und Nola sind hier. Sie können wir beisetzen. Und je früher wir das tun, desto schneller können sie wachsen."

Andira ~ "Ok, geht zur Seite."

Luana ~ "Bitte Andira, lass uns..." Andira nickt.

Malia ~ "Wachsen? Zyklus? Was habt ihr vor?"

Loomy ~ "Geht lieber etwas zur Seite. Wir begraben sie, Malia. Damit sie zurück in den Zyklus der Natur finden können. Wir sollten sie hier nicht einfach liegen lassen. Sie müssen doch weiterziehen."

Malia, Andira und Tris erheben sich von ihren Knien und gehen zu Filis Körper. Tris legt zum Trost seine Arme um Malia. Trotz der eingebrochenen Winternacht ist ihnen nicht kalt. Andira steht kerzengerade aufgerichtet neben Malia. Die Zwillinge halten sich an den Händen und platzieren sich neben dem Leichnam ihrer Freundin. Sie brabbeln unverständliche Worte im Kanon vor sich hin. Ihre Augen sind geschlossen. Filis Körper hebt vom Boden ab und unter ihr wühlt sich der schneebedeckte Erdboden auf.

Tris ~ "Grabt nicht zu tief, Mädels."

Malia denkt an die Gräber Zuhause. Dort wird noch sehr viel tiefer gegraben, als die Zwillinge bisher die Erde geöffnet haben und es muss tausend mal anstrengender sein, als durch Magie. Fili sinkt in die Erde wie in Treibsand. Ihre schillernden Flügel glänzen im Schein des Mondlichts. Malia ist ergriffen. Diese wunderbaren Wesen waren viel zu jung und zu tapfer, um zu sterben. Sie ist froh, dass sie sich an Tris' starken Armen halten kann. Sein schneller Herzschlag pocht in seinen Adern. Bei ihm hat Malia das Gefühl, dass ihre Lasten plötzlich von den Schultern genommen werden. Auch, wenn er im Moment die wahrscheinlich größere Trauer bewältigen muss. Sie lehnt ihren Kopf an seine warme Schulter. Aus der kleinen Steinhütte werden sie heimlich von David beobachtet.

David hat sich erst vor einigen Stunden vor Malia geöffnet, ihr seine Zuneigung gestanden und nun begreift er, dass sie hier während ihres Fehlens ein neues Leben gelebt hat. Sie hat Freunde gefunden, Tris kennengelernt und David fragt sich, wie die beiden zueinander stehen. War es ein Fehler, Malia zu folgen? Er wird es herausfinden müssen. Er kann das Geschehene noch nicht begreifen. Die Mächte, die sich in dieser Nacht bekämpft haben, sind für ihn völlig surreal. Ebenso wie die Idee, dass Malia eines dieser mysteriösen Wesen sein soll.

Malia ist verwirrt und insgeheim nicht erfreut, dass ihre verstorbene Freundin einfach an Ort und Stelle vor Nolas Haus begraben wird, doch für die anderen scheint es normal zu sein und sie möchte niemanden verletzen. Es hat etwas friedliches, wie ihr Körper so schnörkellos in die Erde beigesetzt wird. Keine langen Reden, keine große Feier, nur ein paar Freunde, die in aufrichtiger und tiefer Trauer ihre Verlorenen unter die schützende Erde legen. Aus der aufgewühlten Erde springen goldene Funken. Sie tanzen wie kleine Feuerwerke über Filis Grab, bis sie schließlich in einem geschwungenen Schriftzug zusammenfinden. *Filomena* steht in leuchtenden Lettern in der Luft geschrieben. Aus dem *F* ragen kleine Feenflügel heraus.

Andira lässt es sich allerdings nicht nehmen, die Beisetzung von Nola selbst durchzuführen. Sie stellt sich zu den Zwillingen, drückt deren Arme zu Boden und drängt sich nach vorn. Nolas Körper ist im Feuer vollständig verbrannt, es gibt nichts, was sie vergraben könnten. Doch Andira wirbelt die Erde um, sodass sich ihre Asche darunter verteilt. Mit Nola vergräbt sie auch die Überreste von Lisalas Seele. Die

Glut, die immer noch knistert, wird für immer einen warmen Fleck im Boden hinterlassen. Aus Nolas Grab schießen keine Lichter heraus. Stattdessen wächst eine einzelne kleine Margerite aus der gefrorenen Erde empor. Die Blume wächst hoch, öffnet ihre Blüte, weht im Wind, kräuselt sich zusammen und verwelkt wieder. Der Verlauf des Lebens und ein Zeichen der Vergänglichkeit.

Luana, Loomy, Tris und Malia gehen zurück ins Haus, als Andira ihr Werk beendet hat. Sie sind erschöpft. Was geschehen ist war zu furchtbar. Dennoch hat Malia das Gefühl, dass nun ein kleines Stückchen Frieden in ihr gebrochenes Herz zurückkehrt. Ein kleines Pflaster auf einem großen Riss. Sie dreht sich um, wagt noch einen kurzen Blick zurück und sieht, dass Andria ihnen nicht ins Haus folgt. Stattdessen bleibt sie noch eine ganze Weile am Grab stehen und läuft schließlich weg. Mit festen Schritten durch den Schnee in Richtung Folkocs. Malia ist klar, dass Andira nicht nur diesen Verlust verarbeiten muss. Sie hat auch ihre Eltern verloren und sie fühlt sich schuldig. In diesem Moment muss sie sich schrecklich allein fühlen. Malia will ihr die Zeit geben und vertraut darauf, dass ihre Freundin eines Tages wieder zu ihr zurückkommen wird. Sie schickt ihr nur einen Gedanken, der ihr in diesem Moment als wichtig erscheint: *Pass auf dich auf. Ich bin hier, wenn du mich brauchst.*

Andira bleibt eine kurze Weile stehen, dreht sich zu Malia und Malia fühlt ihre Trauer und gleichzeitig Dankbarkeit. Sie empfängt einen Gedanken: *Alles Gute zum Geburtstag. Trotz allem.*

Malia wartet. Dann verschwindet Andira im Schatten der Nacht.

Itog

Die Bewohner Folkocs' sind noch Wochen nach dem Krieg bis ins Mark erschüttert. Ihre einst so wunderschöne Stadt wurde völlig zerstört. Die bunten Steinhäuser waren zerfallen. In den Trümmern lagen Tote. In diesen Zeiten wurde nur wenig gesprochen, jedoch packten alle mit an, um die Stadt wieder aufzubauen. Krieger schleppten die schweren Felsen, Hexen setzten die Verstorbenen bei. Feen hievten Stein um Stein in die Höhe, bis die Häuser wieder aufgebaut waren. Generationen halfen zusammen. Wo ein Kind seinem Vater Steine reichte, sorgten Großmütter nebenan in der Stadthalle für Verpflegung. Nachbarn und Freunde unterstützten sich.

Die meisten Häuser sind inzwischen wieder errichtet worden, viele andere bleiben leer. Die Bewohner in Folkocs versuchen ihren Alltag so gut es geht wieder aufzunehmen. Tris, Loomy und Luana sind zurück zu ihren Familien gegangen. Malia, Arie und David hüten Nolas Haus und kümmern sich um die Tiere. Sie haben beschlossen, vorerst dort zu bleiben, zumindest, bis sich die Zeiten gebessert haben und sie herausfinden können, wer Nolas Nachfahren sind. Jemand muss schließlich das Haus übernehmen. Malia hofft jeden Tag auf Andiras Rückkehr. Ihre Eltern sind im Krieg gestorben und Malia möchte wissen, wie es ihr geht. Seit sie nach dem Kampf fortgegangen ist, hatten sie keinen Kontakt mehr. Ihr früheres Zuhause ist leer und zerstört. Niemand war da, um es wieder aufzurichten. Es gibt inzwischen einige dieser Ruinen in der Stadt. Ganze Familien, die einfach von Lisala ausgelöscht wurden. Malia geht davon aus, dass

Andira ihre Eltern sofort beigesetzt hat. An einem schönen Ort, an dem sie friedlich ruhen können. Doch wo ist Andira jetzt? Auch Luana und Loomy haben seither nichts mehr von ihr gehört. Sie ist wie vom Erdboden verschluckt.

Malia macht sich auf den Weg in die Stadthalle, dort soll noch am selben Abend die Wahl stattfinden, in der ein Nachfolger des Bürgermeisters bestimmt werden soll. Auch, wenn die wenigsten in dieser Zeit hierfür bereit sind, ist es wichtig, dass der Posten des Bürgermeisters neu besetzt wird. Es gibt viele freiwillige Anwärter, die sich zur Wahl aufstellen lassen, im Endeffekt hat jedoch einzig das Komitee das letzte Wort. Auch Nola war Teil des Stadtkomitees. Malia fragt sich, wer ihre Position einnehmen wird. Wird sie überhaupt ersetzt? Als sie in der Halle ankommt, trifft sie auf viele fleißige Helfer. Malia packt mit an. Sie ist früh in die Stadt losgezogen, um Reue für ihre Schwester zeigen zu können. Obwohl Arie keine Schuld trifft, fühlt sie sich doch verantwortlich. Nolas Haus hat keinen Schaden davongetragen und Malia fühlt sich mitschuldig, dass Folkocs so schwer zerstört wurde, während sie Zuhause in Chicago war.

Der Raum füllt sich schnell mit Besuchern und Mitgliedern des Stadtkomitees. Die Feen zaubern noch einige Bänke aus Wurzeln aus dem Boden und die Sitzung beginnt. Malia setzt sich an den Rand, um nicht aufzufallen. Eine Älteste tritt auf ein Podest und übernimmt nach einem lauten Räuspern das Wort.

Binna ~ "Wir eröffnen die erste Sitzung dieser neuen Zeit. Der Bürgermeister hat den Angriff von Lisala und ihren Truppen nicht überlebt. Sein Geist ist im Wind und sein

Körper ist eins mit dem Nährboden der Natur. Es gibt viele Interessenten für dieses begehrte Amt, doch zu Beginn des Krieges teilte der Bürgermeister einen Wunsch an das Stadtkomitee, welches die Ernennung des neuen Oberhauptes dieser Stadt betrifft. Das Stadtkomitee ist mit dem Wunsch des Bürgermeisters einstimmig einverstanden und ernennt daher ohne öffentliche Abstimmung Ms. Karima zur neuen Bürgermeisterin von Folkocs." Die Worte gleiten einschläfernd langsam über Binnas zittrige Lippen.

Die Älteste nickt und verlässt mit wackeligen, aber hastigen Schritten ihr Podest. Im Raum herrscht Stille. Darauf war wohl niemand gefasst. Von der Wahl ausgeschlossen zu werden und eine neue Bürgermeisterin vorgesetzt zu bekommen, hat niemand erwartet. Karima erhebt sich überrascht aus der Menge und tritt vor.

Karima ~ "Vielen Dank, Binna. Es ist mir eine große Ehre! Ich habe mich nicht um den Posten beworben und bin dementsprechend sehr freudig überrascht über die Wahl. Dass der Bürgermeister persönlich mich als seine Nachfolgerin anerkannt hat, macht mich stolz und ich werde mein Bestes geben, seine Arbeit ehrwürdig weiterzuführen. Ich nehme die Wahl selbstverständlich an und bedanke mich für das Vertrauen des Komitees. Die Akademie wird somit in Zukunft unter einer neuen Leitung stehen müssen, damit ich mich voll und ganz auf die Bedürfnisse Folkocs' konzentrieren kann. Ein Nachfolger wird bis zu Beginn des nächsten Schuljahres von mir erwählt werden. Als erste Amtshandlung möchte ich noch heute eine Kathedrale errichten. Sie soll eine Gedenkstätte unserer Verstorbenen sein und jedem Zuflucht und Kraft schenken, der sie benötigt. Wir verwenden die Trümmer der Stadt, die für die Häuser nicht mehr brauchbar sind, Steine aus Ruinen, deren Bewohner im Krieg gestorben sind und errichten damit etwas Neues. Als Zeichen des Neubeginns und des Zusammenhaltes. Lasst uns alle mit anpacken und nach vorn blicken."

In der Stadthalle herrscht weiterhin Stille. Die Bewohner sind überrumpelt worden und nun erhalten sie direkt den ersten *Befehl*. Tuscheln und Augenrollen fahren durch die Reihen. Eine Kathedrale stellt sich Malia schön vor, obwohl sie nicht gläubig ist. In Rhimmard glauben die Bewohner mehr an die Natur, an eigene Kräfte und an Energien. Sie beten nicht *einen* Gott an, sondern glauben an die gemeinsame Stärke. Malia schließt ihre Augen und versucht die Kathedrale vor ihrem inneren Auge erscheinen zu lassen. Sie möchte versuchen, den noch so skeptischen Bürgern in der Stadthalle eine Vision zu schenken. Wurzeln ragen aus dem Boden, halten Felsen in einem Netz aus Zweigen zusammen. Hopfensträucher und Schleierkraut ranken sich empor. Der Boden ist mit Moos benetzt. Einige Bürger meditieren, andere besuchen zusammen mit ihren Kindern ein verlorenes Familienmitglied. Die Baumgräber der Verstorbenen bilden einen Wald um die Kathedrale, doch die Wurzeln des Turmes überragen jeden Baum. Flötenklänge und Chorgesänge hallen durch die Kathedrale. Ihr Plan scheint zu funktionieren, denn es ertönen Aaahs und Ooohs aus der Menge und einer nach dem anderen erhebt sich, um Steine für die Kathedrale zu sammeln. Karima sieht Malia tief in die Augen. Sie weiß genau, was Malia getan hat. Sie weiß, wie sie ihre Kräfte eingesetzt hat und sie sendet ihr ein Gefühl von Dankbarkeit. Malia lächelt zurück.

Karima war eine exzellente Leitung für die Akademie. Malia ist sich sicher, dass sie auch auf dem Posten der Bürgermeisterin exzellent sein wird. Dass sie jedoch als Rektorin nun abtritt, enttäuscht Malia. Sie weiß zwar noch nicht, ob sie an die Akademie zurückkehren wird und ob sie in Zukunft dort unterrichtet werden kann, dennoch ist sie sicher, dass Karima dort fehlen wird. Malia fragt sich, wer wohl die neue Leitung übernehmen wird. Ob es einer der Lehrer sein wird, oder jemand unbekanntes. Ihr Blickkontakt wird unterbrochen, als Karima einige Hände schütteln und Glückwünsche entgegennehmen muss. Da entscheidet sich Malia, die Halle ebenfalls zu verlassen und am Bau der Kathedrale mitzuwirken.

Einige Feen haben in den Feldern neben der Stadt bereits damit begonnen, Wurzeln und Sträucher aus dem Boden ragen zu lassen. Eine Ellipse aus Ästen ragt weiter und weiter aus der verschneiten, kalten Erde heraus. Sie verschlingen und verknoten sich, bilden ein stabiles Gerüst. Krieger füllen die Geflechte an den Seiten mit Steinen. Malia ist fasziniert, wie edel und kunstvoll die Arbeit ist. Es wirkt wie ein Tanz zwischen Liebenden. Diese wunderbaren Wesen stehen im Kreis, streichen Formen in die Luft, lassen Äste und Zweige wachsen, bis sie schließlich an der Spitze der Kathedrale zueinanderfinden und sich verknoten. Moosbetten, Riesenpilze und Baumstümpfe ploppen aus der Erde. Efeu wächst empor, hält sich an den Ästen fest und wie in Malias Vision ranken sich Hopfensträucher und Schleierkraut an den Wänden. Karima hat sich dazugesellt. Sie tritt in die Mitte der Kathedrale und ritzt mit Hilfe ihrer Magie Wörter in die Rinden an der Decke. Die Worte sind in Libell, daher kann Malia sie nicht entziffern.

"Gelisylvana, aliaxtra valiynys ynusilva,
vastra vlistyra lirinys astra, ilistys, vastrinys vlistyra.
Lystyra rynys aliaxtra vlistyra,
aergoh virasto astra vlistyra,
pixula valifstra mlauk ilistys vlistyra,
lystyra qwifuna valiynys astra plaksu ilistys vlistyra.

Lisylvana, niristyra laggys vastrinys ilistys astra vlistyra,
luszyra berula lirinys astra pnev ilistys vlistyra valiynys.
Lystyra vlistyra rynys astra vlistyra,
vlistyra astra lystyra astra ilistys vlistyra.

Vlistyra laggys qulama ilistys astra vlistyra,
Lystyra muna got valifstra vlistyra vlistyra.
Xen aliaxtra vlistyra valiynys astra omono ilistys vlistyra.
Paku mana valiynys astra vlistyra,
vlistyra aliaxtra, vlistyra lirinys, astra vlistyra."

Die Linien schimmern in gleißendem Gold. Malia vermutet, dass die Worte das Gebet der Religion Lisylvana darstellen, die schon vor Jahrhunderten in Rhimmard entstanden ist.

Die Sonne kämpft sich durch die Wolkendecke am Himmel und erhellt nach Tagen im Nebel endlich wieder die Stadt. Sonnenstrahlen schimmern zwischen den Zweigen der Kathedralendecke hindurch. Malias Wangen erwärmen sich in ihrem Licht. Es ist ein ermutigender Moment für die Bürger. Ein Zeichen, dass ihr Weg nach vorn gebahnt ist. Dass sie auf dem richtigen Weg sind.

Karima legt ihre Hand auf Malias Schulter.

Karima ~ "Vielen Dank für die Vision! Ich war tatsächlich beeindruckt. Du hast seit unserer letzten Begegnung viel gelernt. Die Arbeit mit Nola scheint dir gut getan zu haben."

Malia lächelt und nickt.

Karima ~ "Malia, dein Verlust tut mir sehr leid. Nola hatte ein außerordentlich gutes Herz. Ihr Ableben ist auch ein Verlust für die ganze Stadt. Du bist nicht allein, hörst du? Sprich darüber, wenn dir danach ist, ich bin überzeugt, jeder hier wird sich dir annehmen und ich denke, einige haben auch noch spannende Geschichten über Nola zu erzählen. Wie du sicher weist, war Nola im Komitee tätig und hinterlässt nun auch hier eine große Lücke. Ich würde mich sehr freuen, wenn du bereit wärst, ihren Platz irgendwann einzunehmen."

Malia ~ "Im Komitee?" Es verschlägt ihr die Sprache.

Karima ~ "Selbstverständlich. Du hast ein Anrecht darauf. Überleg es dir in Ruhe. Du musst mir nicht sofort antworten. Wir werden uns sicher bald wiedersehen."

Karima lässt Malia stehen und widmet sich einer Gruppe Galumi, die gerade dabei sind, Eisblüten zwischen den Ästen wachsen zu lassen. Malia verlässt wortlos und überwältigt die Kathedrale und läuft einen im Schnee ausgetrampelten Pfad hinter dem Pflanzengerüst entlang. Dort wurden die Verstorbenen beigesetzt. Der Boden ist wild aufgewirbelt und schon bald werden hier die ersten Sprösslinge wachsen. Malia hat sich die Tradition der Beisetzung durch Luana erklären lassen. Die Toten werden in die Erde gelegt, damit aus ihnen wieder ein Baum wachsen kann. So leisten sie weiterhin ihren Beitrag zur Natur und sie folgen einem natürlichen Kreislauf. Aus dem vergangenen Leben entsteht neues Leben. Trotz der Tragik, dass sie ihre Freunde und Nola verloren hat, freut sich Malia darauf, den Bäumen um Nolas Haus beim Wachsen zuzusehen. Die Gräber auf dem Friedhof in Chicago sind trostlos, trocken, grau, wie kalter Stein. In Rhimmard beginnt stattdessen mit jedem Ende ein neuer Anfang. Malia findet diese Vorstellung sehr viel tröstender. Sie hat das Gefühl, dass ihre Freunde so immer noch bei ihr sind.

Lyn Itoy

Die Sonne geht früher auf, als in den Wochen zuvor und der Winter neigt sich allmählich dem Ende zu. Malia, Arie und David kümmern sich um Nolas Haus und ihre Tiere, doch die kleine Steinhütte ist für drei Personen allmählich zu klein. Arie ist in Nolas Schlafzimmer gezogen und David schläft im Wohnzimmer auf dem Sofa. Toffee gefällt es, dass er nachts nicht mehr alleine ist, doch Malia ist der Ansicht, dass David nun wirklich wieder nach Hause - in seine Welt - gehen sollte. David wehrt sich alledings vehement dagegen. Er will bei Malia bleiben, aus Angst sie noch einmal zu verlieren. Malia ist es ein Rätsel, wie David überhaupt den Weg nach Rhimmard finden konnte. Diese Welt ist für magische Wesen, nicht für Menschen. Was, wenn ihm aufgrund dessen etwas passiert? Was, wenn diese Welt ihn 'abstößt'? Malia hat David sehr gern. Er ist ihr Freund. Doch er empfindet mehr für sie und aus diesem Grund begibt er sich in Gefahr. Malia weiß nicht, ob sie Davids Gefühle erwidern kann. Er ist lieb, freundlich, fürsorglich. Alles, was man auf den ersten Blick niemals von diesem gutaussehenden Rebellen erwarten würde. Außerdem findet sie es schön, vertraute Menschen um sich zu haben. Wären Arie und David nicht bei ihr, wäre Malia ganz allein. Bei ihrer großen Schwester fühlt sich Malia eigentlich am sichersten, doch seit sie Arie wieder bei sich hat, hat sie auch das Gefühl, ihre Schwester nur schwer wiederzuerkennen. Arie hat sich verändert. Sie war die Verantwortungsvolle und Bodenständige. Schon ein kleines bisschen erwachsen. Malia konnte sich auf sie stützen. Zur Zeit ist Arie aber still und ängstlich. Sie hat Alpträume von

Lisala. Manchmal schlafwandelt sie. Malia macht sich Sorgen.

Vor dem Haus beginnen die Lebensbäume von Nola und Fili ihre ersten Zentimeter zu wachsen. Damit die zarten Setzlinge nicht vom Schnee zerdrückt oder vom Wetter geschädigt werden, stellt David einige Holzscheite um sie herum auf. Arie und Malia sitzen währenddessen im Haus am Esstisch. Malia will den Moment nutzen, um mit ihrer Schwester alles zu sprechen.

Malia ~ "Wie soll es weitergehen? Bleiben wir hier? Gehen wir auf die Akademie? Du hast gewiss auch Kräfte, Arie. Bestimmt bist du auch ein Mentibus, wie ich. Du kannst lernen, das zu beherrschen."

Arie ~ "Das will ich gar nicht, Malia. Sieh doch, was dieses ganze *Kräfte-Ding* anrichtet! Menschen sind gestorben. Meinetwegen."

Malia ~ "Das warst nicht du!"

Arie ~ "Wie kannst du dir da sicher sein?"

Malia ~ "Lisala hat dich benutzt. Sie hat deinen Körper eingenommen. Du hattest doch keine Chance. Es ist nicht deine Schuld."

Arie ~ "Ich kann es nicht, Malia. Und ich werde nicht auf diese Akademie gehen. Ich will einfach nach Hause, verstehst du das nicht?"

Arie steht vom Tisch auf und geht in die Küche, um das frisch gespülte Geschirr vom Frühstück abzutrocknen. Malia ignoriert ihren Fluchtversuch und spricht weiter.

Malia ~ "Willst du über deine Träume sprechen? Du schlafwandelst, weißt du das? Fast jede Nacht. Du geisterst durchs Haus und schreist David an. Er erschrickt noch zu Tode. Vor ein paar Tagen bist du sogar barfuß durch den Schnee zur Klippe gestapft. Gott sein Dank hat David mitgekriegt, dass du zur Tür raus bist. Wer weiß, was passiert wäre, wenn wir dich nicht wieder ins Haus geholt hätten. David hat heute noch blaue Flecken, weil du ihn geschlagen hast, als er dich tragen wollte. Wenn das so weiter geht, müssen wir nachts deine Tür verschließen."

Arie wird scharf ~ "Lass es, Malia! Du hast keine Ahnung! Lass mich in Ruhe! Ich will deine Hilfe nicht! Und ich will hier nicht mehr sein!"

Malia ~ "Man kann nicht einfach so weg. Nur wer in Rhimmard wirklich Zuhause ist, erhält die Chance zwischen den Welten zu wählen. Wenn du dich wehrst, bist du hier gefangen. Solange du einen Weg fort von hier suchst, wirst du ihn nicht finden."

Arie ~ "Aber du weißt, wo das Tor ist. Du warst Zuhause."

Malia ~ "Ich weiß aber nicht, ob das Tor noch existiert. Und wie ich es verstanden habe, ist es nicht immer geöffnet, falls mal jemand durchlaufen will. Es öffnet sich für die richtigen Personen."

Arie ~ "Mach es auf und lass mich durchlaufen. Das ist doch nicht so schwer. Nicht diese Welt hält mich gefangen, Malia, sondern du!"

Arie stapft wütend aus dem Haus, um den Tieren Futter zu geben. Malia legt besorgt die Stirn in die Hände und schließt ihre Augen, als David durch die offene Haustür kommt und sich den Schnee von den Schuhen klopft. Sie schüttelt nur den Kopf, um ihm zu signalisieren, dass sie nicht darüber sprechen will. Die Tage in Rhimmard fühlen sich in dieser Zeit sehr lange und sehr ermüdend an. Wäre nicht die Arbeit am Haus und in den Ställen, wären sie endlos. Malia hat beschlossen, Nolas Haus nach Hinweisen auf eine Familie zu durchsuchen. Es muss einen Nachfahren geben, dem all das nun gehört. Nola hat nie über ihre Familie gesprochen. Hatte sie einen Mann? Kinder? Diese wundervoll herzliche Person kann doch nicht ihr ganzes Leben lang allein gewesen sein. Viele Schränke gibt es nicht außerhalb der Küche. Im Wohnzimmer steht noch eine Truhe und über dem Kamin reiht sich Nolas Sammlung an Vasen. In Malias Zimmer steht nur eine alte Kommode für ihre Kleidung. Nolas früheres Schlafzimmer hat Malia erst ein Mal betreten. An dem Tag, als sie ihre erschöpfte Schwester in Nolas Bett gelegt hat, damit sie sich ausruhen kann. Der Tag, an dem Nola starb und der Krieg endete. Arie hat ihr gestattet, das Zimmer - das inzwischen Aries festes Schlafzimmer geworden ist - zu durchsuchen. Malia beginnt jedoch im Wohnzimmer. Eine eingestaubte Holztruhe mit schweren Eisen-Scharnieren steht hinter der Sofarückseite, die zum Esszimmer zeigt. Im Schloss steckt der angerostete Schlüssel, so groß wie Malias ganze Hand. Ein Schloss, in dem der Schlüssel steckt. Malia hat nur geringe Hoffnung etwas hilfreiches oder geheimnisvolles darin zu finden. Sie greift den kalten Schlüssel und dreht ihn im Schlüsselloch nach links. Der Schlüssel dreht weiter und weiter, doch das Schloss öffnet sich nicht. Er dreht durch. Malia rüttelt am Schloss, versucht den Schlüssel in die andere Richtung zu drehen, doch er dreht sich immer weiter. Kein Rütteln, kein Ziehen, nichts öffnet das alte, verrostete Schloss. Seufzend setzt sich Malia auf den Boden. David kniet sich neben sie.

David ~ "Soll ich mal nachsehen, ob Nola irgendwo Werkzeug hat? Vielleicht können wir das Schloss aufstemmen?"

Malia ~ "Nein, lass nur. Vielleicht finde ich ja woanders etwas. Wie hoch ist die Chance, dass Nola diese Truhe aufbekommen hat? Sie hatte noch weniger Muskelkraft als ich. Wahrscheinlich sind nur ein paar Decken drin. Ich werde vielleicht doch erst einmal oben nachsehen. Danke."

David ~ "Alles klar. Soll ich dir helfen?"

Malia nickt und David reicht ihr eine Hand, um aufzustehen. Als sie danach greift, schreckt sie zusammen. Ihr fährt es kalt über den Rücken. Malia steht schnell auf und zieht ihre Hand wieder zu sich. Seit David ihr eröffnet hat, dass er sie mag, fühlt sie sich unbehaglich dabei, mit ihm allein zu sein, geschweige denn ihn zu berühren.

Malia ~ "Wir sollten Arie fragen, ob sie uns hilft. Ich finde es falsch, in ihrem Zimmer herum zu wühlen, wenn sie nicht dabei ist."

Sie geht zum Fenster und ruft ihre Schwester herein. Arie ist immer noch sauer, doch ihr ist auch kalt, also begleitet sie

Malia und David nach oben. In Nolas früherem Schlafzimmer ist es eisig und düster. Malia hat sich beim letzten Mal nicht im Zimmer umgesehen. Sie war nur auf Arie konzentriert und ihr Blick war nur auf ihre Schwester fokussiert. Die Möbel sind alt, aus dunklem, abgegriffenem Holz. In der Mitte steht ein Doppelbett, das von ockerfarbenen Vorhängen umrandet ist. Ein Doppelbett und zwei Nachttische. Nola hatte also früher vermutlich einen Partner. War sie verheiratet, hat sie Kinder? Wer hat früher in der kleiner Kammer geschlafen, die inzwischen zu Malias Schlafzimmer geworden ist? Neben dem Bett stehen noch zwei Kommoden und ein Kleiderschrank im Raum. Malia streift mit ihrer Hand über die kunstvolle Verzierung. Darauf stehen eingerahmte Bilder aus früher Zeit. Eine junge Frau, im Blumenkleid, das einen kleinen Jungen auf dem Arm trägt. Ein Mann, der mit eben diesem Jungen auf dem Schoß vor der Hütte auf der alten Bank sitzt, auf der auch Nola so gern saß. Ein traditionelles Familienfoto mit orangenem Sepiastich. Die junge Frau darauf in einem zugeknöpften Kleid mit hohem Kragen, der Mann trägt einen platten Hut, das Kind mit gestriegeltem Seitenscheitel und Leinenhemd. Daneben steht eine gepresste, getrocknete Ringelblume in einem weiteren Bilderrahmen.

David und Arie machen sich bereits an den Nachttischen zu schaffen. Sie wühlen sich durch die vollgestopften Schubladen, ziehen gebügelte Taschentücher heraus, Wolle und Stricknadeln, einen Monokel, eine alte Zigarrendose, vier Knöpfe und neun Paar Schnürsenkel. Doch nichts davon hilft ihnen weiter. Malia kniet sich vor eine der Kommoden, um dort die Regale und Schubladen zu durchsuchen. Hinter den knarrenden Flügeltüren des alten Schrankes verstecken sich Handtücher und Bettwäsche. Gewöhnlich.

Ein lautes *Wwhhooooaaah* hallt durch das Zimmer, als David die oberste Schublade der anderen Kommode öffnet und im nächsten Moment fliegt ein weißer Stoff-BH durch die Luft. Er hat Nolas Unterwäsche entdeckt. Verstört schreckt er von der Kommode zurück. Malia und Arie können ihr schallendes Gelächter nicht zurückhalten. Schon sehr lange haben sie nicht mehr so ausgiebig gelacht. Arie kullern Tränen über die Wangen, als Malia David mit dem alten Wäschestück durch das Schlafgemach jagt.

Im großen Kleiderschrank finden sie lediglich noch einige Schürzen, Kleider, Strickjacken und Wolljacken. Die Kommode beinhaltet neben Nolas Unterwäsche noch Socken und Kopftücher. Hinweise auf Nachfahren finden sie keine - bis auf die Bilder auf der Kommode am Fenster. Malia weiß jetzt, Nola hatte einen Ehemann und einen Sohn. Sie muss die beiden nur finden. Doch wie? Ist Nolas früherer Mann noch am Leben? Haben sie sich getrennt, oder war Nola bereits eine Witwe? Sie hat nie ein Wort über ihn verloren. Ebenso wenig wie über ihren Sohn. Malia hat mehrere Wochen bei Nola gewohnt und nie hatten sie Besuch. Die einzigen, mit denen Nola sich hin und wieder getroffen hatte, waren die Dorfältesten. Sie haben sich jede Woche zum Spieleabend getroffen und haben dabei alles ausgiebig diskutiert, was sie an Gerüchten in den Gassen aufgeschnappt haben. Mit Sicherheit wissen die Ältesten auch alles über Nolas frühere Familie. Mit etwas Glück und Geschick erfährt Malia von ihnen, wo sie Nolas Sohn finden kann.

Draußen ist die Nachmittagssonne aufgegangen und Malia, Arie und David haben entschieden, das Haus vom angetauten Schnee zu befreien. Sie möchten die Wege räumen, die Gemüsebeete freischaufeln und die Ausläufe der Tiere wieder auf Vordermann bringen. Ein Teil des Schnees ist bereits durch die Sonne abgetaut und hat den Boden in Matsch verwandelt - was nur die Schweine freut. Die Zäune der Gehege sind unter der schweren Last zum Teil eingebrochen oder umgestürzt. Ein florierender Rosenbusch an der Hauswand ist ebenfalls dem Eis zum Opfer gefallen. Sie schnappen sich Schaufeln, eine Harke und Besen und machen sich an die Arbeit. David räumt die Wege frei, Malia befreit die Beete von Eis und Matsch und Arie stutzt den Rosenbusch zurecht, in der Hoffnung, dass er in der Frühjahrssonne zu neuer Blüte kommen wird. Die Arbeit ist hart, anstrengend und die noch immer kalte Luft schmerzt in Malias Lunge. Sie schaufelt den Schnee aus den Beeten und lockert die darunter gefrorene Erde auf. Auf dem Markt wird sie später Samen besorgen, um den Sommer über wieder mit frischem Gemüse versorgt zu sein. Denn für Malia steht fest, sie bleibt hier, bis sie einen Erben gefunden hat.

Arie zwickt die erfrorenen, trockenen Äste des Rosenbusches ab, so weit unten, dass nur noch ein kleiner Strauch übrig bleibt. Sie piekst sich dabei ständig mit den Dornen in ihre kalten, zarten Finger. In einer großen Wanne sammelt sie die abgeschnittenen Äste. Sie stutzt und stutzt, doch es scheint nicht weniger zu werden. Die Äste sind so sehr in einander verzweigt, dass nicht einmal die Hauswand dahinter zu erblicken ist. Doch als Arie endlich einige Löcher in den dichten Strauch geschnitten hat, entdeckt sie kein steiniges Gemäuer, sondern eine moosbewachsene Holztür. Sie entscheidet sich, noch nichts zu sagen, ehe sie nicht mehr davon gesehen hat. Schließlich könnte es auch einfach ein alter Fensterladen oder ein extra dort platziertes Gewächsgestell sein. Die Neugier spornt sie an und schon bald hat sie dem Gebüsch den Garaus gemacht. David, der in diesem Moment nur wenige Meter neben ihr steht, bemerkt Aries Eifer. Es ist eine Tür, an der ein rostiges offenes Schloss hängt. Arie entfernt das Schloss und möchte die Tür öffnen, als David ihre Hand zurückzieht und Malia zu ihnen ruft.

Malia traut ihren Augen nicht. Eine Tür. Versteckt. Sie ist nur hüfthoch und scheint in den Boden hinein zu ragen. David reißt mit aller Kraft die angewachsenen Äste zur Seite. Die drei blicken sich in die Augen. Aries Hand liegt wieder auf der Klinke. Sie drückt das kalte Eisenstück nach unten. Die Tür lässt sich nach innen öffnen, sodass sie zum Glück die festgefrorene Erde davor nicht erst weg schaufeln müssen. Der Raum dahinter scheint eine Art Keller zu sein. Dunkel und staubig. Malia rennt los und holt im Haus eine Laterne, um den Kellerraum zu erhellen. Sie traut beinahe ihren Augen nicht. Dass sich unter dem Haus noch ein Keller befindet, damit hat Malia nicht gerechnet. Der Raum ist nicht so groß wie das Haus selbst, doch ob es noch weitere Räume oder andere Eingänge gibt, weiß Malia nicht. Der Raum ist kalt, modrig und staubig. Ein paar Möbel, weitere Schränke - die meisten davon leer - und ein Schaukelpferd sind auf der einen Seite gelagert. Gartenstühle und ein Picknicktisch auf der anderen Seite. Ein Werkzeugschrank und Gartengeräte befinden sich ebenfalls darin. Für David eine wahre Goldgrube. Schon seit einigen Tagen hält er die Augen nach Werkzeug offen, um am Haus und an den Gehegen

Reparaturen vornehmen zu können. Die staubig modrige Luft brennt in ihren Lungen, als sie sich umsehen.

Malia ~ "Nola hat nie ein Wort über einen Keller verloren."

Arie ~ "Vielleicht hat sie ihn vergessen..."

Malia wird schnippisch ~ "Hat sie nicht! Vermutlich war es einfach nur unwichtig."

David ~ "Naja, es scheint zumindest, als wäre hier seit Jahren niemand mehr gewesen. Vielleicht ist es wirklich nur eine unwichtige Rumpelkammer."

Arie ~ "Natürlich stimmst du ihr zu. Lasst uns nachsehen, ob in den Schränken noch irgendwas liegt, das uns zu ihrem Mann oder Sohn führt. Irgendwo wird sie ja wohl noch etwas aufbewahren."

David stellt sich im Nullkommanichts alles Werkzeug vor die Tür, das er finden kann. Das meiste ist von der feuchten Luft verrostet und stumpf, doch etwas Besseres steht ihm nicht zur Verfügung. In den Schränken hängt alte Kleidung. Männerkleidung. Eine Lederjacke, eine Flieger Lederhaube mit passender Brille, ein paar Hemden und Leinenhosen. Malia zieht einige Teile heraus, doch an allen Stücken wuchern bereits dunkle Schimmelflecken empor. Arie findet hingegen einen - wie sie vermutet - kleinen Schatz. In einer der Schubladen liegt eine Metallbox. Mit viel Geschick und Geduld zieht sie das schwere Stück aus der viel zu engen und verkeilten Schublade. Das Holz hat sich so sehr verzogen, dass Arie das Fach nicht mehr vollständig öffnen kann. Die Box ist verziert mit handgemalten Tierbildern und filigranen

Blumen-ranken. Ein beigefarbener Rahmen lässt die Zeichnung wie ein Gemälde wirken. Sie öffnet vorsichtig die Box. Darin, in Seidentücher eingewickelt, entdeckt sie ein perfekt konserviertes Fotoalbum mit der Aufschrift *Vynars*. Die bronzefarbene Schrift glänzt auf einem dunkelvioletten Einband. Vorsichtig packen die Mädchen das Buch zurück in die schützende Box, um es später am Abend im Haus vor einem gemütlichen Kaminfeuer zu durchstöbern.

Das Itoy

Malia ist am nächsten Morgen sehr früh wach. Früher als die anderen. Hellblaue Eiskristalle zieren noch die Fenster und über die näher gerückte Klippe zieht der dichte Nebel aufs Meer hinaus. Mit einer heißen Tasse von Nolas selbst getrocknetem Hagebuttentee und einer dick gestrickten Decke über den Schultern setzt sie sich zu ihrem Lieblingsschwein in den Stall. Sogar die Tiere sind noch verschlafen und träge. Es ist der letzte Wintertag. Am Nachmittag werden die Galumi den Frühling erblühen lassen. Den Wechsel dieses Trimesters brauchen die Bewohner Folkocs mehr denn je. Das Ende eines Kapitels und der Beginn einer neuen Zeit. Malia hofft, dass auch Arie danach in eine glücklichere Phase eintauchen und mit allem abschließen kann. Malia hat Rhimmard als ihr neues Zuhause gewählt und sie ist immer noch überzeugt, dass sie hier bleiben möchte. Aber sie hat sich ihre Rückkehr und ihr Leben hier anders vorgestellt. Sie dachte, sie kehrt zurück zu Nola und besucht wieder die Akademie. Ihr fällt auf, dass sie auch seit Längerem ihre Kräfte nicht mehr genutzt hat. Das Pendel staubt ein und ihre Kristalle liegen weit hinten in einer Schublade. Ihr fehlen Muse und Energie, ihre Kräfte auszuüben und auch mit den Tieren zu kommunizieren. Alles fühlt sich schwer an. Es ist der letzte Tag. *Morgen* denkt Malia immer wieder. *Morgen* beginnt der Frühling. *Morgen* wird sie wieder mehr an ihren Kräften arbeiten. *Morgen* wird sie endlich Antworten finden. *Morgen* wird sie versuchen, Arie glücklich zu machen. *Morgen* wird die Last der letzten Wochen zusammen mit dem Schnee geschmolzen sein.

Aus der Küche scheint Licht durch die gefrorenen Scheiben. Jemand ist aufgestanden. Malia bleibt noch eine Weile sitzen und genießt die Ruhe. Es ist zu früh, um sich zu unterhalten und sie ist an diesem Morgen auch nicht in der Stimmung für ein Gespräch. Zwischen ihr und Arie herrscht wegen Aries depressiver Stimmung dicke Luft und in Davids Anwesenheit fühlt sich Malia unbehaglich, weil sie nicht weiß, wie sie ihre Gefühle für ihn deuten soll. Sie fühlt sich, als wäre sie ihm etwas schuldig. Weil er ihr gefolgt ist und sie am Flußufer gerettet hat. David hat sie aus dem kalten Wasser gezogen und ihre Lungen wieder mit Luft gefüllt. Wer weiß, was passiert wäre, wäre er nicht da gewesen. Aber Malia hat ihn nicht darum gebeten zu springen und in ihrer Vorstellung gehört er auch nicht nach Rhimmard. Sie wundert sich jeden Tag, wie er überhaupt in diese Welt eintauchen konnte. Er hat kein magisches Blut - zumindest nicht, dass Malia wüsste. Ist er vielleicht doch einer von ihnen? Weis er davon?

Malias Atemzüge verschwinden in einem weißen Nebel vor ihrem Mund. Sie wärmt ihre Hände an der heißen Tasse und schlürft vorsichtig ihren Tee. Gedankenverloren schließt sie ihre Augen. Tiefe Atemzüge füllen ihre Lunge mit der kalten Winterluft. Malia denkt an die letzten Tage und das Fotoalbum, das sie im Keller gefunden haben. Es waren viele Familienfotos darin, doch eher aus der Zeit, als Nola noch ein Kind war. Kein Hinweis auf einen Ehemann oder einen Sohn. Es war keine Hilfe, dennoch war es schön, Eindrücke aus Nolas Leben zu bekommen. Sie ist schon in dieser alten Hütte aufgewachsen. Mit zugeknöpften Kleidern und Rüschen besetzten Hauben, unter denen ihre aschblonden Korkenzieherlocken heraushingen, tobte sie durch die Felder. Damals hing noch eine Schaukel an der großen Trauerweide hinter dem Haus - eher ein Brett an zwei Seilen. Dieselbe Trauerweide, die die Klippe davon abgehalten hat, das Haus in die Tiefe zu reißen. Wie viel Geschichte in diesem Baum steckt. Die flachen Wurzeln ragen nun aus dem abgesunkenen Lehmboden heraus.

Malias Tee ist leer und ihr wird kalt, sie beschließt, ins Haus zu gehen. Aus der Küche klappern und klingen Pfannen und Teller. David hat den Tisch gedeckt und Rührei zum Frühstück zubereitet. Arie hat ihr Zimmer noch nicht verlassen. Malia streift sich die Stiefel von den Füßen und hängt die kalte Decke über die Sofalehne. Toffee schmiegt sich verschlafen um ihre Hand. David hat sich bereits an den Esstisch gesetzt und sich einen Teller genommen. Nur das Klackern der Gabel und das Ticken der großen Standuhr erfüllen den Raum. Malia reibt sich die Hände aneinander, um sich aufzuwärmen, dann setzt sie sich zu David.

David ~ "Was ist das für ein Fest heute, das wir besuchen? Ein Volksfest?"

Malia ~ "So in der Art, ja."

Sie nimmt einen großen Bissen.

Malia ~ "Wir feiern den Wechsel der Jahreszeiten. Die Galumi beenden den Winter und lassen den Frühling kommen."

David ~ "Dafür braucht es ein Fest? Das passiert doch von allein. Natürlicher Zyklus und so."

Malia schmunzelt ~ "Ja, das denkst du."

David ~ "Werden deine Freunde auch da sein?"

Malia ~ "Ich hoffe es. Loomy und Luana mit Sicherheit, sie wohnen in der Stadt. Bei Andira bin ich mir aber nicht so sicher. Ich habe nichts mehr von ihr gehört."

David ~ "Es geht ihr bestimmt gut."

Malia spitzt die Lippen.

David ~ "Kommt Tris auch?"

Eine dicke Stille hängt in der Luft und Davids Stimme stottert.

Malia ~ "Ich schätze schon, ja. Alle gehen auf dieses Fest. Die ganze Stadt."

David nickt still.

Malia will ablenken ~ "Wir sollten auch bald wieder auf den Markt gehen. Das Essen geht uns aus und ich brauche noch Samen für die Gemüsebeete."

David ~ "Ja, vielleicht morgen?"

Malia nickt ihn zustimmend an.

Nach dem Frühstück richtet Malia einen Teller für Arie, den sie ihr aufs Zimmer bringt. Etwas Rührei und eine Scheibe Butterbrot mit Käse und Kräutersalz. Das Rührei ist schon kalt, aber Malia glaubt sowieso nicht daran, dass Arie etwas davon essen wird. Das Frühstück ist nur ein Vorwand, um Arie aus dem Bett zu holen. Malia klopft vorsichtig an die Tür. Dahinter bleibt es still. Sie klopft erneut und tritt unaufgefordert ein. Im Zimmer ist es dunkel. Dicke Vorhänge verdecken die Fenster. Arie liegt wie so oft in letzter Zeit im Bett, die Decke über den Kopf gezogen. Malia stellt den Teller auf Aries Nachttisch und setzt sich neben ihr auf das große Doppelbett. Sie streicht Arie vorsichtig die Decke aus dem Gesicht, um zu sehen, ob sie wach ist. Ihre Augen sind geöffnet, doch sie starrt blank in den Raum.

Geh weg, ertönt es in Malias Kopf.

Malia ~ "Nein. Du stehst jetzt auf, isst etwas, wäschst dich und heute Nachmittag gehen wir auf das Frühlingsfest! Los!"

Lass mich in Ruhe.

Malia zieht ihrer Schwester mit einem Ruck die Decke vom Bett und öffnet die Vorhänge an den Fenstern, um die Strahlen der aufgehenden Sonne hinein zu lassen. Ein böses Murren dringt vom Bett aus in ihre Ohren. Aries Verstimmung wechselt von depressiv in genervt, doch Malia schert sich nicht darum. Aus dem Kleiderschrank zieht sie für Arie eine Jeans, ein graues Top und einen blauen Strickpullover heraus. Luana und Loomy waren so nett, Arie für den Anfang etwas Kleidung zu leihen. Die beiden haben mehr als genug und Arie hat protestiert, Malias schwarze Sachen anzuziehen. Lieber renne sie in Nolas Kleidern herum, meinte sie. Der Anblick wäre durchaus amüsant. Malia beschließt, in den nächsten Tagen mit Arie in die Stadt zu gehen, damit sie endlich eigene Kleidung für Arie besorgen können. Vielleicht wird ihr das helfen, sich hier mehr Zuhause zu fühlen. Wenn sie ein paar persönliche Dinge um sich hat, fühlt sie sich vielleicht wohler. Es könnte ihr auch helfen, wieder Joggen zu gehen - Malia würde sich dafür aber niemals als Begleiterin anbieten. Sie liebt ihre

Schwester, aber das geht definitiv zu weit. Möglicherweise lässt sich David dazu animieren. Arie hat sich inzwischen aufgesetzt und stochert mit ihrer Gabel im kalten Rührei herum. Ein paar kleine Bissen finden dabei tatsächlich einen Weg in ihren Mund.

Malia ~ "Arie, ich weis du bist hier unglücklich. Ich habe darüber nachgedacht. Wir werden heute auf das Frühlingsfest gehen. Du kommst mit, ich will keinen Protest hören. Dort werde ich die Ältesten fragen, ob es eine Möglichkeit für dich und David gibt, wieder nach Hause zu gelangen. Aber dafür musst du jetzt aufstehen."

Auf die Trimesterfeste freut Malia sich immer ganz besonders. Nicht nur, weil sie dort immer ihre Freunde treffen konnte, auch weil der Wechsel der Jahreszeiten so ein märchenhafter Anblick ist. Vor allem die Abende findet sie besonders schön. Im Schein der Glühwürmchen und Fackeln kommen alle zur Ruhe und sind ausgelassen. Dies ist auch für Malia das erste Frühlingsfest, also ist sie besonders gespannt. Gleichzeitig aber ist sie heute sehr nachdenklich. Sie denkt noch viel mehr über die vergangenen Wochen nach als sonst. Vielleicht als Abschluss. Noch einmal alles kaputtdenken, bevor sie sich endlich davon verabschiedet. Nola fehlt ihr sehr. Sie hat es satt, ständig diese Bilder vor Augen zu haben, ständig diese Trauer zu fühlen und ständig ratlos zu sein. Sie will nach vorne blicken und endlich wieder lachen. Die Stunden vergehen nur sehr langsam.

Bis der Nachmittag endlich einbricht, hat Malia zur Ablenkung schon das gesamte Haus geputzt und aufgeräumt. David hat die Zäune repariert und Arie saß mit Toffee auf dem Sofa vor dem Kamin. Malia fällt eine Last von den Schultern, als sie endlich der Trägheit und Langeweile des Vormittags entfliehen kann und die drei sich auf den Weg nach Folkocs machen. Ein letztes Mal in diesem Jahr durch den hohen, matschigen Schnee stapfen. Auf dem Rückweg - so hofft Malia zumindest - wird sie endlich wieder das Gras unter ihren Füßen spüren können. Seit Tagen ist kein Neuschnee mehr gefallen und das Wetter war neblig und eisig. Die Felder sind zwar schneebedeckt, aber auch trist und alles sieht durch die vom Schnee aufgeweichte Erde schmutzig aus. Es ist anstrengend, sich durch den vereisten Matsch zu kämpfen. Gut, dass sie sich früh auf den Weg gemacht haben, so haben sie genügend Zeit. Üblicherweise dauert der Marsch in die Stadt knapp zwanzig Minuten, sogar mit der trödelnden Nola war Malia nie länger als dreißig Minuten unterwegs. Durch den Schnee jedoch brauchen sie doppelt so lang, bis sie endlich die Stadtmauer erreichen.

Auf dem Marktplatz sammeln sich bereits Menschenmassen. Die Band spielt eine wilde, quakende Melodie auf Zupf- und Streichinstrumenten und vor der Bühne tanzen ausgelassen die verschiedensten Generationen. Alles ist winterlich-frühlingshaft dekoriert mit gefrorenen Tulpen, Eisskulpturen, Schneeglöckchen. Eine Eislaufbahn schlängelt sich durch die Menge über den Marktplatz bis zu einem Spielplatz mit Eisrutschen und Klettergerüsten. Verkaufs- und Essensstände reihen sich aneinander. Ein süßer Duft von Apfel und Zimt hängt in der Luft. Malia ist glücklich. Die tristen Tage scheinen wie weggeblasen. Es macht den Augenschein, als feiere die gesamte Stadt nun wirklich einen freudigen Abschluss.

Malia entdeckt Loomy und Luana an einem der Tische sitzen. Sie winkt ihnen zu und signalisiert David und Arie ihr zu folgen. An den Tischen daneben haben sich wie schon auf den Festen zuvor die Ältesten und die Mitglieder des Stadtkomitees niedergelassen. Auch Karima sitzt bei ihnen. Malia erschrickt, als David plötzlich nach ihrer Hand greift und seine Finger um ihre schlingt. Verwirrt blickt sie ihn an. Davids Miene ist ernst, fast schon zähnefletschend. Als sie sich den Tischen nähern, erkennt Malia schließlich den Grund. Neben den Zwillingen sitzt Tris, der ihnen düster entgegen starrt. Malia befreit ihre Hand aus Davids besitzergreifendem Griff. Auf Rivalitäten dieser Art möchte sie sich nicht einlassen und sie möchte David auch keine falschen Hoffnungen machen. Am Tisch sind noch genau drei Plätze frei.

Luana ~ "Da seid ihr ja! Wir haben schon auf euch gewartet."

Malia ~ "Der Schnee war tückisch. Was haben wir verpasst?"

Loomy ~ "Karima hat eben ihre Rede gehalten. Die Akademie soll wieder öffnen... Mit dem Sommerfest geht das neue Schuljahr los... Es wird komisch sein, bisher war der Wechsel der Klassen zum Winterfest... Bla, bla, bla..."

David ~ "Malia, ich hole uns etwas zu essen, was hältst du davon?" Sein Blick wendet sich verschmitzt zu Tris.

Malia ~ "Ja, ähm. Danke."

Arie ~ "Ich komme mit."

Malia ~ "Und wer wird die Akademie leiten?"

Tris ~ "Das ist noch nicht bekannt, aber sie haben wohl Ersatz gefunden."

Luana ~ "Wer auch immer es sein wird, muss mächtig sein. Nur wer alle Kräfte beherrscht, kann die Akademie leiten. Und seit du wieder hier bist, muss er oder sie theoretisch auch die Seherei beherrschen. Es war der beste Weg für Karima, die Position als Bürgermeisterin anzutreten. Sie hätte nun selbst in die Lehre als Mentibus gehen müssen, um die Anforderungen zu erfüllen.

Tris ~ "Ich glaube nicht, dass es jemand aus Folkocs sein wird, denn sonst gäbe es Gerede. Die Neugier und das Geschwätz auf den Straßen ist doch immer einen Schritt voraus."

Malia ~ "Also können wir zurück?" Sie lächelt. "Es wird alles weitergehen wie vorher. Kommt Andira zurück?"

Loomy ~ "Wir haben nichts von ihr gehört. Wir haben gehofft, du wüsstest wo sie ist."

Malia ~ "Nein. Leider."

Tris ~ "Sie kommt klar. Sie wird wiederkommen, wenn sie so weit ist. Vielleicht ist sie ja nur bei Verwandten."

David und Arie kommen zurück. David reicht Malia einen Flammkuchen und setzt sich neben sie.

Tris ~ "Du wirst Andira bestimmt in der Akademie wiedersehen, Malia. Sie ist bestimmt wieder deine Mitbewohnerin. Und falls nicht, teile ich mein Zimmer mit dir, mein Mitbewohner kommt sicher nicht zurück." Er versucht zu scherzen.

David ~ "Das wird nicht nötig sein. Malia kehrt nicht zur Akademie zurück. Sobald wir Nolas Sohn gefunden haben, werden wir Rhimmard wieder verlassen und zurück nach Chicago gehen. Dort sind wir zu Hause."

Malia ist für einen Moment sprachlos.

Loomy ~ "Nolas Sohn?"

Arie ~ "Wir haben Fotos gefunden. Nola hatte einen Mann und einen Sohn. Jetzt, nach ihrem Tod, muss sich ja jemand um das Haus und die Tiere kümmern. Ich hoffe, wir finden ihn schnell, ich möchte endlich hier weg. Das Haus ist nicht mein Problem, von mir aus könnten wir auch einfach alles zurücklassen und gehen."

Malia ~ "Stop! Hört auf! Was stellt ihr euch vor? Zum Ersten kann man aus Rhimmard nicht einfach mal so heraus spazieren und zum Zweiten möchte ich das auch gar nicht! Ich möchte hier bleiben. Ich möchte wieder zur Akademie gehen. Mein Zuhause ist hier. Und Nolas Haus IST mein Problem, ich habe auch dort gelebt."

David ~ "Süße, sei vernünftig. Deine Familie braucht dich, ich brauche dich. Du gehörst nach Chicago."

Tris ~ "Sie ist nicht deine Süße."

David ~ "Sie gehört zu mir!"

Malia ~ "Schluss jetzt!"

Tris ~ "Wir werden sehen. Lass es uns doch in den Gassen herausfinden. Testen wir doch, bei wem sie besser aufgehoben ist."

Malia knallt ihre Faust auf den Tisch ~ "Ihr sollt aufhören! Es reicht! Was ist bloß in euch gefahren? Ich bleibe hier!" Ihre Stimme wird bedrohlich. "Aber du, David, solltest wirklich wieder nach Hause. Du bist ein Mensch und du hast keine Kräfte. Du wirst dich auf keinen Fall duellieren, denn du hättest keine Chance. Und Tris, du hast kein Recht, mit einem Kampf zu drohen! Du weißt, dass es unfair wäre. Außerdem entscheide ich selbst, wie ich weitermache. Ich bleibe in Nolas Haus. Ich werde irgendwann, wenn die Zeit da ist, einen Nachfahren finden. Bis dahin bleibe ich. Ich werde im Sommer wieder auf die Akademie gehen. Ich werde Andira finden. Ich werde hier leben. Und ich würde mich freuen, Arie, wenn du bei mir bleibst. Meine große Schwester könnte ich wirklich an meiner Seite brauchen."

Arie schüttelt wehmütig den Kopf ~ "Malia, ich kann hier nicht bleiben. Wirklich nicht. Sieh dir an, was ich zu verantworten habe. Ich habe hier alles zerstört. Ich habe Familien zerstört, Menschen getötet. Ich muss hier weg."

Malia versteht Arie besser, als sie zugeben möchte. Arie sieht noch immer die Schuld bei sich, nicht bei Lisala. Aber sie konnte nichts dafür, sie war besetzt. Oder? Sie war gefangen in einer Hülle, die sie nicht steuern konnte. Wie schrecklich muss es gewesen sein, nicht gegen Lisala ankämpfen zu können. Arie legt den Rest ihres Flammkuchens ab und steht auf.

Arie ~ "David, wir sollten gehen. Komm, wir gehen zu Nolas Haus zurück."

Arie zerrt an Davids Arm, der widerwillig vom Tisch aufsteht. Sie verabschieden sich und verschwinden in der Menge. Malia atmet tief durch. Zornig schnaubt sie Tris an. Sie ist fassungslos, wieso er David so provoziert hat.

Loomy ~ "Ooookaaay tolle Stimmung hier." Sie versucht die düstere Stille zu durchbrechen.

Tris ~ "Ich sollte auch gehen."

Malia kehrt ihren Blick zur Seite, um Tris ihre Wut zu verdeutlichen. Die Ältesten am Nebentisch starren still zu ihr. Da schießt es wieder wie ein Blitz durch ihre Gedanken. Die Ältesten kennen vielleicht Rat und sie hatte Andira verprochen, dass sie darum Bitten wird, wenn sie mit auf das Fest geht. Malia schwingt ihre Beine über die alte Holzbank und dreht sich zum Nebentisch. Sichtlich überrascht über ihr plötzliches Zuwenden machen die dort sitzenden Ältesten für Malia Platz.

Malia ~ "Ich bitte um Rat."

Älteste ~ "Nun gut, erläutere deine Sorge."

Malia ~ "Man kann Rhimmard nur verlassen, wenn sich einem ein Tor öffnet. Mir hat sich ein Tor geöffnet und ich konnte gehen. Aber ich bin zurückgekehrt. Dabei ist David mir gefolgt. Wie kann David wieder nach Hause? Wie konnte es überhaupt passieren, dass er mich nach Rhimmard begleiten konnte? Er ist ein normaler Mensch." Sogar in Malias Kopf klingt diese Kurzfassung verwirrend.

Älteste ~ "Nur wer Rhimmard als sein Zuhause anerkannt hat, kann zwischen den Welten wandern. Und nur wer zurückkehren wird, ist frei. Das Tor hat sich dir geöffnet, weil du bereits wusstest, dass du zurückkehren wirst. Aber Menschen ohne magische Kräfte können nicht in unsere Welt eintreten. Es ist eine magische Welt."

Malia ~ "Aber David hat keine magischen Kräfte. Und er ist hier."

Älteste ~ "Er hat dich als Schlüssel benutzt, Kleines. Doch er gehört nicht hierher, diese Welt wird ihn abstoßen. Früher oder später. Es ist höchste Zeit, ihn zum Tor zu führen."

Malia ~ "Schlüssel. Natürlich. Vielen Dank!" Sie dreht sich zurück an ihren Tisch.

Luana ~ "Das heißt, David kann einfach gehen?"

Malia ~ "Er ist nur hier, weil er sich an mir festgehalten hat, als ich gesprungen bin. Als ich eingetaucht bin, habe ich ihn mitgerissen. Aber er gehört nicht nach Rhimmard, deshalb kann er auch wieder zurück nach Hause. Und wenn Arie sich an ihm festhält, kann sie ihn vielleicht als Schlüssel benutzen und begleiten."

Loomy ~ "Oder sie verhindert dadurch, dass er Rhimmard verlassen kann, weil sie ja nicht zwischen den Welten wechseln kann. Welche Macht ist größer?"

Malia ~ "Ich befürchte, wir müssen es versuchen."

Iris Itog

Malia war noch einige Stunden länger auf dem Frühlingsfest als David und Arie. Loomy und Luana waren bei ihr und die Mädchen haben einen ausgelassenen Abend genossen. Sie haben getanzt, sich die Bäuche vollgeschlagen, gelacht und gefeiert. Für einige Stunden konnte Malia den Streit und die Anspannung Zuhause vergessen. Der Beginn des Frühlings hat sie besonders fasziniert. Pünktlich zur Dämmerung versammelten sich die Galumi und ließen den im Schein der Glühwürmchen glitzernden Schnee schmelzen, damit bunte Knospen aus der Erde brechen konnten. Der Himmel zog auf und die Abendsonne erhellte den Himmel in tiefen Orange- und Rottönen. Es war, wie Malia es sich erhofft hatte. Ein Schlußstrich, der ihr neue Energie gegeben hat. Energie, sich nun durchzusetzen und das größte Problem zu lösen, das in der letzten Zeit über ihr hing. Arie und David müssen nach Hause. Loomy und Luana haben Malia am späten Abend nach Hause begleitet, damit sie nicht allein durch die Nacht streifen musste. Ohne den dichten Schnee war der Heimweg wesentlich kürzer als der Weg am Nachmittag in die Stadt hinein, aber auch wesentlich dunkler.

Nun, am ersten Frühlingsmorgen, ist Malia früh wach. Sie ist freudig nervös. Die Sonne geht über den fernen Bergen im Osten auf. Tau hat sich in der Nacht über das Land gelegt und schmilzt langsam in den warmen Strahlen der Sonne. Malia ist froh, Loomy und Luana als Stütze bei sich zu haben, wenn sie David und Arie heute zurück nach Chicago schickt. Arie wird sich vermutlich freuen, denn sie spricht schon lange über den Wunsch nach Hause zurückzukehren. Wie David reagieren wird, weiß Malia jedoch nicht. Aber er muss gehen. Zum einen, weil er nicht in diese Welt gehört und zum anderen, weil Arie ohne ihn nicht durch das Tor treten kann. Malia hat beschlossen, vor ihrem Gespräch seit langer Zeit wieder zu meditieren. Sie will sich sammeln und sie will versuchen, David bereits einen Gedanken zu setzen, dass es besser wäre zu gehen. Ein kleiner Funke einer Idee, damit er später das Gefühl hat, es wäre sein eigener Wunsch gewesen. Malia hat so etwas vorher noch nie versucht und eigentlich sie hat Zweifel, ob es noch zum guten Einsatz ihrer Kräfte gehört. Jemandem einen Gedanken einzupflanzen gehört streng genommen zur Manipulation. Aber es ist zu seinem Besten. Sie setzt sich auf ihr Bett und verschränkt die Beine. Ihre Augen sind geschlossen. Sie atmet tief ein und aus, verdrängt alles aus ihren Gedanken und versucht, sich in David hineinzuversetzen. Sie spürt sein Herz schlagen, hört sein schweres Atmen. Er schläft noch, das dürfte es besonders einfach für sie machen. Sie hat das Gefühl, als würde sie wie ein Zwerg in seinem Kopf sitzen und flüstern, dass er nach Hause gehen soll.

Dein Zuhause ist in Chicago. Du kannst hier nicht bleiben. Diese Welt wird dich verstoßen, es ist gefährlich für dich. Deine Eltern vermissen dich. Deine Freunde suchen nach dir. Vergiss Malia. Vergiss Rhimmard. Weißt du nicht mehr, wie sehr du gelitten hast, als Malia verschwunden ist? Dasselbe tust du gerade deinen Freunden an. Dasselbe Leid fügst du gerade deinen Eltern zu. Geh nach Hause. Du weißt jetzt, dass es Malia gut geht. Sie hat hier Freunde gefunden, sie ist hier glücklich. Es geht ihr gut, mehr musst du nicht wissen. Geh nach Hause!

Malias Gedanken hallen, als würde sie in eine Schlucht rufen, doch sie hat das Gefühl nur leise zu flüstern. David wacht auf, das kann sie spüren. Sie zieht sich aus seinen Gedanken zurück. Noch einige Minuten Stille für sich und Energie sammeln, dann ist sie bereit. Als sie fröhlich die Treppenstufen zur Küche hinab hopst, bereiten Loomy und Luana gerade das Frühstück vor. David sitzt noch auf dem Sofa und reibt sich die müden Augen. Aries Zimmertür war geöffnet, sie ist also ebenfalls schon aufgestanden.

Malia ~ "Guten Morgen. Wo ist Arie?"

Loomy ~ "Sie wollte kurz raus. Den Morgen genießen. Sie war sehr still."

Malia nickt. Die Zwillinge und sie tauschen Blicke aus, wissend, welches Gespräch nun ansteht. Ihr Herz klopft stärker, sie ist nervös. Willens, standhaft zu bleiben. Es ist das Richtige.

Malia öffnet die Haustür, um Arie herein zu bitten. Sie sieht ihre Schwester neben der Trauerweide stehen, den Blick aufs Meer gerichtet.

Malia ~ "Arie kommst du? Wir sollten etwas besprechen."

Arie ~ "Gib mir noch eine Minute. Ich komme gleich."

Malia ist kurz in Sorge, ob ihre Schwester etwas im Schilde führt. Sie bleibt stehen und beobachtet Arie so lange, bis sie sich zu ihr dreht und ans Haus läuft. David ist aufgestanden und sitzt mit Luana und Loomy am Esstisch. Malia und Arie setzen sich zu ihnen. Die Teller sind leer und keiner traut sich, zuzugreifen. Es scheint, als wüssten alle, was im nächsten Moment geschehen wird. Malia nimmt allen Mut zusammen und platzt ohne Umschweife mit ihrem Plan heraus.

Malia ~ "Ihr müsst nach Hause zurückkehren. Nach Chicago. Ihr beide."

Für einige Sekunden - die sich wie eine Ewigkeit anfühlen - herrscht Totenstille.

Malia ~ "Es ist das Beste. Ihr müsst zurück. Wir werden heute zum Tor gehen. Es wird sich für David öffnen und er kann dich, Arie, mitnehmen. David, du hättest gar nicht mit mir nach Rhimmard übertreten dürfen. Du hast dich an mir festgehalten, deshalb konntest du die Welten wechseln, aber das war nicht richtig. Dies ist nicht deine Welt. Und wenn du hier bleibst, könnte dir etwas zustoßen. Das will ich nicht. Das Tor wird dich wieder zurück in deine Welt lassen. Und wenn Arie sich an dir festhält, wie du es bei mir getan hast, dann kann sie dich vielleicht begleiten. Das willst du doch, Arie, oder?"

Arie ~ "Ich will nach Hause, ja. Mehr als alles andere."

Arie wirkt besorgt und gleichzeitig erleichtert, als wäre sie endlich befreit worden. David hingegen beißt die Zähne zusammen. Er findet Malias Plan sichtlich nicht in Ordnung, aber etwas hält ihn davon ab, *Nein* zu sagen. Malia hofft, dass ihr Spuk am Morgen etwas damit zu tun hat und lässt ihm Zeit, den Gedanken, den sie ihm gegeben hat, zu wachsen. Sie greift nach einer Scheibe Brot.

David ~ "Du kommst mit."

Malia ~ "Nein."

David ~ "Das war keine Bitte, Malia." Seine Miene wird düster.

Malia ~ "Du hast das nicht zu entscheiden. Ich bleibe hier und du wirst gehen."

Davids Kiefer knirscht. So hat Malia ihn noch nie erlebt. Er wirkt bedrohlich und für den Bruchteil einer Sekunde hat sie Angst vor ihm. Sie lässt sich nichts anmerken.

Loomy ~ "Wir begleiten euch zum Tor."

Sie will Malia in dieser Situation nicht allein lassen und Malia ist dankbar darüber. Sie lächelt den Zwillingen zu.

Malia ~ "Moose kann uns zum Tor fliegen. Nach dem Frühstück brechen wir auf. Je füher, desto besser."

David ~ "Ich gehe nicht ohne dich."

Arie ~ "David, nur du kannst mich nach Hause bringen. Ich bitte dich."

David ~ "Malia kommt mit. Ihr werdet schon sehen."

Zornig steht er vom Tisch auf, ohne etwas gegessen zu haben. Er stampft die Treppe hoch und knallt eine Tür hinter sich zu. Die Mädchen am Tisch sehen sich mit weit aufgerissenen Augen an. Malia springt auf und rennt ebenfalls nach oben. Sie findet David in ihrem Zimmer. Er hat einen Beutel in der Hand und stopft wütend Malias Kleidung hinein.

Malia ~ "Hör sofort auf damit! Was fällt dir ein? Lass meine Sachen in Ruhe!" Sie zerrt an dem Beutel, um ihn David aus der Hand zu reißen, doch er lässt nicht los.

David ~ "DU KOMMST MIT! Ich lasse dich nicht hier in dieser verrückten Welt!"

In seiner Wut dreht er sich zu Malia und schubst sie mit voller Wucht zu Boden. Sie stößt sich mit der Schulter am Bett. Es schmerzt, aber sie ist nicht verletzt. David jagt ihr Angst ein. Was ist nur in ihn gefahren? Sie rutscht auf dem Boden zurück, weg von David, der weiter ihre Sachen durchwühlt und Ich-packe-meinen-Koffer für sie spielt. Im Türrahmen erscheint Luana. Sie hält ihren Zeigefinger vor die Lippen, um Malia zu signalisieren, dass sie still bleiben soll. Luana hält ihre Hand nach vorn und bewegt ihre Lippen. Davids Bewegungen werden langsamer, als würde er sich in Kaugummi verwandeln, bis er schließlich wie eine Statue steif im Raum steht. Malia steht auf, zieht den Beutel aus seiner Hand und packt ihre Sachen zurück in den Schrank.

Malia ~ "Danke Luana."

Luana ~ "Keine Ursache. Was ist los mit ihm? Er war doch immer so ruhig."

Malia ~ "Ich weiß es nicht. Ich habe ihn noch nie so erlebt. Aber es fällt mir jetzt definitiv leichter, ihn nach Hause zu schicken."

Luana ~ "Denkst du, er wird wirklich gehen? Es wäre besser, du wärst gar nicht erst dabei, wenn sie zum Tor gehen. Er wird dich zwingen wollen mitzukommen."

Malia ~ "Ich weiß. Aber ich muss mit. Nur ich weiß, wo sich das Tor befindet. Ich weiß nur noch nicht, wie ich ihn dazu bringe, ohne mich zu gehen."

Luana ~ "Kannst du seine Gedanken manipulieren?"

Malia ~ "Ich dachte, das hätte ich heute Morgen schon. Ich habe versucht, in seine Gedanken zu dringen und ihm zu sagen, dass es gut ist, wenn er nach Hause geht."

Luana ~ "Hast du ihm auch gesagt, er soll dich zurücklassen?"

Malia ~ "Ich dachte, ja. Kannst du ihn verhexen?"

Luana ~ "Ich kann es versuchen. Vielleicht können wir ihn glauben machen, Arie wäre du. Dann denkt er, ihr kehrt zusammen zurück."

Malia ~ "Das könnte klappen. Wie lange bleibt er so?"

Luana ~ "Naja bei normalen Menschen habe ich das noch nie versucht. Aber ich denke, wir haben genug Zeit, um alles vorzubereiten."

Arie ~ "Alles in Ordnung?"

Malia ~ "Ja. Wir mussten ihn ruhigstellen. Was ist mit dir?"

Arie ~ "Ich bin froh, dass du einen Weg gefunden hast, dass ich zurück kann."

Malia ~ "Arie, wir wissen nicht, ob es klappt. Es ist ein Versuch. David wird sich weigern zu gehen, deshalb müssen wir ihn verzaubern. Luana wird ihn glauben lassen, du wärst ich. Du musst mitspielen, okay? Und selbst dann wissen wir nicht, ob das Tor dich durchlassen wird. Er hat das Recht zurückzukehren, für dich gelten aber andere Regeln. Es ist möglich, dass es schief geht."

Arie ~ "Es ist ein Versuch und es ist die einzige Möglichkeit, die wir haben. Ich räume Nolas Zimmer, dann können wir los."

Malia wartet vor dem Haus. Eine frische Brise streift über die Felder. Sie hat Moose gerufen und beobachtet ihn aus der Ferne näherkommen. Sie hat ihn lange nicht mehr gesehen. Loomy und Luana treten aus dem Haus.

Malia ~ "Wo sind Arie und David? Hat es geklappt?"

Loomy ~ "Wir hoffen es. Er ist etwas benommen, das ist aber vielleicht ganz gut. Wir müssen nur aufpassen, dass er nicht von Mooses Rücken fällt."

Arie hält David, als sie das Haus verlassen. Loomy hat nicht gelogen, David wirkt, als würde er über den Wolken schweben. Er ist völlig benebelt. Doch er stützt sich auf Arie, was für Malia ein gutes Zeichen ist. Moose landet sanft neben Malia. Er freut sich, seine Freundin wiederzusehen und hopst die letzten Meter auf sie zu. Auch Malia geht das Herz auf, als sie über sein weiches Fell streicht. Moose legt sich ab, damit die Gruppe auf seinen Rücken klettern kann. David schafft es kaum aus eigener Kraft. Er rutscht immer wieder ab, bis sie ihn wie einen Sack einfach über seinen Rücken legen, die Arme und Beine an den Seiten herabhängend. Moose vibriert mit den Flügeln, bis er abhebt. Je höher sie steigen, desto kühler wird es. Der Winter ist noch nicht lange vergangen, die

Luft ist immer noch eisig. Sie sausen über Felder, über die Stadt, in Richtung des Waldes. Malia führt Moose zum Fluss, an den Wasserfall. Wo auch sie vor ein paar Monaten den Weg nach Hause gefunden hat. Sie hofft, dort wieder das Tor zu finden. Garantiert ist es nicht. Malia gräbt ihre Finger in Mooses warmes Fell. Ihr ist kalt vom Flugwind. Sie kann den Wald sehen, die Lichtung des Flusses. Dichter Nebel sammelt sich über dem Wasser.

Moose landet plump. Im Nebel kann er den Boden nur schwer sehen, weshalb seine Beine abrupt im Boden einstechen. David rutscht beim Ruckeln der Landung kopfüber von Mooses Rücken und landet unsanft auf den Felsen des Flusses. Die Mädchen klettern vorsichtig herunter. Malia nimmt Aries Hand. Sie laufen vorsichtig am Waldrand entlang an das Ufer des Wasserfalls. Der Weg dahinter ist immer noch da. Ein nasser, moosiger Weg aus glatten Felsen, der hinter dem tosenden Wasserfall entlangführt. Malia fühlt sich in der Zeit zurückversetzt. Nur dieses Mal hat sie nicht den Wunsch zu gehen. Sie hat den Wunsch zu bleiben. Arie drückt Malias Hand fester, als sie den Pfad betreten. Die Zwillinge stützen David. Er ist inzwischen weniger wackelig auf den Beinen und etwas klarer bei Verstand. Sie müssen sich beeilen. Er hat Arie und Malia ein paar Mal verwechselt in den letzten Minuten und er ist verwirrt. Malia spürt den Wind, den Sog und sie sehen nur wenige Meter entfernt den Tunnel in die Felswand. Malia beschließt, sich hier zu verabschieden. Sie nimmt ihre Schwester in den Arm und drückt sie ganz fest an sich.

Malia ~ "Du wirst mir so fehlen! Ich bin froh, dass du lebst. Ich habe dich gefunden, das war alles was ich wollte. Sag Mum und Dad, dass es mir gut geht. Sag ihnen, dass ich irgendwann nach Hause komme, wenn die Zeit dafür da ist. Sag ihnen, dass ich sie liebe und an sie denke. Pass auf Chase auf."

Arie ~ "Pass auf dich auf, kleine Schwester! Danke, dass du mir hilfst. Wir werden uns wiedersehen."

Malia ~ "Es ist sehr dunkel im Felsen. Lauf einfach immer weiter. Du brauchst keine Angst zu haben. Geh immer weiter, bis euch ein Sog nach vorn zieht. Lass es zu. Ihr werdet danach an einer Landstraße stehen. David sollte dann wieder bei klarem Verstand sein. Folgt der Straße in die Stadt. Ihr müsst eine Zeit lang laufen, bis ihr Zuhause seid. Aber ihr werdet nach Hause finden."

Arie verabschiedet sich von Loomy und Luana. Sie legt ihren Arm um Davids Hüfte. Malia würde sich so gern auch von David verabschieden. Stattdessen streicht sie über seine Schulter, als er mit Arie an ihr vorbei geht. Die beiden verschwinden in der Dunkelheit des Pfades im Felsen. Malia entwischt eine Träne aus dem Augenwinkel. Sie hofft so sehr, dass ihr Plan gelingt. Und obwohl sie ihre Schwester und ihren besten Freund verabschiedet - für ungenau lange Zeit - ist sie erleichtert, dass sie endlich ihren Weg weiter gehen kann. Loomy legt ihre Hand auf Malias Schulter. Sie warten noch einige Minuten, ohne ein Wort zu sagen, um sicher zu gehen, dass Arie nicht aus dem Tunnel zurückkehrt.

Moose setzt die Mädchen am Tor der Stadt Folkocs ab. Die Stimmung ist noch getrübt. Auf dem Marktplatz sammeln sich heute die Verkaufsstände der Bauern, die Obst, Gemüse, Eier, Fleisch und Käse verkaufen. Malias Kühlschrank ist leer,

David wollte in den nächsten Tagen auf dem Markt einkaufen gehen. Bevor sie zurück zum Haus geht, will sie nun selbst einiges besorgen. Luana und Loomy machen sich ebenfalls auf den Weg nach Hause. Malia hat ihre Tasche dabei und packt sich Wurst, Käse, Kartoffeln, Karotten und anderes Gemüse sowie Samen für ihre Beete ein. Die Tasche wird voller und schwerer. Eine Einkaufsliste hat sie sich nicht zusammengestellt, sie nimmt einfach mit, was sie für nötig erachtet. Sie wird zum ersten Mal alleine leben. Sie wird ganz auf sich allein gestellt sein. Wie gut sie das findet, weiß sie noch nicht. Aber sie weiß zumindest, dass es nicht für immer sein wird. Nach dem Sommerfest wird sie wieder die Akademie besuchen. Es ist also nur für ein Trimester.

Auf dem Nachhauseweg schlendert Malia gedankenverloren den Weg durch die Felder entlang. Sie ist glücklich und besorgt, lässt sich Zeit, um anzukommen. Sie wird vermutlich viel Zeit mit den Beeten und den Tieren verbringen, vor allem jetzt im Frühling, wenn sie Gemüse aussäen kann. Neben dem üblichen Salat und den Radieschen will sie sich diesen Frühling etwas mehr Auswahl pflanzen.

Das Haus wirkt größer, als sie durch die knarzende Haustür eintritt. Es ist kalt und still. Malia sucht den Anfang ihres neuen Lebens. Sie setzt sich zu Toffee. Nolas alten Kater hat sie in den letzten Wochen völlig vernachlässigt. Arie hat oft mit ihm gekuschelt, als sie vor dem Kamin saß. Jetzt haben die beiden nur noch sich. Er schnurrt und wälzt sich, als Malia seinen Bauch krault. Das kuschelig-zottelige Fell kräuselt sich um ihre Finger. Er streckt die Beine in alle Richtungen, die Pfoten eingerollt, als würde er nach etwas greifen wollen.

Malia sieht, dass sein Futternapf an der Wand leer ist. Er muss hungrig sein. Sie kann sich nicht erinnern, ob er am Morgen gefüttert wurde. In der Küche bereitet sie ihm ein Schälchen zu und stellt es neben die Wasserschale. Dann räumt sie ihre Einkäufe in die Schränke. Die meiste Zeit haben Arie und David sich um das Essen gekümmert, weshalb Malia nur wenig Ahnung von der Einrichtung der Küchenschränke hat. Die große Standuhr in der Küche zeigt dreizehn Uhr achtundvierzig an. Nola hat ihr erzählt, dass sie die Uhr aus der Menschenwelt hat, denn Zeit gibt es in Rhimmard eigentlich nicht. Deshalb ist es wichtig, sie zuverlässig jeden Tag neu aufzuziehen. Wenn sie ein Mal stehen bleibt, kann sie nie mehr auf die richtige Zeit eingestellt werden. Die Mittagszeit ist vorüber und Malia hat am Morgen nichts gefrühstückt. Trotzdem hat sie keinen Hunger. Sie greift sich einen Apfel, um wenigstens eine Kleinigkeit im Magen zu haben. Ihre Gedanken kreisen nur um Arie. Hat ihr Plan funktioniert? Ist sie Zuhause? Geht es ihr gut? Malia wird es wohl nie erfahren. Sie kann keinen Kontakt in die Menschenwelt aufnehmen und sie kann auch nicht einfach mal so durch den Tunnel gehen und nachsehen. Der Weg zurück nach Rhimmard wäre viel zu gefährlich. Hätte David sie beim letzten Mal nicht gerettet, wäre sie jetzt vermutlich tot. Das Risiko kann sie nicht noch einmal eingehen.

Malias Blick streift durch den Raum. Der Apfel knackt bei jedem Bissen zwischen ihren Zähnen. Das Geräusch hallt durch den menschenleeren Raum. Malia ist langweilig. Nolas altes Fotoalbum, das sie im Keller unter dem Haus gefunden haben, liegt auf einer Kommode neben dem Kamin. Sie beschließt, die Seiten nochmals in aller Ruhe durchzusehen.

Wenn sie sich mehr konzentrieren kann, ist sie vielleicht in der Lage, ihre Kräfte einzusetzen, um mehr zu erfahren. Der bronzefarbene Schriftzug glitzert auf dem dunklen, violetten Samtbezug. Das Wort, das darauf zu lesen ist, kann Malia nicht übersetzen. *Vynars.* Es scheint aus der Sprache Libell zu stammen. Malia schnappt sich das Buch und setzt sich an den Esstisch. Langsam blättert sie Seite für Seite um. Jedes Bild kann eine Geschichte erzählen und Malia hofft, etwas daraus zu empfangen. Sie legt ihre Hand vorsichtig auf die Seiten, schließt ihre Augen und wartet auf eine Vision, doch ihr schießen keine Bilder in den Kopf. Die meisten der Fotos sind in schwarz-weiß, die Ränder abgenutzt und eingerissen. Auf dem ersten Foto, auf der ersten Seite, ist Nola als Baby abgebildet. Sie trägt eine helle Stoffhaube mit Rüschen ums Gesicht und ihr kleiner Körper ist mit einem Spitzen besetzten Tuch bedeckt. Mit geschlossenen Augen sieht sie so friedlich und wächsern aus, wie eine Puppe. Um das Foto herum ist ein langer Text geschrieben. Lang gezogene Buchstaben, mit Füllerklecksen hier und da, ebenfalls in Libell. Nur Nolas Namen kann Malia entziffern. *Nola Zenzia Thrannam* ist als Titel in Schönschrift erfasst.

Auf der folgenden Seite kleben zwei Familienfotos. Nola wieder im weißen Kleidchen, dasselbe Gewand wie auf dem Bild zuvor, daneben im Frack mit Zylinder ein stattlicher Mann mit gezwirbeltem Schnurrbart, aufrecht stehend. Nola wird von ihrer Mutter gehalten, die neben dem Mann auf einem Hocker sitzt, den ihr festliches Kleid vollständig überdeckt. Die beiden Fotos sehen für Malia exakt gleich aus. Sie kann nicht einmal eine Veränderung in der Mimik feststellen. Starre Blicke ohne Lächeln.

Malia atmet tief. Sie blättert langsam die Seiten weiter. Jedes Foto sieht sie sich ganz eingehend an. Zum einen, weil sie auf der Suche nach Hinweisen ist, zum anderen, weil sie Nola sehr vermisst und sich ihr so ein Stück weit verbunden fühlt. Sie sieht Nola in ihrem alten Zuhause aufwachsen, das sie bis zu ihrem Tod nie verlassen hat. Malias heutiges Zimmer war damals Nolas Kinderzimmer. Es gibt Bilder, auf denen sie an einem einfachen Schreibtisch sitzt, der noch immer in dem Zimmer in der Ecke steht. Malia gefällt der Gedanke, dass Nola ebenfalls in diesem Zimmer aufgewachsen ist. Sie hatte überlegt, in das große Schlafzimmer zu ziehen, jetzt wo es wieder frei ist, doch fürs erste hat sie sich nun entschieden, in ihrer kleinen Höhle zu bleiben. Nur so lange, bis sich ihre Sehnsucht gelegt hat. Auf den Bildern wird Nola auf jeder Seite etwas älter, bis sie schließlich im Teenageralter angekommen ist. Auf einem der Bilder ist sie mit einem jungen Mann abgebildet. Beide sind adrett gekleidet, jedoch wieder ohne ein Lächeln im Gesicht. Ihr fällt auf, dass auf keinem der Bilder gelächelt wird. Alle haben ganz ernste Gesichter, entspannte Mundwinkel. Der Mann auf dem Bild steht schräg hinter Nola und hat eine Hand auf ihre Schulter gelegt. Nolas behandschuhte Hände sind vor ihrem Schoß verschränkt. Ist er ein Freund? Ein Bruder, der ein eigenes Fotoalbum besitzt und in Nolas Album einfach bisher nicht aufgetaucht ist? Oder es ist ihr späterer Ehemann, mit dem sie den Sohn gezeugt hat, der auf den Fotos in ihrem Schlafzimmer abgebildet ist. Malia blättert weiter. Ihre Hand fährt immer wieder über Nolas Gesicht, als würde sie sie trösten wollen. Als sie gerade wieder über eines der Bilder streicht - Nola hält einen Strauß riesiger Ringelblumen in der Hand - hat Malia das Gefühl, dass sich der Boden unter ihr auftut und sie meterweit in die

Tiefe fällt. Es ist unmöglich, dass sie wirklich fällt, aber es fühlt sich haargenau so an. Sie dreht sich um die eigene Achse, bis ihr fast schlecht wird. In einer Wolke findet sie schließlich Platz und bremst ab. Vor ihr steht Nola - wie auf dem Foto abgebildet - mit einem Strauß Ringelblumen in der Hand. Sie sieht Malia direkt in die Augen und plötzlich bewegen sich ihre Lippen. *Es ist der richtige Weg. Folge ihm!* flüstert sie zu Malia. Malia sieht sich um, versucht einen Raum zu kreieren, aber dort in der Leere stehen nur sie und Nola. So nah sie sich ihr in diesem Moment fühlt, so weit ist doch die Entfernung zwischen den beiden. Malia versucht ihr zu antworten, doch aus ihrer Kehle entflieht kein Ton. Sie will fragen, welchem Weg sie folgen soll. Welcher Weg ist der richtige? Soll sie weiter nach Nolas Familie suchen? Soll sie ihren eigenen Weg gehen und die Akademie besuchen? Oder soll sie in Nolas Haus bleiben? *Folge ihm* hallt es in Malias Kopf nach, als sie sich schließlich wieder zurück in Nolas Wohnzimmer findet.

Ihre Finger liegen noch auf dem Foto. Wieder sind viele Worte um die Fotos herum niedergeschrieben. Jede Seite ist außergewöhnlich voll gekritzelt und mit Blumenskizzen bemalt. Malia fällt auf, dass zum Teil sogar unterschiedliche Handschriften auf ein und derselben Seite zu finden sind. Als hätten mehrere Personen hineingeschrieben. Sie hofft sehr, dass sich hinter der fremden Sprache nicht auch eben dieser eine Hinweis versteckt, nach dem sie die ganze Zeit über sucht. Er läge direkt vor ihr und sie könnte ihn nicht sehen. Aber wie soll sie die Sprache auch lernen? Nur die Dorfältesten sprechen sie noch - und Karima. Sie kann aber niemanden darum bitten, ihr ein ganzes Album zu übersetzen. Lernen wird sie Libell aber auch nicht eben mal so. Die Wörter ergeben für sie keinen Sinn. Teilweise steht ein und dasselbe Wort mehrmals in einem Satz und scheint aber die verschiedensten Bedeutungen zu haben. Und die Hälfte der Buchstaben besteht aus einem Ypsilon, das wohl jedes Mal anders ausgesprochen wird.

Auf den nächsten Seiten überkommt Malia keine Vision mehr. *Es ist der richtige Weg.* Malia denkt immer wieder über Nolas Worte nach. Sie soll dem Weg folgen - nur welchen meinte Nola? Es erinnert Malia sehr an den Spruch mit dem inneren Auge, den Nola ihr immer und immer vorgehalten hat. *Du musst dein inneres Auge öffnen.* Malia wusste nie etwas damit anzufangen und plötzlich ergab es sich von ganz allein. Im Lyrinth hat Malia sich einfach auf ihre Intuition verlassen und so nach Stunden des Suchens schließlich doch ganz leicht den Ausgang gefunden. Vielleicht würde es jetzt ebenfalls plötzlich ganz leicht für sie werden. Vielleicht wird sie den richtigen Weg erkennen, wenn er dann plötzlich vor ihr liegt.

Malia beschließt, sich abzulenken. Sie zieht sich ihre Stiefel über und geht vor die Tür. Das Wetter ist frühlingshaft warm, die Sonne scheint. Eine sanfte Brise durchstreift das frisch wachsende Gras. Malia freut sich auf den Frühling. Der Duft von wilden Blumen nach dem morgendlichen Tau, das erste Zirpen der Grillen, das Zwitschern der Vögel beim Aufwachen. Knospen und Blüten sprießen aus der Erde heraus. Es ist immer wieder ein Neubeginn und es erinnert Malia daran, dass man nach jeder frostigen Phase im Leben von vorn anfangen kann. Im Garten neben den Tieren befinden sich noch die Gemüsebeete von Nola. Malia hat auf dem Markt einige Samen ergattert, die sie dort einpflanzen möchte. In der Gartenhütte befinden sich kleine Dächer, sodass die Samen geschützt gedeihen können. Malia holt eine kleine Hacke aus der Hütte und eine Harke und lockert die Erde auf. Sie reißt alte Wurzeln heraus, dreht die harten Erdballen auseinander und vergräbt schließlich die neuen Samen. Vom Kompost daneben schöpft sie etwas frischen Dung und verteilt ihn auf den Erdmantel. Mit einer Gießkanne gibt sie reichlich Wasser darauf, sodass der Dung gut in die Erde einziehen kann. Zum Schluss stellt sie die Dächer über die Beete, damit die Samen eine warme Temperatur behalten. Sie hätte nie gedacht, dass sie je so viel Spaß an der Gartenarbeit haben könnte, doch es hat etwas friedliches.

Die Schweine neben ihr suhlen sich im Matsch und beobachten Malia bei ihrer Arbeit. Ein Lotterleben. Malia lässt ihren Blick über den Garten, zur Trauerweide und an die Klippe schweifen. Ihr fällt ein, dass David die Gräber von Nola und Fili mit Hölzern vor dem Schnee geschützt hat, damit die schwere Masse nicht die sprießenden Bäume zerdrückt. Malia hat nicht mehr nach den Bäumen gesehen, seit diesem furchtbaren Tag, an dem so viele von ihnen gestorben sind. Für Sully konnten sie nicht einmal ein Grab schöpfen. Sein Körper wurde von der nahe gerückten Klippe in die Tiefe gezogen.

Malias Knie sind feucht und schmutzig von der Erde, als sie aufsteht. Sie läuft gespannt durch den Garten, hinüber an die Stelle, die sie die letzten Wochen absichtlich gemieden hat. Die Stelle, an der Fili und Nola gestorben sind. Es liegen nur wenige Meter dazwischen, denn Fili starb, als sie sich zwischen Nola und Lisala gestellt hatte. Die Hölzer stehen immer noch in Form eines Tipis. Sie haben dem Schnee stand gehalten, der inzwischen vollständig geschmolzen ist. Malia nimmt die Hölzer und legt sie zur Seite. Sie wird sie wieder neben den Kamin legen, damit sie trocknen und sich wieder als Feuerholz eignen. Als sie die ersten Hölzer zur Seite legt, entdeckt sie tatsächlich kleine Pflanzen aus der Erde ragen. Noch immer so zart, dass sie ganz leicht brechen würden. An Filis Baum haben sich kleine watteähnliche Knospen gebildet. Sie sind flauschig und erinnern Malia an den Pusteblumenrock, den Fili bei ihrer ersten Begegnung getragen hat. Ist es ein Zufall? Wie sehen die Lebensbäume anderer Feen aus? Nolas Baum wächst wild aus einem Gemisch aus Asche und Erde, weshalb die Stämme und Zweige, die sich bereits gebildet haben, eher an einen Strauch erinnern. Weiß-rosafarbene Blüten wickeln sich in kleine Knospen und warten auf noch wärmere Tage, um sich zu entfalten. Blüte für Blüte zieren die vielen kleinen Äste. Es ist ganz wunderbar, denn Malia hat gerade das Gefühl, dass Nola und Fili immer noch bei ihr sind.

Kerr Itog

Ein eisiger Wind weht durch die Siedlung. Die Häuser sind leer, denn die ganze Nachbarschaft hat sich in der Kirche versammelt. Ein alter Pfarrer steht am Altar und spricht über das Leben, den Tod und die Wiederauferstehung. Chase sitzt ganz vorn und kann seine Beine kaum stillhalten. Er soll reihum mit seinen Mitschülern einen Satz vorlesen und wartet ungeduldig auf seinen Einsatz. Seine Eltern sitzen nur wenige Reihen hinter ihm. Immer wieder dreht er sich zu ihnen und seine Mutter ermahnt ihn still. Er seufzt, lässt seinen Blick über den prunkvollen Altar gleiten, über die Bilder an der Wand, die Mosaikfenster und schließlich an den alten, knarzigen Holzbänken entlang nach vorn. Das Mädchen, das links von ihm sitzt, Emma Gerald, hat ihre Haare mit einer weißen Schleife zusammen-gebunden. In ihrem hübschen Blumenkleidchen sitzt sie ganz aufrecht und folgt gespannt den Worten des Pfarrers, um ihren Einsatz unter keinen Umständen zu verpassen. Langweilig. Rechts von ihm sitzt Daniel Bloom. Chase mag ihn nicht. In einer Ecke direkt vor ihm tummeln sich besonders viele Fliegen, die er zu zählen versucht. Vierundzwanzig an der Zahl, aber es fliegen immer wieder welche davon und landen woanders, es könnten also noch viel mehr oder auch viel weniger sein. Chase hat Hunger. Zum Frühstück gab es nur Cornflakes. Seine Mutter Stacy hat gesagt, dass es mittags viel zu Essen geben wird, da sich die ganze Familie mitsamt Verwandtschaft nach dem Gottesdienst bei ihnen Zuhause trifft. Es wird Braten geben und Kartoffeln, Bohnen, Karotten und Salat. Alles ekelhaft. Am Nachmittag wird Kuchen gegessen, darauf freut sich Chase am meisten. Seit seine

Schwestern nicht mehr Zuhause sind, hat er alle Aufmerksamkeit nur für sich. Als wäre es nicht schon immer so gewesen, nur jetzt hat er seine Eltern ganz für sich allein. Er ist ein ruhiger Junge, der gern für sich allein ist, deshalb ist es ihm manchmal sogar etwas zu viel, dass seine Mutter den ganzen Tag für ihn sorgt. Aber er bekommt alles, was er will und das ohne zu betteln. Manchmal fehlen ihm seine Schwestern. Er hat sie gern. Aber vielleicht kommt Malia ihn ja mal wieder besuchen. Seine Eltern haben ihm erzählt, dass Malia im Internat ist. Neidisch ist Chase darauf ganz und gar nicht. Er geht gern zur Schule, aber darin auch wohnen? Nein danke.

Endlich sind die Kinder an der Reihe, ihr Gedicht aufzutragen. Jedes Kind hat einen kleinen Abschnitt bekommen, den es vorn am Altar vorlesen soll. Sie haben sich bereits in der richtigen Reihenfolge auf ihre Bank gesetzt. Die Kinder links von Chase stehen auf und verlassen die Sitzbank. Chase folgt Emma, die ihren Teil des Gedichts vor ihm aufsagen wird. Sie bilden eine Reihe vor dem Mikrofon. Der Pfarrer hat einen kleinen Schemel aufgestellt, damit sie besser am Pult stehen können. Chase spürt Nervosität in ihm aufkommen. Alle Augen sind auf ihn gerichtet und alle werden ihm zuhören. Sie starren ihn förmlich an. Er versteckt sich hinter Emma, die die Aufmerksamkeit sichtlich genießt. Wenn er schnell liest, dann ist es auch schnell vorbei und er kann sich wieder setzen. Emma ist fertig, verlässt das Pult und Chase tritt hastig auf den Schemel. Er streckt seinen Kopf zum Mikrofon und spricht viel zu laut, sodass seine Stimme bis zur kleinsten Kirchenmaus im Glockenturm zu hören ist.

Weil Jesus immer bei uns ist,

auch in der Dunkelheit,
wird er uns neue Wege führn,
aus Traurigkeit und Leid.

Geschafft. Er hüpft vom Schemel und rennt vom Altar. Nie
hätte er gedacht, so froh darüber zu sein, wieder neben
Emma Gerald zu sitzen. Sie kichert und neckt ihn, dass er bis
in den Himmel geschrien hätte. Chase versinkt in Scham. Nie
wieder lässt er sich so etwas von seiner Religionslehrerin Ms.
Cole aufdrücken. Nur, weil sie hübsch ist, hat er ihr den
Gefallen getan.

Nach der Kirche trudelt die gesamte Verwandtschaft nach
und nach bei Familie Pallice ein. Das Haus ist groß, aber
dennoch überfüllt. Der Wind legt sich langsam und sie hoffen
nach dem Essen etwas in den Garten sitzen zu können. Stacy
hat alle Hände voll mit der Zubereitung des Essens zu tun.
Der Braten gart bereits den ganzen Vormittag im Ofen.
Während sie die Kartoffeln kocht und das geschnittene
Gemüse noch für die restliche Zeit zum Braten in den Ofen
stellt, deckt ihre Schwester den Tisch. Chase spielt mit seinen
Cousins in seinem Zimmer. Stacy und ihre Schwester haben
ein sehr gutes Verhältnis, auch wenn sie sich viel zu selten
sehen. Sie wohnt in Florida mit ihrem Mann und ihren zwei
Söhnen. Ihr Ehemann Samuel ist ein erfolgreicher Makler und
Stacys Schwester Violet arbeitet vormittags in seinem Büro.
Ihre jüngste Schwester Mona ist ein junggebliebener
Freigeist. Sie hat die Kirche geschwänzt und sitzt nun mit
Peter und Samuel auf der Veranda. Mona folgt immer ihrem
eigenen Kopf. Für Arie und Malia war sie immer mehr eine
Freundin als eine erwachsene Tante. Sie ist mit ihrer Arbeit

viel auf Reisen und kann sich ihre freie Zeit selbst einteilen. Ein Jackpot, wenn man sich keine eigene Familie wünscht.

Peter trommelt die Familie an den Tisch. Das Essen duftet köstlich und allen knurrt der Magen. Für die Kinder steht eine Schüssel mit Fritten parat. Stacy war klar, dass die Jungs kein Ofengemüse und Kartoffeln zu ihrem Braten möchten. Mona greift als erstes danach. Auch das war Stacy klar. Die Gespräche wirbeln wild über den Tisch, trotz vollen Mündern. So laut war es im Haus schon lange nicht mehr. Stacy und Peter genießen den Trubel, auch wenn die Hälfte ihrer Familie fehlt. Peter meint, Malia geht es gut und Stacy vertraut ihm. Mit dem Verlust von Arie kann sie inzwischen besser umgehen, auch wenn es immer noch jeden Tag schmerzt. Sie kann weitermachen.

Nach dem Essen räumen alle gemeinsam den Tisch ab. Die Kinder sind bereits nervös, denn sie wollen unbedingt in den Garten. Es ist nämlich ein besonderer Tag, der die Familie zusammenbringt. Es ist Ostern. Im Garten befinden sich kleine Geschenke und Süßigkeiten, die die Kinder nun suchen dürfen, während die Erwachsenen sich mit einem Glas Sekt auf die Veranda setzen und zusehen. Chase hat sich ein Detektiv-Set gewünscht, damit er selbst nach Arie suchen kann. Seine Eltern haben ihm eine Lupe und ein Fingerabdruck-Set versteckt, ebenso wie eine karierte Detektivmütze. Es dauert nicht lange, bis Chase alles gefunden hat. Er ist clever und aufmerksam, seinen Augen entgeht nichts. Die Mütze trägt er gleich auf den Kopf und die Lupe ist dicht an sein rechtes Auge gedrückt. So streift er gebückt durch den Garten, guckt sich jeden Grashalm genau an, ob an einem von ihnen eine Spur zu finden ist. Seine

Cousins haben einen neuen Fußball und neue Tennisschläger bekommen. Sie sind ein paar Jahre älter als Chase und richtige Sportler. Der Fußball wird natürlich sofort getestet. Auch Peter und Samuel lassen sich den Spaß nicht entgehen.

Am Nachmittag gibt es Kaffee und Kuchen. Eine Sahnetorte mit frischen Erdbeeren steht schon im Kühlschrank bereit. Stacy ist gerade dabei, Teller auf die Veranda zu bringen, als Chase aus dem Gebüsch gerannt kommt. Er ist ganz aufgewühlt und aus der Puste.

Chase ~ "Ich habs geschafft", ruft er immer wieder. "Ich hab sie gefunden!"

Er stolpert durch den Garten zu seinem Vater und zerrt an seiner Hand. Stacy betritt im selben Moment die Veranda mit den schönen Porzellantellern in ihren Händen. Als sie in den Garten sieht, fällt ihr das gesamte Geschirr aus der Hand und zerbricht auf dem Holzboden in tausend Scherben. Sie traut ihren Augen nicht. Chase hat es geschafft. Er hat sie gefunden. Dort, im Garten, bei ihrem Sohn und ihrem ebenfalls erstarrten Ehemann, steht ihre Tochter Arie.

Alle Blicke sind gebannt auf Arie gerichtet, die vorsichtig zu ihrem Vater schreitet, um ihn zu umarmen. Sie weiß nicht, wie sie sich ihre Rückkehr vorgestellt hat, doch sie hätte sich mehr Freude erhofft. Die Stille - und die Anwesenheit ihrer gesamten Verwandtschaft, die sie fassungslos anstarrt - schüchtert sie ein. Sie legt ihre Arme um die Hüfte ihres Vaters und drückt ihr Gesicht an seine Schulter. Freudentränen kullern über ihre Wangen, als ihr Vater seine Arme auch um sie legt. An seinem Nacken vorbei sieht sie ihre Mutter, die ihre Hände vor dem Mund verschränkt hat und zu ihnen in den Garten eilt. Stacy und Peter halten ihre Tochter so fest in den Armen, dass sie kaum noch Luft bekommt. Als müssten sie alle verlorenen Umarmungen des letzten Jahres in diese hineinpacken. Die Zeit scheint still zu stehen. Arie fällt der größte Stein von der Seele, den sie je tragen musste. Sie ist endlich wieder Zuhause. Endlich wieder bei ihrer Familie. In Sicherheit.

Arie ~ "Malia geht es gut, doch sie wird nicht mehr zurückkommen. Sie hat sich entschieden, dort zu bleiben."

Stacy ~ "Dort? Wo? Wo ist sie? Wo ist Malia? Ihr habt euch getroffen? Wie kann das sein?"

Peter ~ "Wir besprechen das später, okay? Herrgott, wir sind so froh, dass du wieder da bist. Geht es dir gut? Bist du verletzt? Was ist passiert?"

Arie ~ "Mir geht es gut. Ich bin nur erschöpft."

Stacy ~ "Ich lass dich nie mehr los."

Arie ~ "Aber das musst du. Ich hätte nämlich zu gern ein Stück von deiner Erdbeertorte!" Arie lacht.

Mona und Violet sammeln die Scherben der Porzellanteller auf der Veranda auf und werfen sie in einen Eimer. Sie möchten den Moment nicht zerstören und dazwischen stürmen, dennoch sind sie sprachlos über Aries Rückkehr und können es kaum erwarten, ihre Nichte zu begrüßen. Der restliche Nachmittag vergeht nur in Zeitlupe. Alle Aufmerksamkeit ist auf Arie gerichtet, was Chase so gar nicht gefällt. Schließlich hat er sie gefunden. Sie hat ein ganzes

Jahr über nicht nach Hause gefunden, er musste kommen und sie nach Hause bringen. Und nun sitzen alle mit ihr am Tisch, essen Torte und durchlöchern sie mit Fragen, die sie gar nicht beantworten will. Chase schnappt sich ein Stück Torte und setzt sich in sein Baumhaus im Garten. Seine Cousins dürfen ihm keine Gesellschaft leisten. Er möchte allein sein.

Abends, als sich alle voneinander verabschiedet haben, beschließt Arie, früh ins Bett zu gehen. Sie ist müde, erschöpft und freut sich auf ihr Zimmer. Als sie vor der Tür steht und die kalte Klinge berührt, wartet sie, bis sich die Tür öffnet. Das Zimmer wurde seit Monaten nicht mehr betreten. Ihre Mutter hat gesagt, dass noch alles genau so ist, wie am Tag ihres Verschwindens. Sie wollte ihr noch das Bett auffrischen, doch Arie hat ihr die Bezüge aus der Hand genommen. Sie möchte allein sein. Arie drückt die Klinke hinunter und betritt ihr Zimmer. Das Licht erhellt den verlassenen Raum. Die Luft ist dick und alles ist staubig. Arie öffnet weit das Fenster, um frische Luft hereinzulassen. Sie sieht sich um. Tatsächlich ist alles noch so, wie sie es zurückgelassen hat. Ihr Pullover hängt noch über der Stuhllehne und die Schulbücher liegen auf ihrem Bett. Arie fühlt sich fremd und zugleich zuhause. Sie räumt auf und bezieht ihr Bett mit frischen Laken. Die weiche Matratze hat ihr gefehlt. Lange Zeit konnte sie sich nicht so bequem betten. Als sie ihre müden Augen schließt, denkt sie an Malia. Sie hat ihre kleine Schwester allein gelassen, doch sie ist sicher, Malia wird klarkommen. Es dauert nur Sekunden, bis Arie einschläft.

Es ist schon spät am Vormittag, als Arie ihr Zimmer am nächsten Tag schließlich verlässt. Ihre Eltern und Chase haben schon gefrühstückt, doch sie setzen sich zu ihrer Tochter an den Esstisch. Chase zieht sich beleidigt in sein Zimmer zurück. Er ist immer noch sauer, dass Arie so viel Aufmerksamkeit bekommt. Als Malia zurückkam, drehte sich auch alles nur um sie, aber Malia hatte nur Augen für Chase. Arie interessiert sich gar nicht für ihn. Zumindest denkt Chase das. Außerdem war er es, der sie gefunden hat und niemand hat ihm bisher dafür gedankt. So ein Abzeichen von der Polizei wäre cool, oder eine Ehrung von der Detektivgesellschaft. Aber da hat nicht einmal jemand angerufen und Bescheid gegeben, dass er seine verschollene Schwester gefunden hat. Muss er das etwa selbst machen? Die Polizei muss doch wissen, dass Arie wieder Zuhause ist. Seine Eltern haben das völlig vergessen. Bei Malia haben sie jemanden angerufen. Damals kamen zwei Polizisten zu ihnen nach Hause und haben Malia ausgefragt. Malia wurde ganz schön sauer. Chase erinnert sich genau. Alle denken immer, er bekommt nichts mit, aber er weiß ganz schön viel. Manche Sachen muss man ihm gar nicht erzählen, er weiß sie einfach. Als würde ein Geist ihm etwas ins Ohr flüstern. Als kleiner Junge, im Kindergarten, hatte er einen Geisterfreund, von dem nur er wusste. Er hat es nicht einmal seiner Familie erzählt. Sie haben den gemeinen Kindern im Kindergarten immer Streiche gespielt und er hat andere für ihn belauscht und ihm dann alles erzählt. Sein Freund war zwar viel älter als er, aber sie hatten sehr viel Spaß. Er hieß Milo oder so, Chase weiß es nicht mehr so genau und er hatte wuschelige, weiße Haare. Chase war oft alleine, er hatte nie viele Freunde. Die anderen Kinder finden ihn oft komisch, weil er so still ist. Manche Kinder werden auch wirklich gemein und machen seine Spielsachen kaputt. Sein Freund Milo hat ihm dann immer geholfen, sich zu rächen. Er hat die Roboter sich kurz bewegen lassen oder hat den Kindern die Stifte vor der Hand wegrollen lassen, wenn die danach greifen wollten. Er war sein bester Freund, doch er hat ihn schon lange nicht mehr besucht. Als er in die Schule kam, war er zu beschäftigt und Milo ist verschwunden. Den Unterricht mochte Chase und Milo war es zu langweilig.

Nach dem Frühstück beschließt Peter, seine Frau in die geheime Welt von Rhimmard einzuweihen. Ihr gesamtes gemeinsames Leben konnte er sie davon distanzieren, doch nun ist der Tag gekommen, an dem er ihr alles erzählen muss. Es geht schließlich um ihre Töchter. Sein Herz pocht ihm bis zum Hals, als er Arie und Stacy ins Wohnzimmer bittet. Wie kann er eine so große Welt erklären? Wie kann er vor allem etwas so wundervolles in Worte fassen? Rhimmard ist nicht einfach eine Welt. Sie ist unsagbar schön, nahezu majestätisch. Durch und durch mit Magie gefüllt. Rhimmard bedeutet Natur, Leben, Gleichheit, Gemeinsamkeit, Familie, Loyalität, Zusammenhalt, Ehrlichkeit, Reinheit. Ein Ort an dem sich alles und jeder entfalten kann. An dem in jedermanns Leben den ganzen Tag die ganz eigene Musik spielt. Dennoch ein Ort, den er selbst freiwillig verlassen hat.

Arie greift nach der Hand ihrer Mutter, um ihr Beistand zu zollen.

Peter ~ "Stacy, ich habe mir dieses Gespräch leider nie zurechtgelegt und deshalb finde ich gerade nur schwer die richtigen Worte."

Stacy ~ "Was ist denn los?"

Peter ~ "Malia ist in einer anderen Welt."

Arie ~ "Es geht ihr gut!" Ihre Worte peitschen ihrem Vater ins Wort.

Stacy ~ "Was für eine andere Welt? Liegt sie etwa im Koma?"

Peter ~ "Nein. Sie ist nicht hier. Sie ist in Rhimmard. Sie war beim ersten Verschwinden dort und an ihrem Geburtstag ist sie dorthin zurückgekehrt. Sie hat es mir erzählt. Und Arie war, wie es scheint, ebenfalls dort."

Stacy ~ "Sie hat es dir erzählt? Und du glaubst ihr das einfach so?"

Peter ~ "Ja. Ich kenne Rhimmard. Ich war auch schon dort."

Arie entweicht die Farbe aus dem Gesicht. Ihr Vater war dort? Er kennt Rhimmard? Wie kann das sein?

Arie ~ "Dad... woher...?"

Peter ~ "Ich bin dort aufgewachsen."

Stacy ~ "Du bist WAS? Erzähl keinen Stuss. Was soll das überhaupt für eine Welt sein?"

Peter ~ "Schatz es ist die Wahrheit. Rhimmard ist eine Welt, die vor Jahrhunderten durch die magischen Geschöpfe in dieser Welt gegründet wurde. Sie haben sich während der Hexenverfolgung von den Menschen distanziert und sich in eine eigene Welt zurückgezogen. Unsere Welt kann ohne diese Welt nicht funktionieren, doch weil die Menschen das nicht verstanden haben und Angst hatten, haben sie sie gejagt. Dort leben seither Feen, Krieger, Hexen und viele viele andere Geschöpfe. Diese Welt ist verantwortlich für unsere gesamte Natur, unsere Jahreszeiten, unsere ganze Erde. Sie ist so wunderschön, ich wünschte, ich könnte sie dir zeigen. Doch Menschen können sie nicht betreten."

Stacy ~ "Und wie sollen unsere Töchter dann dort hingekommen sein? Du widersprichst dir ja."

Peter ~ "Ich bin ein Mentibus. Ich bin ein Geschöpf Rhimmards. Deshalb kann ich dorthin. Und unsere Kinder haben diese Kraft wohl von mir geerbt. Ihre Gene sind quasi ihr Eintrittsticket."

Stacy ~ "Du bist doch verrückt. Peter geht es dir wirklich gut, brauchst du einen Arzt? Ich meine es ernst, du halluzinierst doch! Was soll überhaupt dieses Menti-dings sein?"

Arie ~ "Mum, er hat recht. Ich meine, ich bin sprachlos Dad, dass du ein Mentibus bist. Dass wir auch nichts davon wussten! Wieso hast du uns nichts davon erzählt? Wenn wir eine Kraft besitzen, vor allem eine, die uns in eine Parallelwelt zieht, dann müssen wir das wissen! Aber Mum, Rhimmard existiert. Ich war dort. Und Malia ist dort. Sie will in Rhimmard bleiben."

Peter ~ "Es wird ihr dort gut gehen, Schatz."

Arie ~ "Dad, wieso bist du aus Rhimmard weg? Ich dachte, man kann nicht einfach so von dort fliehen - zumindest hat Malia das immer wieder gesagt."

Peter ~ "Das ist eine lange Geschichte, Liebes."

Stacy ~ "Naja, ich denke, wir haben Zeit, Peter!" Ihre Stimme wird energischer als zuvor.

Peter ~ "Ich hatte Visionen, denen ich gefolgt bin. Ich habe Wasser gesehen, einen See, einen Strudel und ich hatte immer ein Gefühl, nein, ein Verlangen, dass ich in diesen Strudel hineinspringen möchte. Und eines Tages sind meine Beine meinem Herzen gefolgt. Ich bin gelaufen und gelaufen. Bis ich mitten in den Bergen eine Art Brunnen entdeckt habe. Es war eher wie ein kleiner See ohne Boden, der einen kleinen Fluss verschlungen hat. Und ich wurde so sehr davon angezogen, dass ich hineingesprungen bin. Das Wasser hat mich immer weiter in die Tiefe gezogen, ich konnte mich nicht wehren. Ich dachte wirklich, ich würde sterben. Ich glaube sogar, dass ich eine Zeit lang ohnmächtig war, denn das nächste, woran ich mich erinnere, ist, dass ich im Humbold Park lag. Es war der Tag, an dem wir uns kennengelernt haben, Stacy."

Stacy ~ "Pff. Wir haben uns bei einer Open Mic Nacht kennengelernt!"

Peter ~ "Ich habe es nicht vergessen. Es war nur ein paar Stunden später. Du hattest eine grüne Bluse und eine schwarze Jeans an. Die Musik an diesem Abend hat dich förmlich eingefangen. Ich habe dir eine ganze Weile zugesehen, wie du getanzt hast, ohne jemandem gefallen zu wollen. Du hast es gefühlt und das hat man dir angesehen. Die anderen Menschen, die ich an jenem Tag gesehen habe, waren alle beschäftigt, gestresst, verärgert. Abends habe ich mich in diese Bar gesetzt, in der gefeiert und getrunken wurde. Alles war laut und einnehmend und du warst einfach nur dort und hast deinen Abend genossen. Dann hast du dich neben mich an die Bar gesetzt. Du wolltest nur ein Wasser zur Erfrischung holen, doch ich musste dich ansprechen. Dann haben wir uns stundenlang unterhalten. Deine Freundinnen waren schon lange Zuhause und die Bar hat sich jede Stunde weiter und weiter geleert. Wir haben es nicht gemerkt, wir haben einfach geredet. Ich habe mich sofort in dich verliebt. Und nur deinetwegen habe ich keinen Weg mehr zurück gesucht. Ich wusste, bei dir bin ich am richtigen Ort, egal in welcher Welt er sein mag."

Stacy ~ "Du hast erzählt, dass es dein erster Abend in Chicago ist. Aber du hast auch erzählt, dass du aus Europa kommst. Es war also alles eine Lüge?"

Peter ~ "Schatz, ich konnte dir doch nicht die Wahrheit erzählen, bitte versteh das. Wie hätte ich das erklären sollen?"

Stacy ~ "Wir sind seit achtzehn Jahren verheiratet! Du hättest jeden Tag die Möglichkeit gehabt, mir die Wahrheit zu erzählen! Du hättest es jeden Tag versuchen müssen zu erklären! Vor allem, als du wusstest, wo unsere Töchter sind! Du hast mich so sehr leiden lassen und du wusstest die ganze Zeit über, wo sie sind!" Stacys Stimme wird brüchig. Sie klingt verzweifelt und zugleich erschüttert.

Peter ~ "Du hast recht. Ich habe heute noch nicht die richtigen Worte dafür. Und mir wäre es wirklich lieber gewesen, ich hätte es niemals aufklären müssen. Zumindest nicht unter diesen Umständen. Es ist nicht so einfach. Aber ich wusste wirklich nicht, wo Arie ist. Ich wusste, dass Malia in Rhimmard war und ich wusste, dass sie dorthin zurück gegangen ist. An ihrem Geburtstag hat sie es mir erzählt und dann ist sie gegangen. Ich wusste aber nicht, wo Arie ist. Malia und Arie haben sich zu der Zeit noch nicht getroffen. Es muss danach geschehen sein."

Stacy ~ "Ich brauche eine Pause."

Stacy steht vom Sofa auf, verlässt das Wohnzimmer und flüchtet sich auf die Veranda. Eine Parallelwelt, in der ihr Ehemann aufgewachsen ist und die ihre Töchter quasi verschlungen hat, das ist zu viel für sie. Das kann nicht die Wahrheit sein. Es gibt keine Magie, keine Zauberei, keine Parallelwelten. Aber wo war Arie dann? Und wo ist Malia? Wie konnte Peter sie seit zweiundzwanzig Jahren, seit ihrem Kennenlernen, anlügen? In Stacys Augen sammeln sich Tränen. Sie wünscht sich ihr altes Leben zurück. Nur einen einzigen Tag, der so ist wie früher. Sie würde jede Sekunde mit ihrer Familie genießen. Die Familie, die ihr dank diesem einen Open-Mic Abend geschenkt wurde. Hätte Peter ihr von Rhimmard erzählt, hätten sich die beiden dann noch kennengelernt? Wäre er direkt mit der Tür ins Haus gefallen, hätte Stacy vermutlich sofort die Flucht ergriffen. Wann wäre der richtige Zeitpunkt für ihn gewesen? Vor der Hochzeit? Bei Aries Geburt? An einem langweiligen, verregneten Sonntagabend? Sie wird Zeit brauchen. Zeit, um das alles zu verarbeiten. Zeit, um ihrem Mann wieder zu vertrauen. Zeit, um ihre Tochter loszulassen.

Pyn Itoy

Im Haus ist es still und öde. Malias einzige und beste Gesellschaft seit Tagen ist Kater Toffee und sogar er liegt die meiste Zeit auf dem Sofa und schläft. Malia nutzt die Tage, um ihre Kräfte weiter auszubauen. Sie hat in Nolas Bücherregal ein paar Bücher über Kristallomantie, Runen, Mondphasen und Okkulte Magie gefunden, die sie förmlich verschlingt. Nicht, dass sie diese Techniken alle anwenden möchte, einige davon sind doch ziemlich düster, doch sie hat das Gefühl, alles dadurch etwas besser verstehen zu können. Ihr Pendel ist seitdem im Dauereinsatz. Sie hat auch gelernt, dass sie das Dreibein nicht nur über Sand verwenden kann. Auch eine Schale mit Wasser zeigt ihr Bilder und Situationen auf. Häufig sind die Personen, die sie sieht, noch verschwommen und sie kann auch noch nicht erkennen, ob es sich um die Vergangenheit oder die Zukunft handelt - oder sogar nur um ihre Phantasie. Manchmal sieht sie aber ganz genau, um welche Person es sich in ihren Visionen handelt. Malia versucht verzweifelt, Andira durch das Pendel zu finden. Dabei hat sie aber oft das Gefühl, auch Fili zu sehen. Doch Fili ist tot. Malia hat selbst gesehen, wie Lisala sie getötet hat. Bedeutet das, dass auch Andira inzwischen tot ist? Ist sie bei Fili in einer Art *Jenseits*? Oder sind es Bilder aus der Vergangenheit, als sie noch gemeinsam die Akademie besucht haben?

Malia hat es sich mit einem Buch über Kristallomantie, der Macht des Wahrsagens, auf dem Sofa bequem gemacht. Es ist die Kunst aus Kristallkugeln und Glas zu lesen. Eine der klassischen Praktiken eines Mentibus, deshalb will Malia es unbedingt lernen. Ihr fehlt noch eine Kristallkugel, doch die bekommt sie sicherlich in Folkocs bei Ms. Piggle. Dort hat sie auch ihr Sandpendel gefunden und sie erinnert sich, dass dort auch einige Kristallkugeln in den vollgestopften Regalen standen. Plötzlich wird sie von einem lauten Knarzen von den Buchseiten losgerissen. Malia setzt sich auf und prüft mit ihrem Blick den Raum. Sie kann niemanden sehen und Toffee liegt schlafend am anderen Ende des Sofas. Es knarzt wieder, doch Malia kann nach wie vor nichts Ungewöhnliches erkennen. Es kann auch nicht der Wind sein, denn draußen ist es absolut still. Schließlich steht sie auf und sieht sich um. Es knarzt erneut. Im Esszimmer entdeckt sie, dass in der Mitte des Tisches einige Holzspreißel aufstehen und je weiter sich das dicke Holz öffnet, desto weiter klettert ein Pflanzenspross daraus empor. Einige Blätter, ein glatter, hellgrüner Pflanzenstiel, eine Knospe, daran auf einer Seite Zähne, die an einen Kamm erinnern. Die Zähne öffnen sich und dahinter erscheint eine kleine Papierrolle. Malia greift vorsichtig danach.

Das Komitee sucht Albas auf.
Treffpunkt im Schatten der Wolke.

Mehr steht darauf nicht geschrieben. Malia setzt sich. Tausend Fragen schießen ihr durch den Kopf. Ist es wirklich eine Einladung für Malia? Nola hatte einen Platz im Komitee und Malia wurde gefragt, ob sie ihn einnehmen möchte. Seitdem hat sie jedoch nichts mehr gehört und war auch bei keinem Treffen. Sie ist über die Einladung verwundert. Ein Besuch in Albas? Was will das Komitee in Albas? Ist es nicht gefährlich dort? Sind sie überhaupt willkommen? Wo liegt Albas überhaupt? Wie und wann soll Malia zum Treffpunkt finden? Was geschieht, wenn sie nicht auftaucht? Wenn sie einfach Zuhause bleibt? Ein Blick aus dem Fenster verrät Malia, dass der Himmel frei von Wolken ist. Hellblau mit strahlendem Sonnenschein. Man könnte meinen, es sei Hochsommer, doch es weht noch immer eine frische Frühlingsbrise. Demnach hat sie wohl noch etwas Zeit. Wird einfach plötzlich am leeren Himmel eine einzige Wolke auftauchen? Muss sie jetzt den ganzen Tag in den Himmel starren? Sollte sie sich jetzt schon für den spontanen Aufbruch bereit machen? Es fühlt sich plötzlich falsch an, Nolas Platz einzunehmen. Was ist sie für eine Hilfe? Sie ist ein Teenager, keine Älteste wie die anderen Komiteemitglieder. Außerdem beherrscht sie ihre Kräfte noch nicht ausreichend und sie kennt Rhimmard doch kaum. Womöglich war die Einladung wirklich nicht für sie gedacht. Das Komitee weiß von Nolas Ableben, aber vielleicht war diese Einladung noch ein Irrtum. Wie eine alte E-Mail-Adresse im Verteiler. Es wäre frech, dann einfach dort aufzutauchen und sich anzuschließen. Malia beschließt, Zuhause zu bleiben. Sie setzt sich zurück aufs Sofa und blättert weiter in ihrem Buch.

Die Stunden vergehen und Malia macht sich mittags ein Käsesandwich. Aus dem Küchenfenster sieht sie in der Ferne jemanden durch das hohe Gras stapfen. Jemand läuft den Pfad entlang zu ihrem Haus, doch sie kann noch nicht erkennen, wer es ist. Sie erwartet heute eigentlich keinen Besuch. Bisher waren die einzigen Personen, die sie überhaupt besucht haben Loomy und Luana und die tauchen auch überall nur zu zweit auf. Sie können es also nicht sein. Ob Tris sie besucht? Seit dem Frühlingsfest hat sie ihn nicht mehr gesehen. Weiß er, dass David weg ist? Dass sie Arie und David nach Hause geschickt hat? Viele andere Personen kennt sie in Rhimmard nun nicht mehr. Die meisten sind in Lisalas Schlacht gestorben. Wäre es möglich, dass Andira zurückkommt? Bei diesem Gedanken wird sie freudig nervös. Malia schnappt sich ihr Sandwich und geht vor die Tür, um besser sehen zu können. Sie geht einige Schritte durch den Vorgarten zum Tor. Die Gestalt kommt näher und Malia ist sich aufgrund des zierlichen Körperbaus sicher, dass es eine Frau ist. Es könnte tatsächlich Andira sein. Doch dann erkennt sie die königsblauen Haare, die zu einem dicken Knoten hochgebunden sind. Es ist Karima, die sie besucht. Die neu gekürte Bürgermeisterin von Folkocs höchstpersönlich. Malia winkt ihr zu.

Das quietschende Gartentor geht auf und Karima betritt den Vorgarten, in dem Malia sie erwartet. Ein Lächeln liegt quer über ihren Wangen.

Karima ~ "Malia, es ist schön, dich zu sehen."

Malia ~ "Herzlich Willkommen in meinem neuen Zuhause. Was verschafft mir die Ehre?"

Karima ~ "Na, ich hole dich ab."

Malia ~ "Wofür?"

Karima ~ "Hast du die Einladung nicht erhalten?"

Malia ~ "Doch, ich... Ich war mir nur nicht sicher, ob sie wirklich für mich ist. Ich dachte, es war bestimmt ein Irrtum."

Karima ~ "Selbstverständlich war die Einladung für dich. Na hopp hopp, zieh dich um, wir müssen los." Sie macht eine aufscheuchende Handbewegung.

Malia bittet Karima ins Haus und geht nach oben, um sich umzuziehen. Sie zieht eine schwarze Jeans, ein weißes langärmliges Shirt und einen dunkelblauen, grob gestrickten, löchrigen Strickpullover aus der Kommode in ihrem Zimmer. Da es draußen noch recht kühl ist, entscheidet Malia sich dazu, einen warmen, langen Kapuzenponcho überzuziehen. Sie nimmt ihre Umhängetasche mit, nur für den Fall, und packt sich eine Flasche Wasser ein. Dann schlüpft sie in ihre Boots und verlässt mit Karima zusammen das Haus. Draußen weht ein kühler Wind. Malia zieht sich die Kapuze über den Kopf, sobald sie durch das Tor der Steinmauer gehen. Sie weiß immer noch nicht, wohin und wie weit sie nun laufen werden. Karima läuft vor ihr her, folgt dem Trampelpfad zurück Richtung Stadt. In der Ferne entdeckt Malia eine klitzekleine Wolke am Himmel stehen. Wie hätte sie die denn im Alleingang bemerken und den Weg dorthin finden sollen? Hätte Karima sie nicht abgeholt, hätte Malia das Treffen definitiv verpasst - doch sie wollte ja auch eigentlich nicht daran teilnehmen. Der Weg dorthin scheint schon sehr weit zu sein. Malia hat direkt keine Lust mehr zu laufen. Können sie nicht einen Andruval rufen? Oder ein anderes *Taxi*? Sie kann Moose rufen. Die meiste Zeit sitzt er inzwischen ohnehin in der Wiese hinter ihrem Haus, er sollte also nicht allzu weit entfernt sein. Karima könnte auch fliegen, sie hat Malia schon einmal über der Akademie durch die Luft getragen. Die Wolke scheint mit keinem Schritt näher zu kommen. Viel eher hat Malia das Gefühl, sie entfernt sich immer weiter von ihnen, je weiter sie laufen.

Nach einer Ewigkeit - Malia könnte schwören, sie sind mindestens zwei Stunden gelaufen - erreichen Karima und Malia den Treffpunkt im Schatten der Wolke. Ihre Beine schmerzen. Ein Graus, dass sie später den gesamten Weg auch wieder nach Hause laufen muss. Einige Komiteemitglieder sind schon eingetroffen, ein paar fehlen noch. Malia ist erleichtert, dass sie nicht die letzten sind. Sie ist schon jetzt völlig aus der Puste und braucht die Wartezeit, um wieder zu Kräften zu kommen. Der Treffpunkt befindet sich an einem Waldrand zwischen den Bergen. Es scheint nur eine Nische tiefer ins Tal zu führen und auch nur diese schmale Nische führt von dort wieder hinaus. Das muss wohl der Weg nach Albas sein. Was genau sie in Albas suchen oder sich dort erhoffen, konnte Malia noch nicht in Erfahrung bringen. Sie und Karima haben kaum ein Wort auf dem Weg gesprochen und Malia wollte nicht lästig sein, nachdem Karima sie Zuhause schon immer wieder vertröstet hat. Aus den Gesprächen unter dem Komitee kann Malia einige Gesprächsfetzen aufgreifen. *...Ländereien prüfen... ...überlebende Bewohner... ...besiedeln... ...ist Lisala wirklich tot?... ...gefährliche Kreaturen... ...zerstörte Natur...*

Einerseits ist sich Malia sicher, dass sie nur das Land durchstreifen, um zu sehen, in welchem Zustand sich das Reich befindet. Andererseits hat sie Todesangst davor, was sie dort erwartet. Lisala ist bekannt für ihre Grausamkeit und sie hat sich selbst eine Armee aus blutrünstigen Tieren geschaffen. Ebenso hatte sie eine Armee aus Kriegern. Wer sagt ihnen nun also, dass sie in Albas friedlich empfangen werden?

Die letzten Mitglieder sind eingetroffen, das Komitee ist vollständig versammelt. Karima geht voraus. Malia folgt als allerletzte. Sie kennt kaum jemanden aus dem Komitee näher und sie möchte auf keinen Fall an der Front laufen. Der

Weg ist schmal und dunkel. Tropische Pflanzen wachsen an den Seiten, doch je weiter sie gehen, desto trockener und dunkler wird alles. Die Pflanzen werden weniger, ehe sie völlig vertrocknet und abgestorben sind. Der Boden ist steinig und trocken.

Philbin, ein Mitglied des Komitees und Dorfältester, gesellt sich zu Malia.

Philbin ~ "Du bist also die Kleine, die bei Nola gewohnt hat?"

Malia ~ "Ja, sie hat mich bei sich aufgenommen."

Philbin ~ "Eine reine Seele, nicht wahr?"

Malia ~ "Da gebe ich Ihnen recht. Ich hätte sie gern besser kennengelernt. Unsere gemeinsame Zeit war leider viel zu kurz."

Philbin ~ "Ich hatte ein ganzes Leben mit ihr. Es wäre schön gewesen, wenn du das selbe sagen könntest."

Malia ~ "Wie war sie früher so? Haben Sie Geschichten zu erzählen?"

Philbin lacht ~ "Ooh, so einige!"

Malia ~ "Darf ich eine davon hören?"

Philbin ~ "Nola war immer aufgeweckt. Auf Zack! Sie hat auch immer Streiche gespielt. Ein richtiger Schelm."

Malia ~ "Sie hat Streiche gespielt?"

Philbin ~ "Jawohl! Als wir etwa 70 Trimester alt waren, waren die Bürgermeister von Folkocs und Gofcid im Streit wegen der Kürbisfelder. Nola hat sich also eines Abends auf die Felder geschlichen und den größten Kürbis geerntet, den sie finden konnte. Sie hat ihn ausgehöhlt, ihm eine gruselige Fratze verpasst und sich den Kürbis über den Kopf gestülpt. Dann ist sie durch die Straßen in Gofcid geschlendert und hat alle Bewohner erschreckt. Sie ist immer wieder plötzlich verschwunden und woanders wieder aufgetaucht. Sie wurde der *Geist von Gofcid* genannt und sie war gefürchtet. Bis heute weiß niemand dort, dass es Nola war, die durch die Straßen schlich."

Malia lacht ~ "Das würde man ihr gar nicht zutrauen, sie war doch immer so moralisch korrekt."

Philbin ~ "Das war sie auch damals. Sie hat um unsere Kürbisfelder gekämpft!"

Malia ~ "Und wer hat die Felder schließlich gewonnen?"

Philbin ~ "Da wir! Was denkst du denn."

Malia ~ "Sie fehlt mir sehr. Ich hätte gern mehr Geschichten von ihr erfahren."

Philbin ~ "Wenn du eine hören willst, darfst du mich jederzeit besuchen kommen. Ich habe so einige auf Lager."

Malia lächelt. Sie haben die Passage durchquert. Albas befindet sich noch weiter bergab, in einem tiefen Tal aus schwarzen Lavasteinen. Es ist kaum eine Struktur der Landschaft zu erkennen. Das tiefe Schwarz verschluckt alles

Licht. Malia rückt auf. Die Nähe zu den Ältesten scheint sich plötzlich doch ganz sicher für sie anzufühlen. Einen solch toten Boden hat sie in ihrem Leben noch nie gesehen. Grollende Geräusche und schrilles Pfeifen hallen zwischen den Felsen wieder. Hin und wieder steigt zwischen ein paar Steinen Rauch auf. Sie gehen immer weiter. Über den Boden kriechen Schlangen, Spinnen und Käfer. Skorpione in der Größe eines Schäferhundes schleichen zwischen den Felsspalten umher. Malia hört ihre Scheren klappern und spürt ihre hungrigen Mägen grummeln. Sie ist gefundenes Futter für diese Kreaturen. Vom Himmel weht Asche auf den Boden herab. Oder ist es Schnee? Kalte Flocken legen sich auf Malias Hände. Wo sie landen, schmelzen sie sofort. Der Boden ist heiß, doch die Luft ist so kalt wie ein Sturm im Winter. Zecken kreuzen ihren Weg, prall mit Blut gefüllt und so groß wie ein Basketball. Wenigstens ein Lebewesen, das sich bereits selbst um seine Mahlzeit gekümmert hat. Zwischen Felsspalten entlang, über Lavasteine schlängeln sich heiß dampfende Flüsse. Das Wasser darin kocht. Muri, eines der Komiteemitglieder, durchbricht endlich die Stille.

Muri ~ "Hier war es früher so schön. Es ist eine Farce, was diese schreckliche Hexe aus diesem Land gemacht hat."

Hrade ~ "Wir müssen zum Dom. Die Hütten ringsum und die Stadt selbst sind völlig zerstört. Hier gibt es kein Leben mehr."

Der Dom befindet sich tief im Tal. Sicherlich der tiefste Punkt der Schlucht und Malia ist sich sicher, im Inneren führt er noch bis in die Hölle hinab. Ein prunkvoller Bau aus schwarzem Schiefer und Lava. Die Böden glänzen in schwarzem Marmor. Hier hat Lisala also gelebt und Arie die ganze Zeit über festgehalten. Malia läuft es kalt über den Rücken. Sie durchforsten die Gänge und Räume. Die meisten davon sind jedoch leer. Als wären die restlichen Bewohner mit Lisalas Tod ausgezogen. Breite Stufen führen sie immer weiter in die Tiefe hinab. Hunderte von Stufen. An den Wänden hängen Fackeln, die aufleuchten, sobald sie den Weg passieren. Im Flackern des Feuers wirken die Flure noch unheimlicher. Hin und wieder hallt ein Schlagen und Rumpeln durch die hohen, kahlen Wände. Malia hat blanke Angst - wie es scheint, als einzige. Die anderen Komiteemitglieder unterhalten sich, rätseln, öffnen neugierig alle Türen. Hin und wieder finden sie einen Schrank, hier und da ein Bild an der Wand, ein altes Bett. Doch wirklich wohnlich ist keiner der Räume. Im Winkel eines Flures betreten sie einen Raum, der größer ist als die anderen. Es befinden sich auch mehr Dinge darin. Stühle, eine Liege, Kommoden und Schränke, Ketten an der Wand und zu Malias größtem Entsetzen die Köpfe toter Frauen in einem Regal. Neun an der Zahl, aufgereiht, mit geöffneten Augen. Malia stockt der Atem. Ihr wird schwindelig und schlecht vor Schreck.

Karima ~ "Das müssen Lisalas frühere Opfer gewesen sein. Die Köpfe der Frauen, deren Körper sie in früheren Zeiten besetzt hat. Wie Pokale aufgereiht. Malia, sieh dir das besser nicht an. Komm, wir gehen weiter."

Sie hält Malia an der Schulter und führt sie hinaus. Im nächsten Raum finden sie Verliese. Einige sind leer, in anderen liegen Tote. Sie müssen nach Lisalas Tod wohl verhungert sein, oder sie wurden dort zum Sterben festgehalten. Der nächste Raum ist leer - bis auf eine Truhe, die genau in der Mitte platziert wurde. Das gesamte Komitee versammelt sich darum, als wären sie nur hierfür den ganzen weiten Weg nach Albas gelaufen. Als Malia näher tritt, erkennt sie, dass die Truhe exakt so aussieht, wie die in Nolas Haus, die sie vergeblich zu öffnen versucht hatte.

Hrade ~ "Wir müssen vorsichtig sein. Wer weiß, was sich darin befindet."

Zola ~ "Es könnte uns töten."

Bilal ~ "Vielleicht sollten wir die Truhe einfach in Ruhe lassen. Gehen wir weiter, wir finden bestimmt noch etwas anderes, das uns weiterhilft."

Sifid ~ "Pfff, ihr Narren, da passiert nichts. Hier ist alles Böse verschwunden. Die haben alles mitgenommen. Und Lisala ist auch irgendwo untergetaucht. Wir machen uns hier doch zum Affen." Sifid ist schon die ganze Zeit genervt und vorlaut. Den gesamten Weg nach Albas hat er sich ständig beklagt.

Karima ~ "Still jetzt!"

Karima kniet nieder und dreht den Schlüssel vier Mal. Das Schloss dreht durch. Malia sieht gespannt hin, denn auch die Truhe bei Nola war nicht zu öffnen. Dann schließt Karima ihre Hand zu einer Faust und klopft ebenfalls vier Mal auf den Deckel der Truhe. Das Schloss ploppt mit einem Klicken auf. Wie von selbst hat sich der Riegel gelöst. Karima entfernt das Schloss. Die verrosteten Scharniere des Deckel knarzen und er lässt sich nur schwer öffnen. Er muss seit einer Ewigkeit verschlossen geblieben sein. Sie öffnen vorsichtig die Truhe.

Als Malia gespannt über Karimas Schulter in die Truhe blickt, sieht sie - Nichts. Die Truhe ist vollkommen leer.

Sifid ~ "Sag ich doch. Gehen wir." Er dreht sich um und verlässt den Kreis.

Karima ~ "Nun gut. Es scheint, als wäre Lisala wirklich fort. Brechen wir auf und sehen uns den Rest des Landes an. Vielleicht können wir doch noch einen Teil davon retten."

Malia ~ "Lisala ist tot. Ich habe es gesehen. Sie ist verbrannt. Mit Nola."

Die Ältesten sehen Malia an, als hätte sie etwas falsches gesagt. Ist es, weil sie ihr nicht glauben? Oder weil sie Nola erwähnt hat? Dass Malia als Nachfolgerin für Nola vom Komitee nicht mit offenen Armen empfangen wird, hat sie schon bemerkt. Aber in diesem Moment fühlt sie sich wie eine Lügnerin. Doch es ist die Wahrheit. Sie hat gesehen, wie Nola sich geopfert hat, um Lisala zu besiegen. Nola wusste genau, was sie tut. Malia vertraut daher darauf, dass Lisala nun wirklich für immer fort ist.

Im Keller des Doms können sie nichts finden, außer die gruseligen Köpfe Lisalas früherer Opfer. Wobei Malia zugeben muss, dass sie keine Ahnung hat, wonach sie überhaupt gesucht haben. Dachten sie, sie würden auf Lisala treffen? Den Weg hätte sich Malia dann getrost sparen können. Im Dom herrscht gähnende Leere. Keine Lisala, keine Diener, keine Anhänger. Nicht einmal Möbel. Die Landschaft in Albas ist so sehr zerstört, dass dort niemand hätte überleben können. Sie treten den Weg zurück an. Stein um Stein klettern sie den Weg hinauf an den Felsen entlang.

Für die meisten Ältesten ist der schmale Pfad durchaus gefährlich, denn schon Malia hat Schwierigkeiten, feste Tritte zu setzen. Die bedrohlichen Geräusche der Tiere klingen zwischen den Felsen. Malia fühlt sich zittrig. Sie hat Hunger und gleichzeitig Angst. Je höher sie gehen, desto einfacher wird der Weg zu beschreiten. Der Boden ist so heiß, dass Malia die Hitze durch ihre Stiefel an den Fußsohlen spürt. Dieses Reich ist wirklich tot. Vor allem im Vergleich zu Folkocs, das in dieser Zeit so wunderschön mit riesigen, glitzernden Blumen verziert ist. Doch wieso sind die Galumi nicht auch für Albas zuständig? Sie müssten dieser trostlosen Landschaft doch im Nullkommanichts Leben einhauchen.

Malia ~ "Zola, wieso herrscht hier kein Frühling?"

Zola ~ "Das versuchten wir doch heute herauszukriegen. Ob das Land überhaupt noch besiedelt und bepflanzt werden kann."

Malia ~ "Und? Ist es möglich?"

Sifid ~ "Quatsch! Hier ist alles tot, siehst du doch. Was soll denn hier noch wachsen? Ein Kaktus vielleicht?"

Zola ~ "Sei nicht so zynisch, Sifid. Deine schlechte Laune können wir hier wirklich nicht gebrauchen! Tut mir leid, Kleines. Sifid ist ein Stinkstiefel."

Malia ~ "Schon gut, das habe ich schon bemerkt. Kann Albas besiedelt werden? Was denkst du?"

Zola ~ "Ich befürchte nicht." Sie schüttelt traurig den Kopf. "Doch warte! Stop, anhalten!"

Karima ~ "Was ist los?"

Zola ~ "Dort oben war jemand." Sie zeigt mit ihrem Finger auf eine Felsspalte, die sich nicht weit von ihnen befindet."

Karima ~ "Bist du dir sicher? Es war auch sicher kein Skorpion?"

Sifid ~ "Da war doch nichts! Los, gehen wir weiter, ich will nach Hause!"

Zola ~ "Ganz sicher. Ich habe jemanden gesehen. Er hat uns beobachtet und als ich ihn entdeckt habe, ist er zwischen den Felsen verschwunden."

Malia ~ "Sie könnte recht haben. Ich spüre etwas."

Karima ~ "Nun gut. Dann werden wir nachsehen. Malia, du begleitest mich. Du musst mich vor etwaigen Angriffen warnen."

Malia ist erstaunt, weshalb ausgerechnet sie mitkommen soll. Ist denn kein anderer Mentibus im Komitee? Sollte sie nur deshalb Nolas Platz einnehmen, damit alle Mächte im Komitee vertreten sind? Sie steigt mit Karima die Felsen hinauf und je näher sie der Höhle kommen, desto stärker ist Malias Empfinden. Dort ist nicht nur eine Kreatur, es sind mehrere. Mindestens ein Dutzend. Malia warnt Karima vor, doch einen Angriff müssen sie wohl kaum befürchten. Malia spürt eher Angst, Unbehagen, Unschlüssigkeit. Sie kann einige Gedankenfetzen aufgreifen, die jedoch keinen Sinn ergeben. Karima geht voran und betritt die Felsspalte. Ein schmaler Weg führt tiefer hinein. Fackeln hängen an den Wänden. Leises Flüstern schleicht sich in ihre Ohren.

Karima ~ "Hallo? Bewohnt jemand diese Höhle? Wir kommen friedlich. Wir würden uns gern unterhalten, wir möchten helfen."

Malia nickt, denn sie kann spüren, dass sich jemand nähert. Zwei strahlend blaue Augen erscheinen in der Dunkelheit. Ein Mann kommt näher.

Karima ~ "Hallo. Mein Name ist Karima. Ich bin die Bürgermeisterin von Folkocs. Wie ist dein Name?"

Der Mann zögert, antwortet jedoch nach einer Weile mit einem knappen *Derax*.

Karima ~ "Hallo Dreax. Was ist geschehen? Können wir euch helfen?"

Derax ~ "Wo ist sie?"

Karima ~ "Wer? Wen meinst du?"

Derax ~ "Sie."

Malia ~ "Lisala ist tot. Es besteht keine Gefahr mehr."

Derax ~ "Seid ihr sicher? Ist sie wirklich fort?"

Karima ~ "Wir konnten keinen Hinweis auf einen weiteren, körperlichen Verbleib von Lisala im Dom finden."

Malia ~ "Ja, wir sind uns sicher. Ich habe es gesehen. Sie ist fort. Für immer."

Karima ~ "Was ist geschehen? Geht es euch gut?"

Derax ~ "Uns geht es gut. Lisala hat alles verbrannt. Unsere Häuser, unsere Felder, unsere Ernte. Wir haben nichts mehr. Alles Natur ist unter Asche vergraben. Uns hat sie hier eingeschlossen."

Karima ~ "Wir werden versuchen, euer Reich wieder erblühen zu lassen. Ich werde die Galumi beauftragen, doch es kann einige Zeit in Anspruch nehmen. Sie sind nicht gerade die genügsamsten und hilfsbereitesten Geschöpfe und die Zerstörung hier ist wirklich extrem. Vielleicht muss ich mich langsam bei ihnen herantasten. Bis dahin seid ihr in Folkocs herzlich willkommen!"

Derax ~ "Die Natur von Albas, war schon vorher fast völlig verschwunden. Jemand hat sie gestohlen, als Lisala einmarschiert ist."

Karima ~ "Aber wer? Wer würde so etwas tun?"

Derax ~ "Es ist mitten in der Nacht geschehen, wir wissen es nicht. Plötzlich war alles kahl."

Karima ~ "Wir werden uns darum kümmern. Aber fürs Erste seid ihr frei."

Derax ~ "Vielen Dank, Karima. Ich spreche mit meinem Volk. Danke! Danke, für eure Hilfe!"

Sys Itog

Seit der Frühling vollständig ins Land gezogen ist, wachsen und gedeihen die Lebensbäume von Fili und Nola. Malia sieht jeden Tag dabei zu, wie mehr und mehr Blätter, Blüten und Knospen daran keimen. Sogar die nackten Zweige der Trauerweide hinter Nolas Haus haben inzwischen saftige Blätter und auch die Bäume der Kriegsopfer haben sich zu den verschiedensten Sträuchern und Bäumen entwickelt. Malia hat nach ihrem Ausflug nach Albas die Kathedrale besucht. Sie war seit ihrer Errichtung im Winter nicht mehr dort und war gespannt, wie sich dort der Frühling entwickelt hat. Hinter der Kathedrale wurden viele der Toten beigesetzt und nun wächst dort allmählich ein ganzer Wald. Buchen, Linden, Tannen, Fichten, Birken, Weiden, Eschen und Ulmen. Aber auch Bambus, Palmen, Bonsai, Zitrusbäume, Eukalyptus, Zypressen und Magnolien. Die Kathedrale selbst ist zu einem Gebilde aus Hopfen und Efeu gewachsen. Das mit Steinen aufgefüllte Wurzelgerüst ist inzwischen völlig überwuchert. Es erinnert an eine geheime Höhle im Wald. Gerade die Dorfältesten gehen regelmäßig dorthin, um zu meditieren und um ihre Verlorenen zu besuchen. In Rhimmard glaubt man nicht an den Tod. Man glaubt an den Zyklus des Lebens. Die Bäume und Sträucher sind das, was alle Wesen nach ihrem Tod an die Natur zurückgeben. Jedes Wesen hat einen eigenen Lebensbaum. Manche sind ganz klassisch, manche selten und kurios. Jeder ist einzigartig, wie das Leben, aus dem er entsteht. Nolas Strauch hat inzwischen ballförmige, weiß-rosafarbene Blüten, so groß wie eine ganze Hand. Sie duften herrlich im Frühlingswind. Die Äste sind wild verstrickt. Dazwischen hat ein Vogelwesen sein Nest gebaut. Ein kugelförmiges Gebilde, um seine Eier bis zu ihrem Schlüpfen zu schützen. Malia konnte den Vogel schon ein paar Mal vom Fenster aus beobachten. Er hat weiß-braune, flauschige Federn, riesige tiefschwarze Kulleraugen und anstatt eines Schnabels einen breiten Froschmund, den er weit aufreißt, um mit seinem lauten Geschrei nachts Feinde zu vertreiben. Malia kann seit Tagen nicht mehr in Ruhe schlafen wegen dieser Kreatur, doch sie erduldet es still. Nola meinte immer, wir müssen mit allen Geschöpfen zusammen leben, nicht gegen sie. Sie hätte Malia verflucht, wenn sie dieses seltene Geschöpf verjagen würde. Vermutlich hat sich dieser Schreihals genau aus diesem Grund Nolas Strauch als Niststätte ausgesucht. Er weiß genau, dass Nola ihn beschützen wird.

Die Watteknospen, die an Filis Baum wachsen, blühen inzwischen auch. Sie haben sich geöffnet und sich in große, flauschige Wattebälle verwandelt. Gerade entdeckt Malia, dass zwischen den Wattebällen traubenartige Kokons wachsen. Sie fragt sich, was daraus wohl entstehen mag. Blüten? Obst? Motten? Schmetterlinge? Es wäre so schön, wenn daraus neues Leben entstehen würde. Einer der Kokons ist sogar noch viel größer als die anderen. Malia streicht gerade mit ihrer Hand darüber, als sie Loomy und Luana den Pfad zu ihrem Haus entlang gehen sieht. Ihre bunten Sommerkleider wehen auffällig im Wind. Nach ihrem Besuch in Albas hat Malia die beiden zu sich eingeladen, um zusammen die Truhe zu öffnen. Malia traut sich nicht allein und weil sie die Zwillinge schon lange nicht mehr gesehen hat, dachte sie, es sei eine gute Gelegenheit. Luana ist sehr clever und sie weiß viel über die Geschichte von Rhimmard. Sie wird Malia eine große Hilfe sein, Lommy dagegen weniger. Malia kann aber nicht nur eine beiden um Hilfe bitten und auch wenn Loomy manchmal etwas dümmlich ist, ist sie immer am Lachen. Malia hat viel Spaß mit ihr, was an diesem Tag bestimmt nicht schaden kann. In Lisalas Dom in Albas hat Karima eine Truhe geöffnet, die ein exaktes Ebenbild von Nolas Truhe war. Malia hofft, dass sie Nolas Truhe auf dieselbe Weise öffnen kann. Darüber hinaus wünscht sie sich, dass sich in Nolas Truhe überhaupt etwas befindet. Egal was.

Die Mädchen knien sich auf den quietschenden Holzboden. Malia greift nach dem rostigen Schlüssel, der noch immer im Schloss hängt und dreht ihn vier Mal herum. Er dreht durch, doch das kennt sie bereits. Dann klopft sie vier Mal mit ihrer Faust auf den Deckel der Truhe. Sie hört ein Klicken. Gespannt reißt sie ihre Augen auf. Ihr Blick schweift von Loomy zu Luana. Der Deckel ist schwer und eingerostet. Malia braucht die Hilfe der Zwillinge, um ihn zu öffnen, doch sie hat es geschafft das Schloss aufzusperren. Die Truhe ist bis obenhin vollgestopft mit Kram. Malia ist erleichtert. Sie wühlt sich sofort durch. Greift nach noch mehr Fotoalben, Kartons mit Kleinkram darin, Papieren, ein paar Seidentüchern, einem schwarzen Spiegel und Kristallen. Besonders der Spiegel ist Malia ins Auge gesprungen, denn nicht nur die kunstvolle Umrandung ist in schwarzem Holz, auch das Glas in der Mitte ist schwarz. Sie räumen die Truhe vollständig aus und legen alles auf dem Boden verteilt aus. Es bleibt kaum noch ein Weg frei, um das Wohnzimmer zu verlassen. Toffee gesellt sich zu ihnen und wälzt sich quer über den fein säuberlich ausgelegten Papieren. Jedes der Mädchen schnappt sich, was gerade vor ihr liegt und inspiziert es nach Hinweisen zu Nolas Nachfahren. Malia ist immer noch auf der Suche nach einem Erben, nach Nolas Sohn oder ihrem Ehemann. Irgendjemand muss schon bald das Haus übernehmen, damit sie wieder zur Akademie gehen kann, wenn im Sommer das neue Schuljahr startet. Die Tiere müssen versorgt werden und das Haus gepflegt. Loomy schnappt sich eines der Fotoalben, begutachtet jedes Foto eindringlich, Luana sieht einen Karton mit Papieren durch und Malia stöbert durch einen Karton mit Kleinkram. Eine Pfeife, ein Monokel, Streichhölzer, eine Postkarte, deren Nachricht so gekritzelt ist, dass sie sie nicht entziffern kann, eine Babysocke, ein fein säuberlich gefaltetes Stofftaschentuch und ein verbeulter Ring. Ein Buch über Höhlenmalerei, ein vollgekritzeltes Heft und eine Feder mit Tinte. Loomy blättert sich Seite um Seite durch das Album, gibt Seufzer und *Ooooh*s von sich. Ob sie wirklich recherchiert, oder nur die Bilder begutachtet, ist fraglich. Immer wieder streckt sie ihrer Schwester das Buch vor die Nase und zeigt auf ein Foto, das sie sich ansehen soll. In einem anderen Album sind getrocknete Kräuter und Blumen eingeklebt und beschriftet. Ein anderes Buch enthält Rezepte von Tränken und Gerichten. In einem weiteren Buch wurden handschriftliche Sprüche und - wie es den Eindruck macht - Flüche festgehalten. Luana breitet Pläne vor sich aus und studiert handgemalte Zeichnungen. Skizzen von Flaschen und Figuren, von Schalen, Mörser und Stößel, von Wegen und Bergen. Die Papiere sind verfärbt und an den Knicken rissig. Sie muss sehr vorsichtig sein, um nichts kaputt zu machen. Die Mädchen finden so vieles, doch können es nicht deuten. Sie kommen nicht weiter. Wem gehören diese Dinge und was haben sie zu bedeuten? Plötzlich kneift Luana konzentriert ihre Augen zusammen.

Luana ~ "Malia, sieht mal."

Malia ~ "Was ist? Was hast du da?"

Loomy ~ "Oooh, Malia, kuck mal, Nola mit ihrem Baby! Kuck wie süüüß!"

Luana ~ "Ich glaube, das hier ist ein Stammbaum."

Loomy ~ "Irgendwann will ich auch so eins. Ich suche mir einen Feenmann, dann bekommt es süße kleine Flügel, wäre das nicht toll?"

Malia springt aufgeregt auf und nimmt Luana das Papier aus der Hand. Die Tinte ist verblichen, doch man kann noch alle Linien und Namen und Kraftzeichen darauf erkennen. Tatsächlich scheint es ein Stammbaum zu sein, der über viele Generationen hinweg zurück führt. Er beginnt bei Johannes und Emilia. Malias Vater hat ihr die Geschichte an ihrem Geburtstag erzählt, als er ihr den Armreif geschenkt hat, den Johannes für Emilia im 16. Jahrhundert geschmiedet hat. Malia trägt ihn seither jeden Tag an ihrem Arm. Die beiden hatten vier Kinder. Margareta, Anna, Angus und Rosalie. Der Stammbaum zeigt, dass Angus und Rosalie ebenfalls die Kraft des Sehens besaßen. Margareta und Anna scheinbar nicht, denn neben ihren Namen befindet sich kein Kraftzeichen. Ein Mentibus ist mit einer Ellipse gekennzeichnet, durch die ein Strich gezogen ist. Es sieht beinahe aus wie ein Katzenauge. Darüber stehen drei Striche wie Sonnenstrahlen ab. Krieger sind mit zwei gekreuzten Schwertern abgebildet, Feen mit einer 3 und einer gespiegelten 3, die wie Schmetterlingsflügel zueinander stehen. Hexen erkennt man an zwei übereinanderliegenden

Kreuzen, einem Stern. Es gibt ein weiteres Zeichen. Es erinnert Malia an ein Martini-Glas ohne Fuß. Ein auf dem Kopf stehendes Dreieck mit einem Strich an der unteren Spitze. Wofür es steht, weiß sie nicht. Die Namen auf der linken Seite scheinen Menschen ohne magische Fähigkeiten zu sein. Die meisten von ihnen sind nicht gekennzeichnet, bis auf ein paar wenige Ausnahmen. In jeder Generation gab es ein oder zwei Kindeskinder, die wohl eine Macht besaßen. Die Namen auf der rechten Seite tragen alle ein Kraftzeichen. Angus ist allein geblieben. Vielleicht ist er früh gestorben, oder vielleicht ist er der Hexenjagd zum Opfer gefallen. Es sind keine Jahreszahlen vermerkt. Rosalie jedoch hat eine magische Erblinie gegründet. Sie hat Klaus geheiratet, einen Hexer, und sie haben drei Kinder bekommen. Marx, Jacob und Meena. Marx und Meena haben ebenfalls geheiratet und Kinder gezeugt. Neben Jacobs Namen ist ein weiteres Zeichen vermerkt, das sich quer über den Stammbaum dieser Generation zieht. Ein Kreis mit einem Haken. Es steht zusätzlich zum Kraftzeichen neben den Namen.

Luana ~ "Ich vermute das Zeichen steht für die Pest. Sieht mal, es kommt nur in dieser Generation vor und es erinnert an die Vogelmaske. Einige von ihnen sind wohl daran gestorben."

Malia ~ "Die Pest gab es hier auch?"

Luana ~ "Natürlich. Nicht ganz so verbreitet wie bei den Menschen, aber trotzdem sind viele daran gestorben. Es wurde uns Hexen zugesprochen die Pest als Fluch über die Menschheit verbreitet zu haben."

Loomy ~ "Außerdem sehen wir ja nicht, wer überhaupt in Rhimmard gelebt hat. Kann doch auch sein, dass manche von ihnen bei den Menschen gelebt haben, oder?"

Malia ~ "Stimmt es denn? War es ein Fluch?"

Luana ~ "Keiner der Hexen, nein. Es gab zu dieser Zeit viele mächtige Hexen, aber Flüche haben sie nicht ausgeübt. Sie waren gute Hexen. Lisala war die einzige Hexe, die Flüche angewendet hat und sie war immer die einzige, die den Menschen schaden wollte. Aber ich weiß nicht, ob sie zu dieser Zeit überhaupt schon gelebt hat, um ehrlich zu sein."

Loomy ~ "Ich glaube, inzwischen weiß niemand mehr, wann Lisala so geworden ist."

Malia ~ "Und was bedeutet dieses Zeichen hier?" Sie zeigt auf das Martini-Glas.

Luana ~ "Ich vermute es steht für einen Arkanisten. Es gibt nur wenige von ihnen und viele glauben, diese Macht sei inzwischen ausgestorben."

Malia ~ "Was ist ein Arkanist?"

Luana ~ "Arkanisten erforschen Energien und stellen magische Artefakte her. Sie lenken Energien, um Dinge und Personen zu beeinflussen, beherrschen Voodoo und verwenden Flüche. Niemand weiß genau, ob sie gut oder böse sind. Sie sind auf jeden Fall mächtig."

Loomy ~ "Arkanisten sind gruselig. Die meisten meiden sie, weil sie Angst vor ihnen haben. Deshalb gibt es auch so wenige von ihnen."

Malia ~ "Also hat vielleicht auch ein Arkanist die Pest hervorgerufen?"

Loomy ~ "Ja, das könnte sein. Aber sie sind selbst ja auch daran gestorben, bis einer von ihnen eine Heilung gefunden hat."

Malia ~ "Sie haben ein Heilmittel gegen die Pest gefunden?"

Loomy ~ "Klar! Meinst du, sowas endet von allein?"

Luana ~ "Sie haben ein Pulver gefunden, das sie zusammen mit den Galumi in die Wolken gelegt haben. Beim nächsten starken Regen hat sich das Gegenmittel dann über den Menschen verteilt. So konnte die Pest beendet werden, bevor sie die gesamte Menschheit auslöschen konnte."

Malia ~ "Kennt ihr einen Arkanisten? Habt ihr schon einmal einen getroffen?"

Luana ~ "Nein. Zumindest nicht, soweit ich weiß. Wie gesagt, ich bin mir nicht sicher, ob es das Zeichen hierfür ist, aber ich könnte es mir vorstellen."

Loomy ~ "Naja, andere Kräfte gibt es nicht, oder?"

Neun Generationen sind auf diesem Stammbaum aufgeführt, doch die letzten drei Generationen wurden nicht mehr vollständig dokumentiert. Jede Linie bricht an einer Stelle ab. Die Linie der Menschen endet bereits in der vierten Generation. Danach sind keine Partner und weitere Kinder mehr aufgeführt. Entweder hat die Pest die Linie beendet, oder der Kontakt ist abgebrochen und wer auch immer zu dieser Zeit den Stammbaum weitergeführt hat, erhielt keine weiteren Informationen mehr. Die Linie der magischen Wesen geht bis zur neunten Generation, doch auch hier nur in einer Familie. Nola hat die Geschichte ihrer Vorfahren wohl nicht mehr sehr zuverlässig verfolgt. Man erkennt deutlich, dass jede Generation ihre Verwandten eingetragen hat, denn jede Zeile ist in einer anderen Schrift verfasst. In der siebten Generation entdeckt Malia schließlich Nolas Namen. Sie ist das einzige Kind von Tam und Mila, einem Mentibus und einer Hexe. Mila stammte aus der Linie von Johannes und Emilia, Tam war ihr Ehepartner. Neben Nolas Namen führt ebenfalls eine Ehelinie weg. Sie hat geheiratet. Flyx steht mit ihr verbunden, neben ihm das Martini-Glas. Er war, oder ist, also ein Arkanist. Vielleicht kann Malia ihn noch auffinden. Vielleicht lebt er noch. Wenn Arkanisten so selten sind, dann wird wohl auch jeder davon gehört haben, wo sich dieser eine seltene Vogel in dieser Stadt aufhält oder was aus ihm geworden ist. Vielleicht hat sie Glück und er wohnt sogar noch in Folkocs. Die beiden hatten ein Kind, doch das wusste Malia bereits von den Bildern auf Nolas Kommode. Endlich hat sie nun auch einen Namen zu dem kleinen Jungen auf den Fotos. Er heißt Pyta und ist ebenfalls ein Mentibus. Geschwister hat Pyta nicht, doch dem Stammbaum nach hat er eine Partnerin, Stacy. Malia traut ihren Augen nicht. Stacy, ohne ein magisches Zeichen daneben. Aus ihrer Verbindung ging dem Stammbaum nach ein Kind hervor. Arie, Mentibus.

Sefen Itog

Der Marktplatz in Folkocs ist leer. Wolken verdunkeln den Himmel, es duftet bereits nach aufziehendem Regen. Malia hat sich auf den Weg in die Stadt gemacht, um bei Ms. Piggle eine Kristallkugel zu kaufen. Eigentlich wollte sie schon lange wieder Zuhause sein, doch seit sie ihre Kräfte besser beherrscht, findet sie viel mehr Gefallen an den Artefakten im Laden als zu Anfang. Das erste Mal, als sie bei Ms. Piggle war, hatte sie keine Ahnung, was sie mit all den Dingen anfangen soll, die es dort zu kaufen gibt. Nicht alles ist für sie als Mentibus geeignet. Auch Hexen und Feen finden hier Bücher, Kerzen, Kräuter, Feenstaubtaschen, Ouija Bretter und noch vieles mehr. Malia ist noch verunsichert, was für sie hilfreich ist, doch inzwischen kennt sie die Möglichkeiten ihrer Kraft viel besser. Die Kristallkugel befindet sich schon lange in ihrer Hand, doch sie durchstöbert noch die weiteren Regale. Ms. Piggle zeigt ihrer einzigen Kundin an diesem düsteren Tag mit größter Freude alles, was ihr kleiner, vollgestopfter Laden zu bieten hat. Kristalle, Pendel, Kerzen, Bücher, Kristallkugeln und Schutzartefakte wie Brillen, Schmuck und Hüte. Malia fühlt sich inzwischen aber etwas unbehaglich. Sie wollte wirklich nur die Kristallkugel kaufen und lehnt bei allem was Ms. Piggle ihr zeigt ab. An den Wänden hängen außerdem einige Spiegel, die dem aus Nolas Truhe ähneln. Sie sind aus schwarzem Glas, mit wunderschönen Rahmen. Malia wusste sofort, als sie ihn aus der Truhe gezogen hat, dass dies kein gewöhnlicher Spiegel ist. Sie weiß nur nicht, wie sie ihn einsetzen kann. Sobald Ms. Piggle den Vortrag über ihre Schutzamulette beendet hat, will Malia sie auf die Spiegel ansprechen. Sie wird ihr sicherlich bis ins kleinste Detail zeigen, was dieser Spiegel kann. Um die motivierte Verkäuferin schneller dorthin zu führen, greift Malia nach einem der Amulette und kauft es. Ms. Piggle freut sich sehr darüber. Der Tag wäre für sie vermutlich endlos gewesen ohne Kundschaft und Malia hat das Gefühl, dass sie es wirklich genießt, wenn ihr Fachwissen und ihre Beratung benötigt werden.

Malia ~ "Diese Spiegel dort sind sehr schön. Was macht man damit?"

Ms. Piggle ~ "Oooh, das sind nicht einfach nur Spiegel. Das sind Fenster, die dich in eine andere Sphäre blicken lassen. Sehr eindrucksvoll!"

Malia ~ "Wie geht das? Wenn ich hinein sehe, sehe ich nur mich."

Ms. Piggle ~ "Siehst du hinein, siehst du dich selbst. Blickst du tief, entdeckst du mehr. Siehst du den Rahmen, in dem der Spiegel eingelassen ist?" Malia nickt. "Er dient als Barriere. Du legst den Spiegel auf den Tisch und füllst ihn bis zum Rand des Rahmens mit Wasser. Und dann streckst du einfach deinen Kopf hinein."

Malia ~ "Wie soll ich meinen Kopf in Wasser strecken, das gerade einmal einen Zentimeter tief ist?"

Ms. Piggle ~ "Es ist Magie!"

Auf dem Nachhauseweg wird Malia vom Gewitter und kalten Regen eingeholt. Nicht nur die Farben und Geschöpfe in Rhimmard sind besonders, auch der Regen ist anders als

Zuhause. Die Tropfen prickeln auf der Haut wie Brausepulver auf der Zunge. Sie wollte sich noch frühzeitig auf den Weg machen, aber sie hat zu lange herum getrödelt. Nachdem sie bei Ms. Piggle fertig war, ist sie noch durch die Gassen geschlendert, in der Hoffnung, vielleicht irgendwo auf Tris zu treffen. Ihre letzte Begegnung war auf dem Frühlingsfest und sie verlief nicht sehr gut. Dass er sich bei diesem Wetter nicht nach draußen wagt, hat sie zwar vermutet, aber die Hoffnung war dennoch da. Vielleicht hätte er sie ein Stück begleitet, sie nach Hause gebracht, hätte sich noch mit ihr vor den Kamin gesetzt, um einen Tee zu trinken. Sie hätten reden können. Malia hat eben Nolas Stammbaum gefunden und darauf erfahren, dass Arie Nolas Enkeltochter ist. Ihr eigener Name stand zwar nicht auf dem Stammbaum, doch es bedeutet zwangsläufig, dass auch Malia eine Enkeltochter von Nola ist. Pyta scheint ihr Vater Peter zu sein. Er muss in die Menschenwelt gereist und dort geblieben sein, so wie Malia nach Rhimmard gereist und dort geblieben ist.

Malia hatte bereits eine starke Bindung zu Nola, aber hätte sie gewusst, dass Nola ihre Großmutter ist... Sie hätte sie noch viel mehr geliebt. Und sie hätte sie niemals verlassen. Sie würde so gern mit jemandem darüber sprechen. Die Zwillinge waren bei ihr, als sie den Stammbaum gefunden hat. Luana hat ihr das Papier sogar in die Hand gelegt. Malia hatte anfangs nur keine Worte für ihr Empfinden. Sie konnte nicht begreifen, was sie da gerade erfahren hat. Alles war taub. Die Information musste erst sacken und sie musste darüber nachdenken was das für sie bedeutet. Mit Tris konnte sie immer ganz offen sprechen. Er hat sie beruhigt und ihr gezeigt, dass alles im zweiten Moment ganz anders ist, als es im ersten wirkt. Sie konnte ihr Heimweh damals einfach bei ihm abladen und er hat ihr das Gefühl gegeben, dass jeder Tag eine neue Chance ist. Heute ist heute und morgen ist morgen. Sie braucht jetzt jemanden, der ihr einfach nur zuhört. Bei dem sie das Chaos ihrer Gedanken abladen und mit ihm zusammen entwirren kann. Wie ein Kopfhörerkabel, das sich komplett verknotet hat. Loomy würde daraus gleich wieder einen Oh-Mein-Gott-Skandal machen. Malia wäre dadurch nur noch mehr damit überfordert, als sie es ohnehin schon ist. Luana hat sich zu dieser Offenbarung auch nur wenig geäußert. Sie meinte nur, sie hätte es früher schon vermutet, aber sie sei sich nicht sicher gewesen. Luana ist zu hartgesotten. Außerdem sind die Zwillinge heute mit ihren Eltern verreist. Tris könnte ihr sagen, dass sie keine Schuldgefühle haben muss. Vielleicht wusste Nola nicht, dass sie ihre Enkeltochter ist. Nunja. Nola wusste alles. Außerdem hat Malia Arie Nola gegenüber mehrmals erwähnt und ihr Geschichten erzählt. Vermutlich waren es die ersten und einzigen Geschichten, die Nola je von ihren Enkeltöchtern gehört hat.

Als Malia am Haus ankommt, sind ihre Klamotten klitschnass, denn natürlich hatte sie keinen zusätzlichen Regenschirm bei sich. Sie hängt ihren Regenmantel an die Garderobe, leert das Wasser aus ihren Stiefeln und stellt sie neben den Kamin. In ihrem Zimmer schlüpft sie in eine trockene Jogginghose und einen weiten Pullover, dann macht sie Feuer im Kamin und kocht sich Teewasser auf. Der Spiegel aus Nolas Truhe liegt provokant auf dem Esstisch. Malia wusste nicht, wo sie ihn aufhängen könnte, aber zurück in die Truhe wollte sie ihn auch nicht legen. In einer kleinen Kanne trägt sie Leitungswasser von der Küche zum Tisch. Vorsichtig schüttet sie so viel Wasser auf das schwarze Glas, bis es an den oberen Rand der Schnörkel auf dem Rahmen reicht. Sie holt tief Luft und streckt ihren Kopf ins kalte Wasser. Ihre Augen sind geschlossen und sie erwartet, direkt mit ihrer Nase auf das Glas zu stoßen. Stattdessen taucht sie bis über die Ohren ein, hört einen Strudel und dann eine Stimme, die immer klarer wird und ihren Namen ruft. Sie öffnet vorsichtig ihre Augen.

Es muss ein Traum sein. Vor ihr stehen fünf Frauen, in langen weißen Kleidern, die sich in einem endlosen, weißen Raum befinden. Die Frau ganz links hat lange, graue Haare, die zu vielen schmalen Zöpfen geflochten unter einer Kapuze herauslugen. Sie hat tiefe Falten um die Augen. Ihr Blick strahlt. Die Frau daneben ist noch jung. Sie ist kleiner als die anderen. Hübsch. Blonde Locken umranden ihr zartes Puppengesicht. Die beiden Frauen auf der rechten Seite sind etwa so alt wie Malias Mutter. Die eine hat braune, die andere blonde Haare. Sie sehen sich sehr ähnlich. Eine weitere, sehr alte Frau steht genau in der Mitte vor Malia. Es ist Nola. Malia ist sprachlos. Sie will auf Nola zugehen, doch sie kann sich nicht bewegen. Sie kann nur Sehen.

Nola ~ "Kind, du hast uns gefunden. Ich bin so froh, dich zu sehen!"

Malia ~ "Was ist das hier? Träume ich?"

Nola ~ "Nein, Kleines, es ist kein Traum. Das hier ist das Atrium. Eine Ebene, in der du mit uns kommunizieren kannst. Uns, deinen Vorfahren."

Nola zeigt auf die anderen Frauen und stellt sie Malia vor. Emilia, die erste ihrer Ahnenreihe. Meena, Nolas Mutter. Valentina und Rosalie. Sie alle waren Seherinnen.

Malia ~ "Nola, hätte ich es gewusst..." Eine Träne kullert über ihre Wange.

Nola ~ "Ich wusste es, das war genug. Du hast nichts falsches getan. Du warst bei mir und ich bin sehr glücklich darüber, dass wir uns kennengelernt haben."

Malia ~ "Ich habe so viele Fragen!"

Nola ~ "Alles, was du wissen musst, wirst du noch herausfinden."

Emilia ~ "Malia, du hast eine wichtige Aufgabe."

Malia ~ "Eine Aufgabe? Welche Aufgabe?"

Meena ~ "Du warst auf der Suche nach Nolas Erben. Du hast ihre Erbin gefunden. Du bist es. Aber du musst nun auch ihren Ehemann finden."

Nola ~ "Nenn ihn nicht meinen Ehemann, Mutter. Wir haben uns seit einer Ewigkeit nicht mehr gesehen. Aber Malia, Mutter hat Recht. Du musst deinen Großvater finden, Flyx."

Malia ~ "Wo kann ich ihn finden?"

Valentina ~ "Er ist in den Bergen. Du musst einfach dem Pfad folgen."

Malia ~ "Welchem Pfad? Es gibt tausend Pfade in den Bergen! Ich kann doch nicht jeden einzelnen davon absuchen!" Sie ist empört, diese Valentina könnte ruhig etwas genauer werden.

Valentina ~ "Links vom linken Pfad befindet sich der rechte Pfad."

Malia sagt nichts.

Nola ~ "Du schaffst das!"

Malia ~ "Weshalb soll ich ihn finden? Was hat er?"

Emilia ~ "Er bewahrt ein wichtiges Artefakt auf."

Nola ~ "Er besitzt eine Box, die mir gehört. Er hat sie angefertigt und ich habe sie ihm vor langer Zeit zurückgegeben, damit er sie sicher für mich aufbewahrt. In dieser Box befindet sich das wahre Reich von Albas. Du musst es zurückbringen und befreien."

Rosalie ~ "Du hast gesehen, in welchem Zustand sich Albas nun befindet. Es war nicht immer so. Dieses Reich hat dem, der es regiert, viel Macht geboten. Es war wichtig, dass Lisala sich diese Macht nicht zu Nutzen machen konnte."

Meena ~ "Sie musste aus einer Welt nur aus Asche leben."

Nola ~ "Als Lisala Albas eroberte, haben wir ihr diese Macht genommen. Wir haben das gesamte Reich in einer Box verschlossen. Hätten wir es nicht getan, wäre sie noch viel mächtiger gewesen. Flyx hat diese Box erschaffen, er ist ein Arkanist und kann somit magische Artefakte herstellen. Die

Box war eines dieser Artefakte. Danach habe ich sie ihm zurückgegeben. Er sollte sie aufbewahren. Seitdem habe ich ihn nie wieder gesehen."

Malia ~ "Du warst das also? Einer der Bewohner hat erwähnt, dass über Nacht plötzlich alles anders gewesen sei. Alles in Asche verschüttet. Wo hat Flyx die Box versteckt?"

Valentina ~ "Das weiß nur er allein."

Malia ~ "Und was, wenn er tot ist?"

Meena ~ "Er unterliegt dem ewigen Leben."

Malia ~ "Wie kann er ewig leben?"

Emilia ~ "Arkanisten sterben nicht. Wenn sie zu alt geworden sind, leben sie einfach wieder rückwärts. Bis sie wieder ein kleines Baby sind. Dann beginnt das Leben von vorn."

Nola ~ "Wir wissen, dass er lebt, jedoch könnte er ebenso ein alter Greis, wie auch ein kleiner Junge sein."

Malia ~ "Na toll." Sie seufzt. "Also in den Bergen, irgendwo links, lebt ein kleiner Junge, oder ein alter Mann, der eine Kiste hat, die ich holen soll, von der wir aber nicht wissen, wo er sie versteckt hat."

Valentina ~ "So ist es."

Malia ~ "Und diese Kiste soll ich dann nach Albas bringen und dort öffnen."

Nola ~ "Du bist voreilig Kind. Hol Andira, geht in die Berge. Folgt dem Pfad, du wirst wissen, welcher der richtige ist. Folge deiner Intuition. Wenn ihr Flyx gefunden habt, fragt ihn nach der Box. Wenn du wieder Zuhause bist, sprechen wir uns hier im Atrium. Viel Erfolg."

Die Frauen verblassen. Malia zieht ihren Kopf zurück und befindet sich plötzlich wieder in Nolas Hütte. Das Teewasser pfeift bereits in einem ohrenbetäubend schrillen Ton. Malia nimmt den glühenden Kessel vom Herd. Ihre Gedanken kreisen. Die Zeit, um in den Bergen nach ihrem verschollenen Großvater zu suchen, ist mehr als ungünstig. Das Sommerfest steht bevor und damit auch der Beginn des neuen Schuljahres. Malia wollte danach zurück in die Akademie. Loomy und Luana wird sie erst dort wieder antreffen, denn sie werden erst pünktlich zum Sommerfest wieder von ihrer Reise zurück sein und Andira ist seit dem Ende des Krieges verschollen. Würde sie sich jetzt auf den Weg machen, müsste sie allein gehen. Kann Moose sie nicht einfach dorthin fliegen? Seitdem der Krieg vorbei ist, wohnt er praktisch bei Malia und den Tieren im Garten. Wenn der Regen vorbei ist, könnte er sie doch begleiten. Bei Moose ist Malia immer sicher. Außerdem weiß er vielleicht, wo sich Flyx genau aufhält. Moose fliegt schon sein ganzes Leben lang über Rhimmard umher, über Wälder und Seen, zwischen den Bergen entlang. Er hat ihn vielleicht schon einmal entdeckt? Dann könnte sich Malia diese ganze Suche nach dem *rechten Weg, links vom linken Weg* ersparen. Insgeheim kennt Malia jedoch die Antwort. Nein. Sie muss den Pfad suchen und ihn selbst gehen. Wie Nola es gesagt hat. Doch wieso hat Nola ihr geraten, dass Andira sie begleiten soll. Braucht sie Andira wirklich nur als Begleitung oder als

Unterstützung? Eine mächtige Hexe als Schutz oder eine gute Freundin als Stütze?

Okt Itog

Die Vorbereitungen für das Sommerfest laufen seit Tagen und heute ist es endlich soweit. Holzbuden wurden aufgestellt, die Stände dekoriert und mit Waren bestückt. Nun wird das Kinderprogramm vorbereitet. Malia freut sich auf den neuen Jahresabschnitt, ganz besonders, weil die Akademie am nächsten Tag wieder öffnen wird. Sie hat sich entschieden, dort zur Schule zu gehen und weiterhin in Nolas Haus zu wohnen, um sich um die Tiere zu kümmern. Es ist nicht die ideale Lösung, aber es ist die einzige. Denn wie Meena gesagt hat, ist sie Nolas Erbin.

Loomy und Luana haben Malia vor dem Fest zu sich nach Hause eingeladen, damit sie sich gemeinsam die Haare schmücken können. Nichts, was Malia gern über sich ergehen lässt, aber die beiden haben Freude daran und sie haben Malia klar gemacht, dass sie keine Wahl hat. Malia ist in eine kurze schwarze Jeans und ein dunkelgraues Top geschlüpft. Darüber trägt sie einen leichten, durchsichtigen Mantel in schwarz. Viele Ketten in verschiedenen Längen hängen um ihren Hals und schmücken ihre Handgelenke. Loomy hat morgens schon einen Eimer voll bunter Blüten in den Feldern gesammelt, die sie sich für das Fest in die Haare flechten. Blumen wie diese hat Malia noch nie gesehen. Sie sind in den verrücktesten Farbkombinationen und Formen. Einige sehen fast aus wie Nudeln, andere wie Vasen, wieder andere ähneln Muscheln. Die Zwillinge haben sich bereits viele schmale Zöpfe in ihre langen blonden Haare geflochten, haben sie in einem Muster am Kopf befestigt und stecken nun die Blüten an ihren Stielen in das Geflecht. Malia reicht ihnen dabei immer neue Blütenblätter. Loomys Schmuck ist verspielt, mit lockeren Strähne über ihrem langen, offenen Haar. Luana trägt einen hohen Knoten, um den sie ein Nest aus Blütenblätter gesteckt hat. Nur wenige kurze Strähnen rahmen sich um ihre Wangen. Als Malia an der Reihe ist, setzt sie sich still auf den Hocker in der Küche. Die Zwillinge flechten ihr viele verschieden dicke Zöpfe in ihre Haare, binden Strähnen nach hinten fest, wickeln sanfte Locken in einige andere Strähnen und stecken so viele Blumen in Malias Haare, dass die Zöpfe fast nicht mehr zu sehen sind. Malia fühlt sich unbehaglich, wenn jemand so in ihren Haaren herum wühlt. Schon früher war sie ungern beim Friseur. Was andere als Entspannung angesehen haben, war für sie immer einfach nur unbehaglich. Deshalb hatte sie auch immer nur denselben langweiligen Haarschnitt. Lange Haare, mit geradem Schnitt in den Spitzen. Kein Pony, keine Stufen, keine Strähnchen. Die meiste Zeit wurden ihre Spitzen einfach von ihrer Mutter geschnitten. Als Lisa, die Freundin ihres Kumpels Philipp, kurz vor ihrem Geburtstag mit ihr beim großen Umstyling war, fand Malia ihren Friseurbesuch zum ersten Mal unterhaltsam. Sie fühlte sich mutig und hat ganz darauf vertraut, dass sie sich mit dem Ergebnis schon irgendwie anfreunden wird. Im Nachhinein gefällt ihr die neue Frisur ganz gut. Dass Loomy und Luana ihr nun wieder einen neuen Look verpassen, stört sie nur ein klein wenig. Sie mag das Ziepen und Flechten nicht, aber schlussendlich wird sie am Ende dieses Tages alles wieder aus ihren Haaren herausnehmen können.

Loomy ~ "Habt ihr schon die Gerüchte über den neuen Schulleiter der Akademie gehört?"

Malia ~ "Nein! Was denn?"

Luana ~ "Ist denn schon bekannt, wer den Posten übernimmt? Ich dachte, das sei ein groß gehütetes Geheimnis bis zum Schulanfang."

Malia ~ "Naja, das ist ja schon morgen."

Loomy ~ "Er sei ein ganz komischer Exot und er will wohl richtig viel verändern."

Luana ~ "Ohje, hoffentlich bekommen wir keine Schuluniform"

Malia ~ "Wäre das so schlimm? Ich finde es ganz cool, wenn ich mir morgens keine Gedanken um mein Outfit machen muss."

Loomy ~ "Tut mir leid Mäuschen, aber das sieht man." Sie lacht, weil sie Malia damit auf die Schippe nimmt.

Malia ~ "HEY! Mir gefällt das so! Ich bin eben nicht so über-trendy wie ihr beiden."

Luana ~ "Die meisten Sachen bringt Vater uns von seinen Reisen mit."

Malia ~ "Was arbeitet er eigentlich? Er ist ständig unterwegs."

Luana ~ "Vater ist Geomant und deshalb oft für lange Zeit am Stück unterwegs. Die Reise, von der wir gestern zurückgekommen sind, war für ihn im Endeffekt auch wieder nur Arbeit. Dafür haben wir dann mehr Zeit für uns."

Loomy ~ "Wir mussten dieses Mal sogar mit einem Dracaris fliegen!"

Malia ~ "Was ist ein Dracaris?"

Loomy ~ "Eine riesige Libelle, auf deren Rücken um die 100 Passagiere Platz haben. An den Seiten hat sie große Stachelkämme, damit man nicht runterfällt. Darunter wachsen auf jeder Seite 8 Flügel zur Seite. Es ist ziemlich holprig und unbequem."

Malia ~ "Und das Gepäck?"

Luana ~ "Das hält man natürlich fest, sonst fällt es ja runter."

Malia ist verdutzt. Sie hätte riesige Angst, unter freiem Himmel auf einer wackeligen Libelle zu sitzen. Als sie so still dasitzt, überlegt sie, ob sie den Zwillingen von ihrer Erfahrung im Artrium erzählen soll. Ist es normal, dass man über einen Spiegel mit seinen Vorfahren kommuniziert? Ms. Piggle hat gesagt, dass sie dadurch in eine andere Sphäre eintauchen kann, aber hat sie auch wirklich das damit gemeint? Oder sollte sie es lieber geheim halten? Was könnte schon passieren, wenn sie es jemandem erzählt? Sollte sie lieber noch warten, bis sie all das selbst etwas besser versteht? Spätestens, wenn sie sich auf die Suche nach ihrem Großvater macht, muss sie es jemandem sagen. Die Aussage war deutlich, dass sie nur in Begleitung gehen soll.

Als sie in den Handspiegel blickt, den Loomy ihr vorhält, erkennt sie sich selbst kaum wieder. Ein bunter Kranz aus glitzernden Blüten schimmert über ihr Haar. Türkis blaue

Blumen scheinen über ihr zu schweben, ein paar orangefarbene haben lange Fühler, die sich wie Tentakel bewegen. Ein perfekter bunter Kontrast zu ihrer dunklen, - wie Loomy sagt - langweiligen Kleidung. Malia fühlt sich, als wäre sie wieder ein kleines Kind, das mit ihrer großen Schwester im Garten spielt. Sie haben selbst schon Kränze aus Margeriten und Ketten aus Löwenzahn geflochten. Ihr Vater musste die Blumen im Frühling immer extra lange wachsen lassen, damit sie lange Girlanden aus ihnen basteln konnten. Erst wenn alle Blumen gepflückt waren, durfte er den Rasen mähen.

Der Marktplatz füllt sich am frühen Nachmittag. Die Häuser sind mit dicken Girlanden aus Blumen dekoriert, wie Malia sie von Zuhause kennt. Nur mit viel dickeren und an der Anzahl viel mehr Blüten, als sie es je hätte basteln können. Der Springbrunnen in der Mitte des Marktplatzes gluckst fröhlich vor sich hin. Es gibt Gemüsestände, Stände mit Pflanzen und Blumengestecken, eine Eisdiele, erfrischende Getränke, Cocktails und Barbecue. Die Kinder können sich Blumenkränze für die Haare stecken - wie den Schmuck, den Malia auf ihrem Kopf trägt - und Hüte aus Beeren basteln. Die Mädchen auf dem Marktplatz staunen über die schöne Blütenpracht in Malias, Loomys und Luanas Haaren und auch andere haben bereits ihre Haare und Kleidung verziert. Durch die Gassen hallt fröhliche Musik. Das Sommerfest hat begonnen. Malia ist gespannt, was der Trimesterwechsel dieses Mal bereithält. Auf dem Herbstfest färben sich die Blätter orange, beim Winterfest schneit es und das Frühlingsfest lässt den Schnee wieder schmelzen und Knospen wachsen. Es ist ihr erstes Sommerfest. Die Zwillinge haben angeboten, ihr alles zu erzählen, doch Malia will sich überraschen lassen. Der Zauber der ersten Trimesterfeste ist atemberaubend und heute wird ihr letztes erstes Trimesterfest sein.

Loomy ~ "Also, als allererstes möchte ich ein Orangeneis und danach einen Floppy Hopper."

Malia lacht ~ "Einen was?"

Loomy ~ "Einen Cocktail. Einen Floppy Hopper. Der ist der Beste, du musst ihn probieren!"

Luana ~ "Wir holen uns erst einmal Eis und dann suchen wir uns in Ruhe einen schönen Platz in der Sonne, wie klingt das?"

Malia ~ "Ich will unbedingt über den Platz laufen und alles sehen, bevor wir uns irgendwo hinsetzen!"

Luana ~ "Auf jeden Fall."

Der Marktplatz ist inzwischen proppenvoll, es ist kaum ein Durchkommen. Vor allem vor dem Eisstand tummeln sich die Kinder und rufen Eissorten zum Verkäufer. *Minze, Gänseblume, Zitrone, Apfel, Passionsfrucht, Milch, Kakao,...* alle Sorten werden wild durcheinander bestellt. Zuhause hat Malia meistens nur Vanilleeis bestellt und sie ist sich unsicher, ob es hier dieselben Sorten gibt. Obwohl sie größer ist, als die Kinder vor ihr, ist sie noch so weit vom Eisstand entfernt, dass sie die Schilder der Eissorten nicht lesen kann. Drei Verkäufer geben das Eis an die Kinder aus. Einer ist groß und schlaksig, mit einem so dicken Kropf im Hals, dass sein Nacken nach hinten kippt. Der zweite ist klein und dick und trägt einen dichten Schnurrbart. Er kann gerade so über die Theke blicken. Die dritte Verkäuferin hat ein knubbeliges Gesicht und eine kratzige Stimme. Sie trägt eine lange Schürze. Hätte sie auch Blumen im Haar, würde sie vermutlich gleich viel freundlicher wirken. Die Arme der Verkäufer fuchteln so schnell über die Theke, dass man nicht mehr erkennen kann, welcher Arm zu wem gehört. Geduldig warten die Mädchen, bis der drahtige Verkäufer auf der linken Seite sie direkt anspricht und ihre Bestellung aufnimmt. Malia ist überfordert, denn sie konnte sich noch nicht für eine Sorte entscheiden. Auf die Schnelle bestellt sie eine Kugel Kirscheis - das einzige, das für sie normal klingt. Vanille gibt es nicht. Loomy bestellt Orange und Luana Paprika-Tomate. Sie zwängen sich durch die Traube an Kindern und schlendern über den Marktplatz. Vor lauter Musik und Kinderlachen können sie sich im Getümmel kaum unterhalten.

Etliche Kinder rennen in Badesachen über den Platz. Rücksichtslos und in vollem Eifer rempeln sie alle an, die sich ihnen in den Weg stellen. Malia hält ihr Eis ganz fest und versucht bloß nicht zu Boden zu fallen. Extra für das Fest wurden Wasserfontänen im Boden angelegt, durch die die Kinder rennen und sich erfrischen. Die Fontänen sprühen einen sanften Wassernebel in die Luft. Im Schein der Sonne prickelt der Wassernebel angenehm auf der Haut. Die Band spielt fröhliche Musik und vor der Bühne wird barfuß getanzt. An einem Blumenbeet, das sie passieren, beobachtet Malia einige Kinder-Galumi, die Blumen aus der Erde ragen lassen. Ihre Finger kreisen darüber, als würden sie sie zeichnen.

Malia ~ "Du malst aber schöne Blumen!"

Kind ~ "Danke, ich habe ganz viel geübt!"

Das Mädchen sieht zu ihr hoch.

Kind ~ "Wooow, deine Haare sind so schön!"

Malia ~ "Vielen Dank! Meine Freundinnen haben das für mich gemacht."

Auf dem Boden liegen Picknickdecken aus. Die Mädchen suchen sich eine freie Decke und sinken auf ihre Knie. Die Sonne wärmt ihre mit Eis verschmierten Gesichter. Es ist warm, Fröhlichkeit liegt in der Luft. Luana wippt erheitert im Takt der Musik mit, während sie ihre Eiscreme verschlingt. Einige Jugendliche laufen durch die Menge und verteilen blumenförmige Sonnenbrillen und bunte Perlenketten an alle Besucher. Sie hängen den Mädchen mehrere Ketten um die Hälse. Luana bekommt eine grüne Sonnenbrille, Loomy eine pinkfarbene und Malia eine gelbe Brille.

Der Nachmittag vergeht schnell und zur Dämmerung erfolgt der Trimesterwechsel. In Malia baut sich eine kaum auszuhaltende Spannung auf. Ein lauter Gong halt durch die Gassen und alle Bewohner verstummen. Ein zweiter Gong kündigt das Ende des Frühlings an. In der Vibration eines dritten Gonges erschüttern die Blüten und pusten allen Blütenstaub in die Luft. Gelbe Wolken tanzen über die Felder und über den Dächern. Malia streift sich die Sonnenbrille über die Stirn, um keinen Moment zu verpassen. Eine warme Brise fegt über den Boden, weht durch ihre Haare, verteilt Pusteblumen und andere Blumensamen und hebt schließlich den gelben Staub weiter in die Lüfte hinweg. An den Verkaufsständen mit den einst leeren Töpfen und unbewachsenen Pflanzen wachsen Sprösslinge heran, die immer höher wachsen, bis saftige Früchte und pralles Obst an den Zweigen hängen. Beeren, Äpfel, Tomaten, Kiwis und Trauben. In ihrem Garten konnte Malia in den letzten Tagen ebenfalls schon Salat und Radieschen ernten.

Malia und die Zwillinge stehen in der Mitte des Marktplatzes. Mit einem vierten Gong steigen bunte Luftballons knapp über ihre Köpfe. Loomy ist sichtlich nervös über Malias kommende Reaktion. Sie stupst immer wieder auf ihre Schulter und reißt freudig ihre großen Kulleraugen auf. Etwas spannendes scheint zu geschehen. Auf der Bühne greifen die Musiker wieder nach ihren Instrumenten und beginnen leise zu spielen. Ein fünfter Gong fährt wie ein Pfeil durch die Luftballons und bringt sie zum Platzen. Jubelnd werfen die Bewohner von Folkocs ihre Arme in die Luft. In den Ballons befindet sich buntes Pulver, das farbenfroh durch die Lüfte berstet und alles darunter in bunte Flecken tunkt. Malia bekommt eine volle Ladung Pulver in ihren vor Staunen aufgerissenen Mund. Erschrocken hustet sie tief. Loomy könnte sich auf dem Boden kugeln vor Lachen. Ihr ganzes Gesicht ist sogleich in tiefem Purpur gefärbt. Das Pulver schmeckt nach Johannisbeere. Sie setzt sich die gelbe Blumenbrille auf die Nase und tanzt ausgelassen in die Nacht. Loomy hat sich wie angekündigt einen Floppy Hopper besorgt und auch für Malia hat sie einen Becher davon mitgebracht. Das Getränk ist ausgesprochen lecker. Es ist ein Cocktail aus Grapefruitsaft, Maracuja und Aprikose, gemischt mit Sprudelwasser. Glitschige Kugeln schwimmen im Glas, um das Getränk zu kühlen.

Die Sonne ist untergegangen, Glühwürmchen fliegen über den Marktplatz und Malia tanzt noch immer mit Luana und Loomy zum Takt der Musik. Malia wird unterbrochen, als sie eine Hand auf ihrer Schulter liegen spürt. *Tris* schießt es ihr als erstes durch den Kopf. Ihr Gefühl sagt es ihr ganz eindeutig, oder ist es nur Hoffnung? Die dunkelbraunen Augen und seine caramellgebräunte Haut haben sich tief in ihr eingebrannt. Sie hat den ganzen Abend vergessen, sich nach ihm umzusehen. Alles war so spannend, dass kein Platz in ihren Gedanken für ihn war. Mit einem breiten Lächeln dreht sie sich um, doch im nächsten Moment traut sie ihren Augen nicht. Es ist nicht Tris, der vor ihr steht. Es ist Andira. Sie ist zurückgekehrt. Für einen kurzen Moment steht Malia wie versteinert da, doch schon mit dem nächsten Atemzug fällt sie ihrer besten Freundin um den Hals. Jeden Tag hat sie sich nach ihr gesehnt, wollte mit ihr sprechen, wollte Gewissheit, dass es ihr gut geht. Und dort steht sie.

Abseits der tanzenden Masse sind einige Tische frei. Die Mädchen setzen sich an den abgelegensten davon. Andira ist still. Sie sieht noch dünner aus als vorher und ihr Haar hängt lieblos in ihr Gesicht. Die Wangen eingefallen und die Haut blass, sieht sie aus wie ein Geist. Malia hält ihre Hand, als würde sie sie festhalten müssen. Sie hatte tausend Fragen an Andira und alle tausend sind aus ihrem Kopf verschwunden. Sie ist überglücklich, dass Andira bei ihr ist. Alles weitere ist an diesem Abend unwichtig.

Luana ~ "Andira, wo warst du?"

Andira antwortet nicht.

Loomy ~ "Du hast uns gefehlt, was ist passiert?"

Andira antwortet nicht.

Luana ~ "Andira, bitte sprich mit uns. Wir haben uns Sorgen gemacht!"

Andira antwortet nicht.

Malia ~ "Ich bin froh, dass du zurück bist."

Andira sieht ihr tief in die Augen ~ "Ich war unterwegs. Mehr kann ich nicht sagen."

Luana ~ "Geht es dir gut?"

Andira ~ "Ja."

Malia ~ "Wo wirst du wohnen? Du kannst mit zu mir kommen, wenn du möchtest. Ich habe ein Zimmer frei."

Andira lächelt kurz ~ "Das wäre schön, danke. Mein Zuhause existiert nicht mehr."

Malia ~ "Naja, ab morgen gehen wir wieder auf die Akademie, dann hast du dort wieder Zuhause."

Andira ~ "Ich komme nicht mit auf die Akademie."

Die Zwillinge reißen schockiert ihre Augen auf. Auch Malia ist sprachlos.

Luana ~ "Aber wenn du die Akademie nicht besuchst, was tust du dann?"

Andira antwortet wieder nicht.

Malia ~ "Du kannst bei mir bleiben, Andira. So lange du möchtest."

Andira ~ "Ich will dir nicht zur Last fallen, Malia. Ich will nur allein sein."

Loomy ~ "Andira kann doch in Nolas Haus leben und du, Malia, gehst mit uns auf die Akademie und wohnst dort. Dann musst du nicht immer mit Moose hin und her fliegen."

Malia ~ "Das ist eine spitzen Idee! Die Arbeit am Haus und bei den Tieren wird dir bestimmt gut tun. Und ich kann dich immer besuchen, wenn du möchtest. Und ab morgen hast du Ruhe und viel Platz nur für dich."

Andira ~ "Na gut, einverstanden."

Von Itoy

Es ist ein mulmiges Gefühl, die Akademie nach all der Zeit wieder zu betreten. Malia war bisher nur ein paar Wochen hier, es fühlt sich völlig fremd an. Alles ist neu. Die Akademie ist, so wie alles in Folkocs, vom Krieg nicht verschont geblieben. Mauern sind eingestürzt, die Natur wurde zerstört, Möbel sind im Feuer völlig verbrannt. Viele der Mauern sind dem Verfall erlegen und wurden nicht wieder aufgebaut, weshalb nun alles aussieht wie eine alte, verlassene Burgruine. Efeu und andere Rankenpflanzen wachsen an den Felsen empor. Malia ist aufgeregt. In ihrem ganzen Körper hallt das wilde Klopfen ihres Herzens. Sie wird sich heute noch spontan für ein Zimmer einschreiben müssen, deshalb ist sie schon eine Stunde früher hier als die anderen Schüler. Wegen des Sommerfestes am Vortag findet der Empfang erst abends statt und am Nachmittag beginnt der Einzug in die Schlafräume. Malia wandert einsam durch die kalten Gänge der Schule. Eine friedliche Stimmung liegt in der Luft. Sie erinnert sich an ihren ersten Tag hier und wie sie unbedingt hinausrennen und wieder nach Hause fliehen wollte. Wie eine verrückte ist sie durch die Flure geschossen und hat sich dabei immer wieder im Kreis gedreht. Monsieur Phi muss sie für völlig durchgeknallt gehalten haben. Inzwischen hat Malia hier jedoch so viele Gestalten kennengelernt, dass ihr klar ist: alle hier sind in irgendeiner Weise völlig durchgeknallt. Und das ist schön.

Hinter einer halb offenen Tür hört Malia einige Stimmen. Sie weiß nicht, bei wem sie sich melden soll, um sich ein Zimmer zu organisieren, deshalb hat sie beschlossen, sich einfach durchzufragen. Die schwere Tür knarzt, als Malia sie weiter öffnet, um einzutreten. Sofort liegt alle Aufmerksamkeit auf ihr. Sie betritt das Lehrerzimmer. Camisa, Liama, Otiz, Mrs. Schwipp und der gruselige Kluta stehen schon bereit, die neuen Schüler zu empfangen. Daneben noch einige weitere, ihr fremde Lehrer. Eine weitere, kleine, knubbelige Gestalt, hinkt aus der Menge hervor, auf Malia zu. Monsieur Phi begrüßt sie ganz persönlich mit überschwänglicher Freude.

Monsieur Phi ~ "Ohhohoo, Miss Malia! Es ist so eine Freude, dich wiederzusehen! Ich bin so glücklich."

Malia ~ "Ich freue mich auch sehr, wieder hier zu sein."

Monsieur Phi ~ "Aber du bist noch viel zu früh. Was tust du schon so zeitig hier?"

Malia ~ "Ich hatte eigentlich vor, die Akademie nur für den Unterricht zu besuchen, aber die Umstände haben sich geändert und nun bräuchte ich doch ein Zimmer. Können Sie mir sagen, mit wem ich sprechen muss?"

Monsieur Phi ~ "Kleines, das wissen wir doch längst." Seine Lippen weiten sich zu einem breiten Grinsen.

Malia ~ "Oh. Aber woher?"

Monsieur Phi ~ "Nicht nur du kannst Dinge in Erfahrung bringen." Er stupst auf ihre Nasenspitze.

Malia kichert. Sie nickt, entschuldigt sich und verlässt das Lehrerzimmer, um sich umzusehen. Sie kannte sich schon früher nicht gut aus und nun sieht wieder alles anders aus. Im Innenhof wartet sie schließlich auf Loomy und Luana, die ebenfalls bald eintreffen sollten. Die Sonne wärmt ihr blasses Gesicht. Sie fühlt sich so klein, allein in diesem riesigen Gemäuer. Ihr Gepäck trägt sie in der praktischen kleinen Tasche aus Ms. Piggles Laden bei sich. Eine papiergroße Tasche, in der ausreichend Platz für all ihre Klamotten und ihre Lernmittel ist. Bereits wenige Minuten später erreichen die ersten Schüler die Akademie. Mit Rucksäcken über den Schultern und Koffern im Schlepptau betreten sie freudig die steile Treppe. Das schwere Eisentor am Fuß der Burg ist geöffnet und gewährt freien Zugang. Wenn alle Schüler eingetreten sind, wird dieses Tor für das weitere Schuljahr geschlossen bleiben und nur noch für Ausflüge geöffnet. Wer die Akademie verlassen will, muss die Kutsche nehmen und sich abmelden - so war es bisher. Im letzten Schuljahr haben sich die Mädchen einmal durch einen unterirdischen Gang hinaus in die Felder geschlichen. Malia ist sich sicher, dass sie nicht die einzigen sind, die solche Geheimgänge kennen und sie sind sicher auch nicht die einzigen, die sie benutzen. Von der Mauer des Innenhofes hat Malia freien Blick auf die Stufen, die vom Tor zur Akademie führen und von Weitem erkennt sie auch schon die Zwillinge. Malia eilt ihnen entgegen. Sie schlängelt sich durch den Strom an Schülern, die ihr entgegenlaufen. Raus aus dem Gewirr an Fluren, an zwei Türmen vorbei, den steinernen Weg hinab bis zur Treppe. Dort oben wartet sie, bis Luana und Loomy nach Luft ringend vor Anstrengung endlich bei ihr ankommen.

Malia ~ "Es geht los! Seid ihr bereit?"

Loomy ~ "Malia, es ist Schule! Das ist nichts besonderes!"

Luana ~ "Außerdem ist es eine Frechheit, dass wir jedes Mal vorher noch diese Wanderung auf uns nehmen müssen. Wieso kann die Kutsche nicht alle in den Turm fliegen?"

Malia ~ "Seid nicht so mürrisch! Ich freue mich."

Loomy ~ "Warte ab, bis du deine neue Mitbewohnerin triffst. Vielleicht ist sie ja unausstehlich?"

Malia bleibt kurz die Luft weg ~ "Wisst ihr schon, mit wem ich zusammenziehe?"

Luana ~ "Nein, Loomy albert nur rum. Hast du dich noch für ein Zimmer einschreiben können? Vielleicht hast du ja nicht einmal eine Mitbewohnerin, weil du so spät dran warst. Wer weiß."

Loomy ~ "Vielleicht bleibt dir auch nur noch die Besenkammer."

Malia ~ "Ja, ich war bei den Lehrern und sie meinten, sie hätten schon gewusst, dass ich ein Bett brauche. Es ist wohl alles geklärt." Sie zuckt mit den Achseln. "Vielleicht teilen wir uns ja auch ein Zimmer zu dritt."

Luana ~ "Ich befürchte, es gibt keine Zimmer mit drei Betten."

Malia ~ "In Andiras und meinem Zimmer wäre genügend Platz für noch drei Betten gewesen. Wir hätten alle zusammen dort schlafen können."

Loomy ~ "Vermutlich wird dein neues Zimmer aber nicht mehr so riesig sein, Malia. Das war wirklich nur Glück. Jedes

Zimmer ist anders, aber nur wenige sind so groß und haben eine eigene Feuerstelle in der Mitte des Raumes. Wahrscheinlich war das früher mal eines der Lehrerzimmer und musste jetzt einfach für Schüler herhalten, weil alle anderen voll waren."

Malia ~ "Ich hoffe nur, dass ich wieder ein so schönes Fenster haben werde. Das war wirklich das Beste daran. Der freie Blick über die Felder."

Oben angekommen machen sich die Mädchen auf zu den Schlafräumen. Die Zimmer werden als erstes verteilt und erst danach werden alle Schüler dann beim gemeinsamen Abendessen begrüßt und das neue Schuljahr offiziell begonnen. Alles fühlt sich neu an. Die Wände sind offen, damit im Getümmel niemand darin hängen bleibt. Früher sei es wohl schon öfter vorgekommen, dass Schüler beim hindurchspringen der Mauer in einen anderen gerempelt sind und dann einfach von der Mauer verschluckt wurden. Keiner weiß, was mit ihnen passiert ist. Karima hat beim Antritt ihrer Leitung verfügt, dass die Mauern zumindest für den Ein- und Auszug offen bleiben. Beim Betreten des Flügels mit den Schlafsälen der Mädchen werden sie von einer groß gewachsenen, spindeldürren Frau aufgehalten. Sie trägt ein Namensschild.

Luzinda
Zimmermanagement

Sie hält den Mädchen ihre knochige Hand vors Gesicht, um sie anzuhalten.

Luzinda ~ "Namen bitte!"

Luana ~ "Loomy und Luana."

Luzinda ~ "Zimmer 1-8-9" Sie winkt die Zwillinge an ihr vorbei.

Malia ~ "Malia Pallice"

Luzinda ~ "Zimmer 4-7-3" Nun winkt sie Malia durch.

Loomy ~ "Oh Gott, Malia, dein Zimmer ist eines der letzten auf dem Gang. Du arme musst ja ewig weit laufen."

Malia schürzt die Lippen. Das ist wohl ihr Pech, weil sie sich so spät dazu entschieden hat, doch noch in die Akademie einzuziehen. Der Weg zu den Zimmern ist prinzipiell schon gruselig. Nun noch an allen Zimmern vorbei, bis zu den letzten Türen zu laufen, graust sie. Schon jetzt weiß sie, sie wird oft - vermutlich sogar sehr oft - bei ihren Freundinnen übernachten. Das Zimmer mit der Nummer 189 haben die Mädchen schnell erreicht. Ungerade Zimmernummern sind links, gerade Zimmernummern sind rechts. Die Zwillinge wollen Malia in ihr neues Zimmer begleiten, weshalb Malia zunächst noch bei ihnen wartet. Sie ist sowieso neugierig, wie deren Zimmer aussieht. Luana öffnet die Tür. Zwei große Holzbetten stehen darin Kopf an Kopf, nur durch einen weißen Vorhang getrennt und mit weißen Himmelbetttüchern über den Kissen. In der Mitte hängen riesige, getrocknete Zierlauchblüten von der Decke. Der Raum ist groß und lichtdurchflutet. Die Mädchen haben sich schnell geeinigt, wer auf welcher Seite schläft. Als wäre es schon immer so gewesen, setzt sich Loomy direkt auf das linke Bett, während Luana ihre Taschen neben das rechte

Bett stellt. Tiefe Fenster ermöglichen den ersten Blick in die Berge, während man am Morgen noch im Bett liegt.

Malia ~ "Wir schieben die Betten einfach zusammen und ich bleibe bei euch. Ich lege mich auch in die Kule in der Mitte."

Luana ~ "Warte doch erst einmal ab, Malia. Vielleicht hast du ja Glück."

Malia ~ "Mhm." Sie zweifelt.

Es vergehen bestimmt vier weitere Minuten, bis sie endlich bei Malias Zimmer am Ende des Flurs angekommen sind. Je weiter die laufen, desto leerer wird der Flur. Viele Zimmertüren stehen offen und sie können einen kurzen Blick hineinwerfen. Einige wurden mit ihren besten Freunden zusammen eingeteilt, die sich vor Freude und Überraschung in die Arme fallen, andere lernen sich erst neu kennen und räumen verhalten ihre Kleiderschränke ein. Manche Zimmer sind groß, manche klein, manche dunkel, andere hell, einige sind bunt eingerichtet, wieder andere sehen kahl und kalt aus. So weit abgelegen, wie ihr Zimmer liegt, ist sich Malia auch gar nicht sicher, ob sie überhaupt eine Mitbewohnerin haben wird. Vielleicht würde es dann auch gar nicht auffallen, wenn sie heimlich bei ihren Freunden einzieht. Die drittletzte Tür auf der rechten Seite trägt endlich die Zahlen 473. Malia atmet noch einmal tief ein, den Blick der Zwillinge suchend. Langsam öffnet sie die Tür. Dahinter ist es stockfinster. Instinktiv sucht Malia einen Lichtschalter, bis ihr wieder einfällt, dass in dieser Welt nur Sonne, Feuer und Glühwürmchen für Licht verantwortlich sind. Durch die geöffnete Zimmertür fällt ein schmaler Streifen Licht in den Raum, gerade soviel, dass Malia die tiefschwarzen Vorhänge erkennt, die die Fenster verdunkeln. Behutsam tappt sie durch den Raum, um den schweren Stoff zur Seite zu ziehen. Die Sonne scheint direkt in ihr Zimmer. Breite Fenster, die vom Boden bis fast zur Decke reichen, bilden eine Wand, die den Raum von draußen trennt. Die Fenster sind durch schwarze Streben in mehrere kleine Rechtecke eingeteilt. Manche davon lassen sich öffnen, andere nicht. Im oberen Teil befindet sich ein buntes Muster aus Glas, das die Sonne in alle Farben bricht. Das Licht tunkt den gesamten Raum in bunte Flecken. Die Einrichtung dagegen ist kahl. Stahlbetten, Stahlschränke, ein brauner Teppich in der Mitte, auf dem zwei runde Loungestühle und ein passender Beistelltisch mit Glasplatte stehen. Doch das Wichtigste ist aber, dass zwei Betten darin stehen. Malia wird hier also nicht alleine schlafen. Noch ist ihre neue Mitbewohnerin nicht eingetroffen.

Malia ~ "Es hätte schlimmer kommen können, oder?"

Loomy ~ "Machst du Witze? Ich finde, es passt zu dir."

Malia ~ "Na danke! Du meinst kalt, dunkel und gruselig?"

Luana ~ "Naja, das wäre Andira."

Loomy ~ "Ich meine geheimnisvoll, schwarz wie deine Kleidung, und trotzdem fröhlich bunt."

Malia ~ "Die Fenster finde ich toll. Sieh dir den Blick über die Stadt an. Ich kann fast bis zu Nolas Haus sehen."

Es klopft an der Tür. Ein kleines, pummeliges Mädchen mit wilder Lockenmähne auf dem Kopf strahlt über beide Ohren.

Malia ~ "Hi."

Pippa ~ "Hi. Ich bin Pippa. Ich glaube, ich wohne hier, aber wie es aussieht, sind gar nicht genug Betten für uns alle hier." Sie spricht rasend schnell, ohne einmal Luft zu holen.

Luana ~ "Oh, nein, nein. Du bist hier richtig. Ich bin Luana, das ist meine Schwester Loomy. Unser Zimmer liegt weiter vorn... Viel weiter..." Sie räuspert sich.

Malia ~ "Ich bin Malia, deine Mitbewohnerin. Schön dich kennenzulernen, Pippa."

Pippa ~ "Das Zimmer ist toll! Ich hatte schon Angst. Welches Bett ist deins?"

Malia ~ "Ähm... du darfst dir gern eins aussuchen, ich habe noch keins ausgewählt."

Luana und Malia werfen sich Blicke zu und Malia kann genau Luanas Gedanken hören. *Tolles Zimmer? Was stimmt nicht mit ihr?* Luana zieht eine Augenbraue hoch.

Pippa ~ "Ich denke, ich hätte gern das linke Bett. Ist das in Ordnung?"

Malia ~ "Klar. Wie du möchtest. Dann schlafe ich rechts."

Loomy ~ "Bist du auch eine Hexe, Pippa?"

Pippa ~ "Nein, nein!"

Pippa lacht und Malia fragt sich, ob Pippa vielleicht auch ein Mentibus sein könnte. Sie hat keine Flügel, also ist sie keine

Fee. Sie ist klein, moppelig und trägt ein langes Kleid, also ist sie keine Kriegerin und wenn sie keine Hexe ist... dann kann sie nur ein Mentibus sein. Oder ein Arkanist, wie ihr Großvater. Müssten wiedergeborene Arkanisten auch immer wieder die Schule neu besuchen?

Malia ~ "Bist du ein Mentibus? Wie ich?"

Pippa ~ "Du bist ein Mentibus? Woooow, das ist beeindruckend! Ich bin eine Kriegerin."

Die Mädchen zucken einen Moment in sich zusammen. Sie hätten vieles erwartet, aber nicht, dass Pippa eine Kriegerin ist. Krieger sind groß, muskulös, haben ihre Haare zu Zöpfen zusammengebunden und tragen Kleider aus Leder und Fellen. Pippa sieht aus wie ein ganz normales, nettes Mädchen von Nebenan. Schon ihr Charakter ist zu freundlich, zu sanft für eine Kriegerin.

Loomy ~ "Wir sind Hexen."

Pippa ~ "Das ist toll! Ich hätte auch gern eine mentale Kraft. Krieger kämpfen immer nur. Meine Brüder raufen sich seit ihrer Geburt. Ich mag es nicht so sehr."

Loomy ~ "Naja, gegen deine Brüder hattest du bestimmt auch keine Chance."

Luana rammt Loomy ihren Ellbogen in die Rippen, um sie zu ermahnen.

Pippa ~ "Doch, ich gewinne eigentlich fast immer. Aber es macht mir eben keinen Spaß."

Pippa zuckt mit den Achseln und räumt ihre vollgestopften Koffer aus. Sie stellt eine Vase mit Blumen auf den Tisch und rollt einen wuscheligen Fellteppich vor ihrem Bett aus. An die Wände hängt sie eingerahmte Bilder. Eine bunte Lichterkette ist schnell um das filigran geschmiedete Gestänge ihres Bettes gewickelt. Es erinnert Malia eher an ein Kinderzimmer.

Luana ~ "Wir sollten gehen und auch unsere Taschen auspacken. Malia, du solltest dich auch hier einrichten."

Das war eindeutig ein Wink mit dem Zaunpfahl, dass sie gar nicht erst auf die Idee kommen soll, sich bei den Zwillingen einzunisten.

Malia ~ "Okay, na gut. Du hast recht. Wir sehen uns dann später."

Luana ~ "Holst du uns zur Eröffnungsfeier ab?"

Malia ~ "Ja, mache ich."

Loomy winkt zum Abschied und die beiden verlassen das Zimmer. Malia ist nun ganz allein mit Pippa - ihrer neuen Mitbewohnerin - und das Einzige, woran sie denken kann, ist Andira. Sie legt ihre Tasche auf das Bett und zieht ihre Sachen aus den unendlichen Tiefen des Beutels. Inzwischen hat sie so viel Kleidung und Schnick-Schnack, dass in dem schmalen Schrank neben ihrem Bett kaum genug Platz ist. Ihr Pendel, die Kristalle und vor allem Nolas Spiegel belässt sie fürs Erste im Beutel. Pippa rennt ebenfalls von einer Ecke in die andere und packt immer mehr Kram aus. Ihre Seite des Zimmers ist bunt dekoriert und weil Malia auf ihrer Seite nichts aufzuhängen hat, rückt Pippa ihr immer näher. Am Schluss sind nur noch die Wände an ihrem Bett kahl. Am liebsten würde Malia in der Mitte des Raums einen Vorhang aufhängen oder einen Schrank platzieren, damit eine klare Grenze zwischen den beiden gezogen ist. Andira muss es zu Anfang wohl auch so mit Malia gegangen sein - obwohl Malia anfangs nichts besessen hat, womit sie Andira hätte auf die Pelle rücken können. Pippa scheint zwar nett zu sein, aber auch kindisch. Dass eine Kriegerin in ihr stecken soll, kann Malia immer noch nicht glauben.

Xera

Die große Halle hat sich zu Malias letztem Besuch hier kaum verändert. Die Spuren des Krieges wurden beseitigt, doch die massiven Tische stehen immer noch unverändert an ihren Plätzen. Instinktiv steuern die Mädchen auf ihren früheren Tisch an der linken Wand zu, doch es ist ein komisches Gefühl, einfach wieder dahin zurückzukehren. Das letzte Mal, als Malia hier war, hat sie sich unter eben diesem Tisch versteckt. Es herrschte Krieg und sie spürte eine Seele näherkommen. Zum Glück stellte sich heraus, dass es nur Tris war, der durch die Flure schlich. Malia legt ihre Hände auf die Lehne ihres früheren Stuhls. Luana und Loomy haben sich ohne zu zögern auf ihre alten Plätze gesetzt. Zwischen Malia und den Zwillingen steht Andiras Stuhl. Er ist leer.

Loomy ~ "Was ist los? Setz dich."

Malia schüttelt den Kopf ~ "Alles ok. Ja…"

Luana ~ "Du kannst dich auch einfach neben mich setzen. Dann ist keine Lücke zwischen uns."

Malia ~ "Das geht nicht, tut mir leid."

Loomy ~ "Luana, Andira sitzt da."

Luana ~ "Sei nicht albern. Andira ist nicht da. Es ist nur ein Stuhl."

Für Malia ist es eben nicht nur ein Stuhl. Hier begann ihre Freundschaft. Hier haben sie an Malias erstem Tag zusammengesessen. Hier war der Moment, als sich die

Trostlosigkeit um sie herum in Schönheit verwandelt hat. Hier hatte sie das erste Mal das Gefühl, Zuhause zu sein. Nicht in ihrem Zimmer, nicht im Innenhof, nicht in den Feldern, nicht in Folkocs und auch nicht bei Nola. Sie saß genau hier, als ihr Herz entschieden hatte, dass sie hierher gehört. Es fühlt sich falsch und zugleich richtig an, sich eben genau wieder auf diesen Platz zu setzen. Ein Gong veranlasst sie, aus ihren Gedanken auszubrechen und sich auf ihrem Stuhl niederzulassen. Ein großer, drahtiger Feenmann tritt in die Mitte der Tische. Malia fällt sofort auf, dass er barfuß über den kalten Steinboden läuft. Es scheint ihm jedoch nichts auszumachen, kalte Füße zu bekommen. Der Mann hat lange Haare, die er zu einem zerzausten Knoten zusammengebunden hat. Im Haare binden ist er scheinbar ebenso talentiert wie Malia. Sein Blick ist streng, fast schon hochnäsig. Der riesige Zinken in seinem Gesicht wird nur noch übertrumpft von den breiten Froschlippen darunter. Ein Mann, an Hässlichkeit kaum zu übertreffen. Er räuspert sich und setzt zu Wort an.

Yaro ~ "Herzlich Willkommen, mein Name ist Yaro" beginnt er seine Rede in ruhiger, sanfter Stimme. "Da Karima seit einiger Zeit die spannende Aufgabe der Bürgermeisterin von Folkocs angenommen hat, leite ich von nun an die Akademie. Ich freue mich darüber sehr!" Er klatscht in seine Hände und Malia findet ihn irgendwie albern. "Es ist eine große Ehre und eine so tolle Herausforderung. Ich bin gespannt auf die gemeinsame Zeit, die uns erwartet und möchte die Gelegenheit auch gleich nutzen, einige neue Regeln vorzustellen. Bisher war der Schuljahreswechsel immer im Wintertrimester, wenn ein neues Sonnenjahr begann. Euch ist sicher die warme Sonne draußen nicht entgangen, hahaha. Nach der schweren Zeit, die wir hinter uns haben, beginnt das Schuljahr fortan mit dem Sommertrimester. Ihr alle habt eure Zimmer heute bereits bezogen und mir sind gleich einige Beschwerden zu Ohren gekommen. Jedoch möchte ich gleich betonen, dass keine Wechsel stattfinden werden. Jeder Schüler bleibt in seinem zugeteilten Zimmer." Die ersten enttäuschten Schnauber sind zu hören. "Jeder von euch erhält einen ihm zugeschnittenen Stundenplan. Ihr findet die Pläne nachher auf euren Zimmern. Das Ausüben der eigenen Kräfte außerhalb der Trainingseinheiten ist verboten. Im Übrigen finden keine aktiven Trainingseinheiten mehr statt. Es ist zu gefährlich und nach dem Sieg über Lisala ist es nicht mehr notwendig, seine Kräfte auszuüben. Ich möchte keine Verletzungen und keine Rivalitäten. Wir verbringen unsere Zeit hier in Gemeinschaft, Liebe und Rücksicht. Jeden Abend werden wir vor dem Schlafengehen alle gemeinsam meditieren. Hierfür haben wir einen Raum geschaffen, den ihr auf dem Dach des dritten Westflügels findet. Der Gong wird euch daran erinnern. Ich bin mir sicher, dass es uns allen guttut. Des Weiteren sind Ausflüge in die Stadt ab sofort gestrichen. Die Akademie wird nur zu besonderen Anlässen verlassen, beispielsweise für die Trimesterfeste. Wir haben alle Geheimgänge ausfindig gemacht und sie verschlossen, ihr braucht euch also nicht zu bemühen."

Malia sieht, wie sich die meisten Schüler mit den Augen rollend von Yaro abwenden. Sie selbst meditiert gern, es ist ein Weg, ihre Kraft besser kennenzulernen und zu bündeln. Dass aber ein Krieger keine Lust darauf hat, kann sie nachvollziehen. Yaro wirkt sehr friedlich, in sich gekehrt, geerdet, sympathisch. Aber etwas an ihm kitzelt Malia gehörig in der Nase.

Die schwere Eisentür öffnet sich und eine nach Luft ringende, kleine, pummelige Person tritt ein. Es ist Pippa. Sie kommt zu spät. Malia und die Zwillinge sehen sich in die Augen. Malia weiß nicht, weshalb Pippa so spät dran ist, sie hat das Zimmer eigentlich sogar noch vor Malia verlassen. *Keine Ahnung* formt sie still mit ihren Lippen und zuckt mit den Achseln.

Yaro ~ "Du bist zu spät."

Pippa ~ "Es tut mir leid. Es war keine Absicht."

Yaro ~ "Ich dulde keine Verspätung. Setz dich."

Pippas Blick streift suchend durch die Aula.

Yaro ~ "Haben wir einen freien Stuhl für die junge Dame?"

Loomy winkt ~ "Hier ja. Setz dich zu uns Pippa. Schon gut."

Malia reißt ihre Augen weit auf. Wie kommt Loomy dazu, Pippa einfach Andiras Stuhl anzubieten? Wie kommt sie dazu, sie überhaupt an ihren Tisch einzuladen? Es reicht schon, dass sie das Zimmer mit ihr teilt. Was, wenn sie sich gar nicht verstehen? Es sind noch weitere Stühle frei, sie kann sich an einen Tisch mit Kriegern setzen, da fühlt sie sich doch bestimmt sowieso viel wohler. Pippa setzt sich.

Pippa ~ "Puh, vielen Dank, Mädels. Ich habt mich gerettet, das war echt peinlich."

Luana ~ "Wo warst du denn?"

Pippa zögert ~ "Ach, ich... ich hab mich völlig verlaufen."

Malia ~ "Du bist vor mir gegangen und alle Schüler sind in einer Kolonne hierher gelaufen. Du musstest doch nur hinterher laufen."

Pippa ~ "Ja, ich weiß auch nicht. Was hab' ich verpasst?"

Loomy ~ "Schmollmund da vorne hat gesagt, dass keiner sein Zimmer wechseln darf. Und er hat was von Regeln und Veränderungen gequatscht. Ich habe nicht mehr zugehört."

Luana ~ "Und wenn du so weiter plapperst, verstehen wir anderen den Rest nicht mehr."

Bla bla bla formt Loomy mit ihren Lippen. Pippa kichert.

Pippa quiekt ~ "Ich will mein Zimmer gar nicht tauschen. Ich bin mit Malia sehr zufrieden und ich glaube, wir werden noch richtig gute Freundinnen werden."

Malia zieht die Augenbrauen hoch, zwingt sich ein Lächeln auf die Lippen und nickt. *Von wegen.*

Das Abendessen wird eröffnet. Malia traut ihren Augen kaum. Früher gab es verschiedene Fleischsorten, Fritten, Knödel, Spareribs, alles, was das Herz begehrt. Das Essen war so köstlich. Die Schüsseln vor ihr sind dieses Mal aber gefüllt mit gedünstetem Gemüse, matschigem Quinoa, Kartoffeln und gegrilltem Käse. Sie hofft sehr, dass es eine Ausnahme ist. Hätte sie sich bloß nicht umentschieden und wäre in Nolas Haus geblieben. Lieber kocht sie sich selbst jeden Tag Eintopf, als dass sie Gemüse mit Reis isst. Sie schöpft etwas Kohlrabi, Karotten, Kartoffeln und Bohnen auf ihren Teller - das einzige an Gemüse, was sie von Zuhause kennt - und legt einen Scheibe gegrillten Käse daneben. Das Essen schmeckt gut, doch sie hätte sich über die saftigen, gegrillten Hähnchenschenkel mehr gefreut, als über gegrillten Käse.

Malia ~ "Wieso will er nicht, dass wir unsere Kräfte aktiv üben? Dasselbe hatten wir doch im letzten Schuljahr schon und sie haben gemerkt, dass es Unsinn ist."

Luana ~ "Damals war die Situation eine andere. Lisala ist besiegt, also gegen wen sollen wir noch kämpfen?"

Malia ~ "Es geht doch nicht immer nur darum, zu kämpfen." Es geht darum, dass wir Kräfte besitzen, die wir nutzen sollten. Es ist quasi unser Erbe. Wir dürfen doch nicht zulassen, dass das irgendwann in Vergessenheit gerät. Dann könnten wir ja gleich Rhimmard verlassen und uns unter die Menschen mischen. Wenn ihr sowieso nicht mehr zaubern wollt, dann unterscheidet sich das Leben ja kaum noch von dem der Menschen."

Pippa ~ "Doch natürlich. Menschen sind böse! Wir dürfen uns nicht mit ihnen einlassen. Sie töten, nur damit sie sich mächtig fühlen! Sie sehen nicht, dass die Welt viel schöner ist, wenn wir im Einklang leben. Und was haben sie davon? Krieg, Tod, Hunger, Leid. Menschen sind dumm, sie würden uns nur mit ihrer Gier vergiften."

Loomy ~ "Ähm Pippa... Ich unterbreche dich ungern, aber... Malia ist dort aufgewachsen. Sie hat bei den Menschen gelebt und ihre Familie lebt immer noch dort. Ihre Mutter ist ein Mensch."

Pippa weicht die Farbe aus dem Gesicht.

Malia ~ "Schon gut. Sie hat ja recht. Aus demselben Grund bin ich zurückgekommen. Aber was passiert mit Rhimmard, wenn wir die Magie verbieten?"

Am Tisch wird es still, den anderen Mädchen suchen nach einer Antwort. Schachmatt. Zum Glück ist ihre eigene Kraft passiv und Yaro wird gar nicht merken, wenn sie sie einsetzt. Und wenn er ihnen den Umgang mit ihren Kräften verbietet, verstecken sie sich eben wieder heimlich in der Arena. Dass sie die Akademie nicht verlassen darf, findet sie noch schlimmer, als dass das Kampftraining nicht mehr stattfinden wird. Sie wollte doch Andira besuchen und sehen, ob im Haus alles gut klappt. Andira muss ihr noch erzählen, was passiert ist. Ihre Freundin ist eben erst wieder zurückgekehrt und nun darf sie sie nicht sehen? Es muss einen Weg geben, wie sie aus dem Gemäuer ausbrechen kann. Sofort kommt ihr Moose in den Sinn. Sie hatte sowieso mit ihm vereinbart, dass er sie holt, um Andira zu besuchen. Aber wenn es nun verboten ist, dann wäre Moose ein zu auffälliges Fluchtmittel.

Zurück in ihren Schlafräumen, hat Malia sich zurückgezogen, um ins Atrium einzutauchen. Sie vermisst Nola und sucht ihren Rat. Pippa ist nicht im Zimmer. Sie hat die Aula zusammen mit den Mädchen verlassen und war plötzlich wie vom Erdboden verschluckt. Ein komisches Mädchen, aber so kann Malia in Ruhe ihren Spiegel auspacken. Sie geht in das am Zimmer angrenzende Badezimmer und holt ein Glas

Wasser, um den Spiegel damit zu füllen. Ein tiefer Atemzug, Luft anhalten, Kopf senken und schon taucht sie in den gleißend weißen Raum mit den fünf Damen ein.

Nola ~ "Kind, du bist zurück. Wie geht es dir?"

Rosalie ~ "Du bist zurück in der Akademie?"

Malia ~ "Ja, woher wisst ihr das?"

Meena ~ "Wir sind allwissend, Liebes."

Nola ~ "Was schwirrt dir durch den Kopf?"

Malia ~ "Wir dürfen unsere Kräfte nicht mehr verwenden, das finde ich schade. Ich kann meine ja heimlich nutzen, so wie jetzt. Aber was ist mit den anderen? Ich will nicht, dass dieses Besondere aus Rhimmard verschwindet."

Emilia ~ "Vielleicht denkst du einfach viel zu weit. Vielleicht passiert ja gar nichts. Du machst dir viel zu viele Sorgen."

Malia ~ "Hm. Ja, womöglich. Aber ich darf auch Andira nicht besuchen. Ich will sie sehen, mit ihr sprechen. Und ich muss doch Flyx suchen. All das geht nicht, wenn ich die Akademie nicht verlassen darf. War es ein Fehler, zurückzukommen?

Meena ~ "Es war keineswegs ein Fehler!"

Rosalie ~ "Vielleicht hast du einfach das Ausmaß deiner Kraft noch nicht erfahren." Sie lächelt.

Malia ~ "Was meinst du damit?"

Nola ~ "Sie meint damit, dass du Andira sehr wohl besuchen kannst."

Malia ~ "Diese Gedankenerfahrungen, wie wir sie geübt haben, helfen mir da nicht weiter. Ich will mit ihr im Raum sein und nicht still neben ihr her schweben wie ein Geist."

Valentina ~ "Du kannst an zwei Orten gleichzeitig sein. Hier und Da. Du kannst bei ihr sein, während du nicht bei ihr bist."

Malia schüttelt den Kopf. Valentinas Weisheiten sind so unverständlich, sie könnte ebenso in Libell mit ihr sprechen.

Nola ~ "Du kannst deinen Körper projizieren, Kind. Es erfordert Übung, doch wie ich erfahren habe, warst du sehr fleißig seit meinem Ableben."

Malia ~ "Wie? Wie geht das? Kann ich dann mit ihr sprechen?"

Emilia ~ "Du kannst sie sehen, mit ihr sprechen und sie sieht dich und hört dich. Als wärst du dort."

Nola ~ "Aber du hast recht, du musst die Akademie verlassen, um Flyx zu suchen. Das ist ungeheuer wichtig."

Malia ~ "Kann ich mich nicht auch zu ihm projizieren?"

Valentina ~ "Du solltest nicht wandern, wenn du den Weg nicht kennst."

Rosalie ~ "Sie hat recht. Du kannst dich nicht an einen Ort projizieren, den du nicht kennst. Außerdem solltest du diese

Kraft nicht im Überfluss nutzen. Du könntest vergessen, wo du bist."

Lyn Xera

Andira sitzt auf der alten, knarzigen Holzbank vor Nolas Haus und genießt die Dämmerung. Ihr Blick schweift friedlich über die Felder. Nicht weit von ihr grast eine Herde Kubus. Große, träge Tiere, die aussehen wie Nilpferde mit Rüssel. Sie leben in großen Herden und sind jeden Tag auf Wanderung. Andira hat noch nie eine Herde aus solch einer Nähe beobachten können. Sie meiden die Stadt und sie meiden alles, was laut ist. Andira sitzt ganz still, um die scheuen Tiere nicht zu erschrecken. In dieser Herde zählt sie siebzehn Erwachsene Tiere und acht Kälber. Auf dem Rücken tragen sie dutzende klitzekleiner Flügel, die im Schein der Sonne glitzern. Man würde nie denken, dass diese kleinen Flügelchen ein solches Mammut tragen könnten, doch Andira sieht es selbst, wie die Kälber spielend um die Köpfe der Großen schwirren.

Plötzlich hört Andira ein lautes Platschen hinter dem Haus, daraufhin panisches Grunzen von den Schweinen und gleichzeitig trompeten die Kubus auf und galoppieren davon. Andira, die sonst so beherrscht ist, springt vor Schreck auf und rennt zum Schweinestall, doch sie sieht nichts Ungewöhnliches. Die Tiere verstecken sich in ihren Ställen. Doch wovor? Kein Tier oder Mensch ist in der Nähe. Nichts, dass sie hätte aufschrecken können. Andira geht weiter ums Haus, um sicher zu gehen. Zurück an der Haustür sieht sie Malia auf der Bank sitzen, auf der vor weniger als einer Minute noch sie selbst saß. Malia lächelt sie an, steht auf und... verschwindet. Andira sieht sich verdutzt um. Wie kann sie einfach verschwinden? Ist sie selbst verrückt geworden?

Krach dröhnt aus der Küche und als Andira zur Tür hinein springt, liegt Malia mitten im Spülbecken.

Andira ~ "Was zum Teufel tust du da?"

Malia ~ "Ich versuche mit zu projizieren."

Andira ~ "Scheint ja prima zu klap..."

Plopp, ist Malia wieder verschwunden. Andira verdreht ihre Augen. Aus dem Garten hört sie Malias Stimme rufen.

Malia ~ "Andira? Andira komm raus, ich glaub jetzt hab ich s, aber ich traue mich nicht mich zu bewegen."

Andira geht nach draußen. Malia steht wie angewurzelt im Garten. Sie traut sich wohl wirklich nicht, sich zu bewegen, denn sie sieht aus, als wäre sie an einen Baum gebunden worden.

Andira ~ "Ich denke, du kannst dich ganz normal bewegen, Malia."

Malia ~ "Nein nein. Schon ok. Es ist bequem so." Sie schwindelt.

Andira ~ "Was tust du hier?"

Malia ~ "Ich wollte dich sehen. Ich wollte sehen, wie es dir geht. Ob du zurecht kommst."

Andira ~ "Wieso sollte ich nicht zurecht kommen?"

Malia zuckt mit den Achseln.

Andira ~ "Wie ist deine neue Mitbewohnerin?"

Malia ~ "Ich glaube sie ist ok. Sie ist eine Kriegerin, ganz nett bisher."

Andira ~ "Wow, warst du von mir anfangs auch so begeistert?"

Malia ~ "Du warst nicht nett."

Andira lacht ~ "Ich war immer nett zu dir. Du bist umher gelaufen wie ein Ormi in Tylam."

Malia versteht kein Wort, aber sie hat gelernt, nicht immer nachzufragen.

Andira ~ "Seit wann kannst du das?"

Malia ~ "Ich lerne es gerade. Vor ein paar Tagen habe ich mit Nola gesprochen und sie meinte, ich kann es mit viel Übung lernen. Also habe ich jede freie Minute geübt. Mir ist noch etwas schwindelig, aber so lange wie jetzt habe ich es noch nie geschafft."

Andira ~ "Du hast mit Nola gesprochen? Wie...? Wie kann das sein? Ich habe sie doch ge...."

Malia hat vergessen, dass sie lange nicht mehr mit Andira gesprochen hat. Und sie hat vergessen, dass sie niemandem vom Atrium erzählen wollte.

Malia ~ "Es stimmt, sie ist tot. Aber ich habe einen Spiegel in ihrer Truhe gefunden. Ich kann darin eintauchen und mit einigen meiner Vorfahren sprechen. Du darfst es bitte nicht weitererzählen."

Andira ~ "Du kannst mit den Toten sprechen?"

Malia ~ "Nein. Ich kann mit den Vorfahren sprechen, die ebenfalls aus der Mentibus-Ahnenreihe stammen."

Andira ~ "Oh."

Malia erkennt, dass Andira an ihre Eltern gedacht hat. Sie hat gehofft, durch diesen Spiegel ihre Eltern wiederzusehen. Andira schwingt mit ihren Fingern und hinter Malia wachsen Wurzeln aus dem Boden. Sie verknoten sich so oft ineinander, bis sie einen kleinen Hocker gebildet haben.

Andira ~ "Wenn du schon nicht vom Fleck gehen willst, dann setz dich wenigstens."

Malia schmunzelt ~ "Danke! Ist wirklich alles in Ordnung? Wir haben noch nicht wirklich gesprochen, seit du zurück bist."

Andria ~ "Ja, es ist alles in Ordnung. Es gibt nichts, worüber wir sprechen müssen. Wieso projizierst du dich überhaupt? Wieso kommst du nicht selbst her? Wolltest du nicht, dass Moose dich abholt?"

Malia ~ "Ja, aber der neue Schulleiter erlaubt das Verlassen der Akademie nur für die Trimesterfeste."

Andira ~ "Was für eine schwachsinnige Regel."

Malia ~ "Ja, der neue Schulleiter Yaro hat so einige Regeln, die keiner versteht. Im Grunde genommen sind alle umsetzbar, aber manchmal versteht man einfach den Sinn dahinter nicht. Was ich aber überhaupt nicht gut finde, ist, dass wir nur noch theoretischen Unterricht haben. Wir praktizieren nicht mehr. Keine Versuche mehr, keine Experimente, kein Mischen von Tränken oder Herstellen von Salben mehr. Alles wird nur noch aus einem Buch gelesen, wie es funktionieren *könnte*."

Andira ~ "Das ist doch langweilig! Außerdem, wie sollt ihr da eure Kräfte stärken?"

Malia ~ "Er meint, das wäre nicht mehr nötig, nachdem Lisala besiegt wurde. Nachdem du sie besiegt hast. Habe ich dir eigentlich schon gesagt, wie großartig du bist? Du hast uns allen das Leben gerettet!"

Andira ~ "Nola konnte ich nicht retten, ebenso wie Sully und Fili und meine Eltern. So viele sind gestorben."

Malia ~ "Aber sie sind nicht deinetwegen gestorben. Du hast verhindert, dass es noch mehr Tote gibt. Und Nola ist dir nicht böse. Es war doch ihr eigener Plan. Sie hat sich geopfert. Sie wusste ganz genau, was passieren wird."

Andira ~ "Kannst du ihr bitte sagen, dass es mir leid tut, wenn du sie das nächste Mal siehst?"

Malia ~ "Das werde ich, aber sie gibt dir schon jetzt keine Schuld."

Andira ~ "Ihr Baum ist wunderschön. Ich wünschte, Sully hätte auch einen Lebensbaum. Ich wünschte, er würde nicht irgendwo allein dort unten liegen."

Malia ~ "Ja, das wünschte ich auch."

Andira ~ "Manchmal sitze ich abends einfach an der Klippe und sehe der Sonne zu, wie sie untergeht. Und dann denke ich, dass er die Sonne ist."

Malia ~ "Er ist die Sonne. Er ist der Wind und er ist jede Welle, die an die Klippe prescht."

Andira ~ "Er ist Fischfutter." Ihre strenge Miene fährt wieder über ihr Gesicht. "Du musst dir Filis Baum ansehen. Irgendetwas geschieht dort."

Malia ~ "Was? Was geschieht?"

Andira ~ "Ich weiß es nicht, ich glaube aber, die Kokos schlüpfen."

Malia ~ "Aber wenn ich mich bewege, bin ich wieder weg."

Andira ~ "Dann projizierst du dich einfach das nächste Mal zu den Bäumen. Stell dich nicht so an, komm jetzt mit, bevor es dunkel wird. Die Sonne geht schon unter."

Malia steht ganz langsam auf und setzt einen Fuß vor den anderen. Als würde sie auf rohen Eiern laufen. Es klappt recht gut. Im Moment ist ihr sowieso nicht klar, wie sie absichtlich wieder in ihren Körper zurückkehren kann, also ist es praktisch, wenn die Projektion durch eine schnelle Bewegung oder einen Schreck unterbrochen werden kann. Würde sie jetzt ein Rad schlagen, würde sie bestimmt zurückkehren. Nicht, dass sie das überhaupt könnte. Sie war zwar schon immer sportlich, aber turnen gehörte nie dazu. Sie ist zu unbeweglich und unkoordiniert mit ihren langen Beinen, damit die Bewegungen irgendwie elegant aussehen könnten. Fußball, Basketball, Hockey, Skaten, das sind eher ihre Sportarten. Andira ist schon lange bei den Lebensbäumen angekommen und Malia ist gerade mal auf halber Strecke. Andira zieht schon eine Augenbraue hoch und imitiert ein Gähnen, doch Malia lässt sich nicht aus der Ruhe bringen. Dass sie überhaupt hier sein kann, ist mit sehr viel Anstrengung verbunden und sie will es nicht aufs Spiel setzen, indem sie unvorsichtig ist. Schritt für Schritt nähert sie sich den Lebensbäumen. Sie war nicht lange fort, doch Nolas Strauch ist noch wilder gewachsen als sie es je erwartet hätte. Die Eier des schreienden Vogels sind geschlüpft und kleine Mini-Schreihälse sind herangewachsen. An Filis Baum sind die Wattebäusche verblüht, doch die Kokons dazwischen größer gewachsen denn je. Andira hat recht, es scheint, als würde daraus bald etwas schlüpfen. Das eine Kokon, das schon immer etwas größer war als die anderen, ist inzwischen fast so groß wie Malias Unterarm. Es rumpelt darin so sehr, dass man von außen die Bewegungen mit bloßem Auge wahrnehmen kann. Auch die kleinen Kokons baumeln vor Unruhe an den Ästen.

Andira ~ "Ich glaube, es ist so weit. Was für ein Glück, dass du da bist."

Malia haucht ~ "Jaaa, was schlüpft daraus überhaupt?"

Andira zuckt nur mit den Schultern. Ein leises Knacken folgt dem nächsten und nach und nach öffnen sich die kleinen Kokons. In der Dämmerung kann man ganz genau ihr Leuchten erkennen. Aus den hunderten Kokons an Filis Baum schlüpfen aberhunderte kleine Glühwürmchen. Im Schwarm schwirren sie um das Geäst, um Malias und Andiras Köpfe und schweben über ihnen. Ihr warmes Licht scheint direkt auf das große Kokon. Ein Riss breitet sich quer darüber aus, ein weiterer, das Kokon öffnet sich ganz langsam einen kleinen Spalt. Malia hält die Luft an. Kleine Flügel strecken sich durch den Spalt, breiten sich aus und surren sich frei. Mit einem Ruck springt ein kleines Etwas aus dem Kokon und Malia erschrickt so sehr daran, dass sie mit einem lauten Plopp wieder verschwindet, bevor sie überhaupt erkennen konnte, was aus dem Kokon geschlüpft ist.

Sie findet sich so schnell wieder in ihrem dunklen Zimmer, mit rasendem Herzen vor Aufregung. Sie muss schnell zurück. Was auch immer aus dem Kokon geschlüpft ist, sie muss wissen, dass es nicht gefährlich ist. Andira ist mächtig und kann vermutlich alles Böse besser bekämpfen, wenn Malia ihr nicht im Weg steht, aber auch ihre Neugier muss sie stillen. Sie kneift angestrengt ihre Augen zusammen. Als sie sie wieder öffnet, steht sie einige Meter neben den Lebensbäumen. Sie beobachtet Andira unter dem Schein der Glühwürmchen sitzen und lächeln. Sie bewegt ihre Lippen, aber mit wem spricht sie? Als Andira entdeckt, dass Malia zurück ist, ruft sie sie aufgeregt zu sich.

Andira ~ "Malia, komm her! Komm schnell! Du wirst es nicht glauben! Sieh mal!"

Malia wird nervös bei Andiras strahlender Euphorie. So freudig hat sie ihre Freundin noch nie gesehen. Es muss etwas ganz Besonderes sein, wenn es ihr ein solches Strahlen ins Gesicht zaubert. Malia läuft vorsichtig zu ihr hinüber, wenn auch nicht mehr ganz so langsam und unsicher. Ein großer Schmetterling scheint vor Andira zu fliegen. Oder ist es eine Miniaturausgabe einer Fee? Je näher sie kommt, desto deutlicher kann sie es erkennen und als sie schließlich neben Andira steht, verschlägt es ihr die Sprache. Sie muss träumen. Mit prachtvollen, gelben Flügeln und einem süßen Pusteblumenrock schwebt eine kleine Fili vor ihr.

Malia flüstert ~ "Ist das wahr? Ist das Wirklichkeit?"

Andira ~ "Ich glaube schon, ja."

Malia ~ "Fili. Bist du echt?"

Fili ~ "Na, was denkst du denn?" Ihre Stimme ist noch viel piepsiger als früher.

Malia ~ "Aber du bist doch gestorben. Genau hier hat Lisala dich getötet! Wie kann das sein?"

Fili ~ "Ich weiß es nicht, ehrlich gesagt. Ich kenne keine Fee, die in ihrem Baum wiedergeboren wurde."

Andira ~ "Ich habe so etwas auch noch nie erlebt. Aber es ist so schön, dass du wieder da bist!"

Malia kullern Freudentränen über die Wange. Sie hat Nola wieder in ihrer Nähe und nun auch Fili. Auch, wenn beide nicht mehr so sind wie früher. Sie sind jedenfalls nicht fort.

Malia ~ "Vielleicht kann Flyx uns das beantworten."

Andira ~ "Flyx? Wer ist Flyx?"

Malia ~ "Fast hätte ich's vergessen. Er ist Nolas Ehemann. Und da Nola meine Großmutter war, ist Flyx mein Großvater."

Fili ~ "Nola war waaaas? Ich glaub, mir lahmt der Flügel!"

Andira ~ "Ich habe mir fast so etwas gedacht. Dass ihr verwandt seid, meine ich. Es gibt nicht viele Seher."

Malia ~ "Ja und Flyx ist ein Arkanist. Er hat wohl eine Truhe, in der Nola bei Lisalas letzter Rückkehr die wahre Welt von Albas verschlossen hat. Wir müssen die Truhe bei Flyx holen und Albas wieder freigeben."

Andira ~ "Wie lange war ich weg? Wie hast du das alles herausgefunden?"

Malia ~ "Zu lange, Andria! Viel zu lange!"

Fili ~ "Na dann, machen wir uns auf den Weg! Ich bin dabei!"

Malia ~ "Ihr müsst mich tatsächlich begleiten. Bitte. Vor allem du, Andira. Als ich im Atrium war und meine Vorfahren davon erzählt haben, haben sie ausdrücklich gesagt, dass ich mit dir nach ihm suchen soll."

Andira ~ "Wieso mit mir?"

Malia ~ "Ich weiß es nicht. Aber ich vertraue ihnen. Also, begleitest du mich?"

Andira ~ "Natürlich. Sobald du es irgendwie geschafft hast, tatsächlich aus der Akademie auszubüchsen."

Malia lacht lauthals. Das dürfte wirklich noch das größte Problem darstellen.

Dos Xera

Yaro hat sein Wort gehalten und den gesamten praktischen Unterricht gestrichen. Stattdessen studieren sie in Kampfkunst jetzt die Entwicklung der Kriegszüge seit dem Mittelalter. Das einzig gute daran ist, dass Malia mehr über die Entstehung dieser Welt erfährt, denn vor der Hexenjagd lebten die magischen Geschöpfe unter den Menschen. Erst als sie in Gefahr waren und zehntausende von ihnen getötet wurden, haben sie eine Welt geschaffen, in der sie frei existieren dürfen. Auf Malias Stundenplan stehen außerdem noch Psychologie, alte Runen, Kristallomantie, Astrologie, Geschichte und Metaphysik. Die meisten Schüler in ihren Kursen sind Hexen, weshalb sie fast überall neben Luana und Loomy sitzt. In Metaphysik leistet sie den Feen Gesellschaft. In jeder Unterrichtsstunde mit den Feen denkt sie an ihre kleine Freundin Fili, die vor einigen Wochen aus ihrem Kokon geschlüpft ist und seitdem bei Andira lebt. Malia besucht sie häufig, wenn sie abends in ihrem Zimmer das Projizieren übt. Loomy und Luana hat sie von ihrer neuen Kraft noch nichts erzählt. Es hat sich noch nicht ergeben und sie will es erst wirklich beherrschen, bevor sie es ihnen vorführt. Pippa hat sie bisher erst zwei Mal dabei erwischt und Malia hat zu ihr gesagt, sie würde meditieren. Tatsächlich fällt es Malia leichter, wenn sie gerade von der gemeinsamen abendlichen Meditation kommt.

In keinem ihrer Kurse sitzt auch nur ein Krieger. Einerseits ist Malia froh darum, weil sie sich so nicht mit der aufgedrehten Pippa abgeben muss. Die gemeinsame Zeit beim Essen reicht ihr schon. Pippa ist zum Glück auch die meiste Zeit gar nicht in ihrem gemeinsamen Schlafzimmer. Meistens kommt sie erst spät zurück, wenn Malia schon schläft. Sie hat Malia nie erzählt, wo sie sich jeden Abend aufhält, aber Malia hat auch nie danach gefragt. Es interessiert sie nicht. Und andererseits würde sie gern Tris öfter sehen. Sie sind sich nur ein paar wenige Male auf den Gängen oder in der Aula beim Essen begegnet, aber nie haben sie miteinander gesprochen. Malia ist sich nicht sicher, ob es nur an ihrem Streit auf dem Frühlingsfest liegt, oder ob in Tris noch mehr vorgeht. In den Pausen ist er immer umzingelt von seinen Freunden und einer Traube ihn anhimmelnder Mädchen. Einmal hat Malia gesehen, wie er seinen Arm um Nilana gelegt hat, ein wunderschönes Feenmädchen mit ellenlangen schwarzen Haaren. Es hat ihr das Herz gebrochen. David hat Rhimmard verlassen, also sollte es doch keinen Grund mehr für ihren Streit geben. Wieso also spricht er nicht mehr mit ihr? Wieso können sie keine Freunde mehr sein? Ihn einfach anzusprechen traut sich Malia allerdings nicht. Sobald das Schuljahr begonnen hat, haben sich wieder Gruppen unter den Schülern gebildet. Tris zählt definitiv zu den beliebten Jungs, während Malia lieber im Schatten verborgen bleibt. Schon in ihrer alten Schule war sie unsichtbar, was sie immer gut beschützt hat. Als einziger Mentibus an der gesamten magischen Akademie, kennt sie jedoch jeder. Einige bewundern ihre Kraft, andere beneiden sie darum, wieder andere lachen über sie und halten sie für schwach. Die Mädchen, die an Tris kleben wie Fliegen an verdorbenen Äpfeln, belächeln sie. Wie könnte sich ein starker, anbetungswürdiger Krieger in einen schwachen, unerfahrenen und im Kampf hilflosen Mentibus verlieben.

Es ist spät. Malia, Loomy und Luana vertreten sich die Beine. Die Flure in der Burg sind fast leer. Ein paar der älteren Schüler sitzen noch zwischen den Mauerbögen im Innenhof und genießen die warme Sommernacht. Da morgen kein Unterricht stattfindet, nutzen sie ihren freien Abend nach der Meditation. Malia entdeckt auch Tris mit seinen Freunden an deren gewohnten Platz im Innenhof. Eine von ihnen ist Pippa. Während Loomy von einem Jungen aus ihrem Okkultismuskurs schwärmt, kreisen Malias Gedanken wieder nur um Tris. Vielleicht sollte sie sich doch besser mit Pippa anfreunden. Zumindest weiß sie jetzt, wo sich ihre Mitbewohnerin jeden Abend aufhält. Bei ihm. Ein anderer Junge steuert zielstrebig auf den Freundeskreis zu und fordert die Gruppe auf, irgendwo hinzugehen. Er stupst ihnen reihum auf die Schultern und zeigt in eine Richtung. Sie tuscheln. Es scheint, als hätten sie ein Geheimnis. Es interessiert Malia zwar nicht, was Pippa jeden Abend macht, aber es interessiert sie, was Tris tut. Sie beobachtet die fortgehende Gruppe, bis sie um die Ecke gebogen sind. Loomy schwärmt unterdessen immer noch von Rawo, dem Jungen aus ihrem Kurs.

Am nächsten Tag regnet es in Strömen, dennoch ist die warme Sommerluft herrlich. Pippa schläft immer länger als Malia. Nunja, sie legt sich schließlich auch viel später schlafen. Malia sitzt schon mit den Zwillingen am Frühstückstisch, als Pippa mit verzottelter Mähne zu ihnen stößt.

Pippa gähnt noch verschlafen ~ "Einen wunderschönen guten Morgen!"

Loomy ~ "Guten Morgen. Wie hast du geschlafen?"

Pippa ~ "Oh, sehr gut. Ich war völlig fertig gestern Abend und bin sofort eingeschlafen. Ich hoffe, ich habe dich nicht geweckt, Malia?"

Malia ~ "Nein, keine Sorge. Wo bist du denn eigentlich abends immer so lange? Ich kriege dich ja kaum zu Gesicht."

Pippa ~ "Ach, ich bin nur mit Freunden rumgehangen."

Sogar Luana zieht eine Augenbraue nach oben. Pippa verheimlicht etwas. Malia versucht, ihre Gedanken zu lesen. Still starrt sie auf ihren leeren Teller und versucht, sich zu konzentrieren.

Pippa ~ "Malia, könntest du das bitte lassen? Frag mich doch einfach, wenn du etwas wissen möchtest."

Malia reißt verdutzt die Augen auf. Woher weiß Pippa, was sie vor hatte?

Malia ~ "Was... Ähm... Was meinst du?"

Pippa ~ "Du weißt was ich meine. Du brauchst meine Gedanken nicht zu lesen. Wir können miteinander sprechen."

Malia ist beschämt ~ "Tut mir leid."

Ihr ist klar, Lügen bringt nichts. Sie wurde ertappt und würde sie es jetzt weiter abstreiten, würde sie sich nur noch mehr blamieren. Etwas an Pippa ist unheimlich. Niemand konnte es bisher spüren, dass sie in die Gedanken eindringen wollte.

Nach dem Frühstück wartet Malia vor den Toren der Aula. Das Gesicht in einem Buch vergraben, hat sie sich zwischen den Strebern versteckt. Als Pippa an ihr vorbei geht, um wieder ihren Geheimnissen nachzugehen, schleicht Malia hinter ihr her. Sie hält genug Abstand, um nicht entdeckt zu werden, aber bleibt dicht genug an ihr dran, um sie nicht zu verlieren. Die Gänge sind voller Schüler, weil sie wegen des Regens nicht nach draußen können. Es ist schwer, die kleine Pippa nicht aus den Augen zu verlieren. Sie hopst unbeschwert durch die Flure, und je öfter sie den Flur wechselt, desto weniger Schüler befinden sich in den Gängen. Pippa schleicht sich schließlich die Wendeltreppe im Nordost-Turm hinunter. Es ist der Turm, der hinab zur Arena führt. Malia war im vorherigen Schuljahr schon hier und hat versucht, einen Grjom zu bekämpfen. Mit wenig Erfolg. Die beiden sind nun ganz allein. Malia versucht so leise wie nur irgend möglich zu bleiben. Pippa steuert direkt auf die Arena zu. Der Eingang wurde verändert. Er wird von einem Monument versperrt. Eine riesige Steinfigur steht an der Stelle, wo früher die massiven Tore der Arena waren. Malia erkennt, dass dort ein Denkmal für Kayana errichtet wurde. Die frühere Lehrerin in Kampfkunst. Sie war eine der ersten, die in den Krieg gezogen sind. Als Kriegerin hat sie sich diese Aufgabe natürlich nicht entgehen lassen. Doch Lisalas Armee war mächtiger und Kayana ist im Krieg gefallen. Nun bewacht sie die Arena, die früher unter ihrer Leitung stand. Pippa stellt sich vor die Figur und lässt einen lauten Kampfschrei los. Die Figur erwacht zum Leben, kreuzt die Arme vor der Brust und tritt zur Seite. Malia rennt schnell hinter Pippa her, die ungeniert in die Arena eintritt. Gerade noch so schafft es Malia, sich mit hinein zu schleichen, bevor sie von der Figur beim Schließen des Tores zerquetscht worden wäre. In der Arena stehen reichlich Kampf-Utensilien für die Krieger. Speere, Stöcke, Schilder, Bälle, Ketten, Pfeile und Bogen. Malia versteckt sich dahinter. In der Arena haben sich Dutzende Krieger versammelt. Unter ihnen Pippa und Tris. Einer der Krieger aus dem ältesten Jahrgang, Malia kennt ihn nur flüchtig von Luana, ergreift das Wort.

Korak ~ "Es werden immer mehr, das ist schön. Für alle, die neu sind, ich bin Korak und wir sind hier, um zu kämpfen. Yaro verbietet uns den praktischen Unterricht in Kampfkunst, aber uns Kriegern liegt es in der Natur. Wir dürfen uns nicht an Ketten halten lassen, nur weil er Angst vor uns hat. Wir sind in dieser Akademie, um unsere Kräfte auszubauen. Und das werden wir!"

Er streckt seine Faust in die Luft und lässt einen lauten Kampfschrei, der von den anderen Kriegern ebenso erwidert wird. Sie treffen sich also, um heimlich zu kämpfen. Das kommt Malia doch wieder bekannt vor. Keine gute Idee. Aber nun sitzt sie in diesem Raum fest. Wenn sie jetzt gehen würde, würden es alle bemerken. Erst jetzt fällt ihr ein, dass es klüger gewesen wäre, Pippa als Projektion zu folgen, dann könnte sie jetzt einfach verschwinden. Malia setzt sich hinter ein paar Speere und sieht dem Training gespannt zu. Die meiste Zeit beobachtet sie Tris, der seine Muskeln im Nahkampf mit einem Mitschüler spielen lässt. Bestimmt eine Stunde vergeht, in der sie sich in Zweierteams aufwärmen. Eine Mischung aus Boxen, Karate und Muay Thai. Sie schlagen sich, treten sich und werfen sich zu Boden.

Korak ~ "Okay gut, dann lasst uns in den Ring steigen. Kampf bis zum Ende. Wer möchte zuerst?"

Zwei Jungs melden sich, die anderen setzten sich daneben. Die Jungs klopfen die Fäuste zusammen, wie ein Handschlag, und beginnen zu kämpfen. Malia fragt sich noch, was es zu bedeuten hat, dass sie *bis zum Ende* kämpfen. Auf Leben und Tod kann es nicht bedeuten. Doch schon bald wird es ihr bewusst. Es ist brutal. Die Fäuste fliegen, Beine treten gegen Köpfe, es gibt keine Gnade. So lange, bis einer aufgibt, oder vor Schmerzen in Ohnmacht fällt. Das Blut rinnt ihnen über ihre Gesichter. Malia zuckt bei jedem Schlag zusammen. Sie will es nicht sehen, aber sie kann auch nicht die Augen schließen. Sie würde ohnehin das Klatschen und tiefe Donnern der Schläge hören. Wie kommt es, dass sie sich gegenseitig so zurichten, aber keiner von ihnen auf den Fluren durch Wunden oder ein blaues Auge auffällt? Würden sie sich nach jedem Kampf in der Krankenstation versammeln, würde es auffallen und Yaro würde es sofort wieder verbieten.

Sie kämpfen wirklich bis zum Schluss. Aufgeben - keine Option. Die meisten Verlierer liegen regungslos am Boden und werden von ihren Mitschülern einfach zur Seite gezogen, wo sie sich erholen können. Erstaunlicherweise heilen ihre Wunden schnell. Sie waschen sich das Blut von den Händen und aus den Gesichtern und unter einer speziellen Creme verschwinden die klaffenden Risse in ihrer Haut, als wäre nie etwas vorgefallen. Malia war noch nie so froh um ihre passive Kraft. Einem solchen Kampf würde sie sich nicht stellen wollen.

Einer der Jungen meldet sich und fordert Pippa zum Kampf heraus. Beeindruckt hallen *Ooohs* der anderen Krieger durch die Arena. Pippa? Gegen einen Jungen? Das ist doch unfair! Und wieso scheinen alle so gespannt darauf zu sein? Er muss doch nur einmal zuschlagen und sie liegt am Boden. Soll

Malia eingreifen? Lieber nicht. Sie hält sich weiter versteckt und hofft, dass Pippa nicht auf die Herausforderung eingeht.

Pippa ~ "Geht klar. Aber nicht weinen, wenn ich dich zu Brei verarbeite."

So hat Malia Pippa noch nie erlebt. Die süße, kleine Pippa ist plötzlich in brutaler Kampflaune. Als sie sich kennenlernten, sagte sie noch, sie hätte gern eine mentale Kraft und dass Krieger immer nur stumpf kämpfen würden. Malia hätte nie erwartet, dass Pippa sich einer heimlichen Kampf-Gang anschließt. Sie boxt ihre Faust gegen die des Jungen und tritt ein paar Schritte zurück. Ihre Augen werden plötzlich tiefschwarz. Pippas Stimme verdunkelt sich und sie spricht irgendwas auf Libell. Malia bekommt Gänsehaut am ganzen Körper. Die pummelige, tollpatschige Kriegerin wird größer und größer. Um ihre Stirn legt sich ein Federschmuck. Ihre Kleidung schwingt, als würde ein starker Wind wehen und plötzlich trägt sie ein Gewand aus Leder, Leinen und Federn. Sie sieht aus wie eine Indianerin. Mindestens zweieinhalb Meter groß blickt sie auf ihren Gegner herab. Malia traut ihren Augen kaum. Mit voller Wucht und rasender Geschwindigkeit wirbelt sie ihre Arme durch die Luft und donnert förmlich auf den anderen Jungen ein. Der gesamte Hallenboden bebt. Der Junge versucht sich zu wehren, tritt ihr in den Bauch, hält sie am Arm und dreht sie über die Schulter. Pippa fällt zwar zu Boden, doch mit einem tiefen Lachen steht sie sofort wieder auf. Sie hebt ihr Bein und brettert es gegen den Jungen, der daraufhin mindestens zehn Meter weit durch die Luft wirbelt.

Pippa ~ "Lass dir helfen, kleiner Mann. Zwei Krieger mehr. Los!"

Sie zeigt auf zwei Mitschüler, die sofort mit in den Kampf gehen. Von drei Seiten greifen sie Pippa gleichzeitig an. Sie treten ihr in den Rücken, schlagen gegen ihre Rippen, doch Pippa steht wie ein Fels. Es scheint ihr nichts auszumachen. Malia kann ihren Bewegungen gar nicht folgen, so schnell ringt sie alle drei Krieger mühelos zu Boden. Der Junge, der sie herausgefordert hat, gibt auf. Zwei Mädchen ziehen ihn zur Seite, weil er selbst nicht mehr die Kraft dafür aufbringen kann. Die anderen beiden Jungs versuchen immer noch, Pippa zu überwältigen. Einer schleudert sie zu Boden, der andere setzt sich auf ihre Schultern, um sie am Aufstehen zu hindern. Doch es hält Pippa nicht auf. Sie schüttelt ihre Gegner ab wie Ameisen. Ihre Gegner haben keine Chance. Drei Kriegerinnen schließen sich nun dem Gefecht an. Sie verbünden sich bei ihren Angriffen. Zwei von ihnen bilden Stufen, damit die Dritte Pippa von oben herab angreifen kann. Sie nehmen sich Speere und Ketten zur Hilfe. Pippa ist schneller und bricht den Speer beim Angriff wie einen Zahnstocher mit einer Hand in der Mitte hindurch. Als eines der Mädchen ihre Beine mit einer der schweren Eisenketten zusammenbinden will, packt Pippa sie am Schopf und wirbelt sie über den Boden. Wie ein Kreisel schlittert die Kriegerin in eine Ecke der Arena. Die Jungs haben sich erholt und greifen erneut an. Einer von ihnen erhofft sich mit Pfeil und Bogen eine Chance. Er zielt auf Pippas Schulter, spannt seinen Bogen und feuert direkt einen Pfeil auf die Indianer-Kriegerin. Unbeeindruckt schüttelt sie den Pfeil aus ihrer Schulter. Der Kampf dauert nur wenige weitere Minuten, bis schließlich alle fünf Krieger völlig erledigt auf dem Boden liegen. Pippa klatscht freudig in ihre Hände und schrumpft zurück in ihre normale Gestalt.

Malia versteht nun die anfängliche Begeisterung der anderen Krieger. Und sie versteht auch, dass Pippa früher gegen ihre Brüder stets gewonnen hat. Pippa ist ein Endgegner. Sie hat sich in eine unbesiegbare Gestalt verwandelt und wie es scheint, haben die anderen Krieger diese Fähigkeit nicht.

Iris Xera

Der Sommer ist heiß. Viel heißer als die Sommermonate in Chicago. Während die Zwillinge sich in kurzen Sommerkleidern bemüht haben, die Aufmerksamkeit der Krieger auf sich zu ziehen und ihre Gesichter am See hinter der Akademie in die Sonne gestreckt haben, hat Malia jede freie Minute damit verbracht, sich an die verschiedensten Orte zu projizieren. Es ist die einzige Möglichkeit, wie sie die Akademie zumindest mit ihrem Geist verlassen kann, auch wenn ihr Körper dabei nicht echt ist. Es sind einige Wochen vergangen, ohne dass Malia sich auf die Suche nach Flyx gemacht hat. Nola und die anderen Vorfahren aus dem Atrium machen ihr Druck. Sie war allerdings oft bei Andira, um mit ihr einen Plan zu hegen und nun ist der Tag endlich gekommen. Sie haben vereinbart, sich direkt nach Sonnenaufgang am Fuß des Berges zu treffen. Andira und die kleine Fili werden sie begleiten. Malia schleicht durch die leeren Gänge. So früh am Morgen ist an einem freien Schultag zum Glück noch niemand auf den Beinen, weshalb sie keine Aufmerksamkeit erregt. Und da an einem solchen Tag auch niemand die Bibliothek aufsuchen wird, hat Malia beschlossen, sich dort in einen der kleinen Leseräume zu setzen. In der Bibliothek ist es still und die kalten Mauern schlucken die heißen Sommertemperaturen, sodass es angenehm kühl bleibt. Für Malia der perfekte Ort, um sich zu konzentrieren. Da sie allerdings sehr nervös ist, braucht sie einige Minuten, bis sie eine stabile Projektion durchführen kann. Andira wartet schon ungeduldig.

Andira ~ "Na endlich, wo bleibst du denn!"

Malia ~ "Jaa, tut mir leid. Es war gar nicht so einfach."

Andira ~ "Hat dich jemand gesehen?"

Malia ~ "Nur zwei aus der Strebergruppe, aber die hatten ihre Nasen so tief in ihre Lehrbücher gesteckt, dass sie wahrscheinlich nicht einmal eine explodierende Bombe bemerkt hätten. Gestern waren alle noch lange wach. Zoa und Tuli haben heimlich eine Party auf ihrem Zimmer veranstaltet, deshalb schlafen die meisten noch."

Andira ~ "Na dann los."

Fili ~ "Es ist so aufregend! Malia, du wusstest wirklich nicht, dass du hier einen Großvater hast?"

Malia ~ "Nein, das wusste ich nicht. Ich finde es auch sehr aufregend."

Über Filis piepsige Stimme muss Malia immer noch schmunzeln. Alles, was sie sagt, klingt unglaublich süß. Vor ein paar Tagen wollte Fili mit Malia schimpfen, weil sie unachtsam in sie hinein gelaufen ist und Fili dabei quer durch den Raum geschleudert wurde. Es tat Malia unheimlich leid, denn es war keine Absicht. Aber als Fili sie anschreien wollte, konnte sie ihr Lachen nicht mehr zurückhalten.

Fili ~ "Hast du mal ein Bild von ihm gesehen? Weißt du etwas über ihn?"

Malia ~ "Ich weiß, dass er ein Arkanist ist. Fotos gab es ein Paar in Nolas Alben, die habe ich gesehen. Aber ich weiß nicht, wie alt er zur Zeit ist, deshalb habe ich keine Ahnung, wie er aussieht. Er könnte ein hilfloses kleines Baby sein, das uns keine Antworten geben kann, dann sind wir völlig umsonst so weit gelaufen."

Fili ~ "Oh das wäre jammerschade!"

Andira ~ "Es reicht ihr zwei, gehen wir los."

Fili ~ "Andira ist heute mit dem falschen Fuß aufgestanden, befürchte ich."

Malia zwinkert ~ "Ich glaube, den richtigen Fuß hat sie seit Wochen nicht mehr gefunden."

Fili hält sich kichernd die kleine Hand vor den Mund bei Malias Scherz. Ein steiler Kiesweg führt sie direkt in den dichten Wald am Fuße der Bergkette. Es gibt viele verschiedene Wege in die Berge, und zahlreiche Gipfel. Weshalb Andira ausgerechnet diesen Weg ausgewählt hat, weiß Malia nicht. Schon nach wenigen Minuten spürt Malia ihr Herz angestrengt schlagen. Berge hinauf zu wandern ist noch nie ihre Lieblingsbeschäftigung gewesen, obwohl sie gern draußen in der Natur ist. Dieser Weg treibt sie direkt von 0 auf 100, so steil geht es bergauf. Grober Kies erschwert ihr das Gehen. Ihr Körper ist zwar nur eine Projektion, doch alles um sie herum ist echt und sie muss die selben Hürden bestehen, als wäre sie wirklich hier. Fili hat es leicht. Sie hat es sich auf Andiras Schulter bequem gemacht. In diesem Moment beneidet Malia die kleine Fee. Nach einigen hundert Metern ändert sich der Boden von grobem Kies zu trockener Erde und weniger Anstieg. Malia hofft inständig, dass sie das schlimmste Stück nun hinter sich hat. Ihre Ohren sausen, Schweiß rinnt über ihre Stirn. Zumindest ist die Luft im Schatten der dichten Bäume kühler als auf den freien Feldern im Tal. Äste und Tannennadeln knirschen bei jedem Schritt unter ihren Sohlen. Der Duft von Blumen und frischem Moos steigt in Malias Nase. Ein weiteres Mal ist sie gefesselt von der Schönheit, die sie umgibt. Sträucher, Blumen, Pilze und Wurzeln bilden eine spektakuläre Szenerie. Das Spiel zwischen Licht und Schatten legt faszinierende Kontraste auf den Boden. Malia ist dem Anblick so verfallen, dass sie nicht bemerkt, wie sie mit jedem Schritt langsamer wird. Andira, die vor ihr läuft, entfernt sich immer weiter. Hohe Bambuspflanzen ragen meterhoch aus dem Boden empor, nach jeder Ellenlänge streckt sich ein Kranz aus Nadeln zur Seite. Zwischen den Bambussträuchern sammelt sich ein Meer aus violett-weißen Akeleien-Blüten in der Form von Quallen mit wehenden Tentakeln. Der schmale Pfad windet sich weiter den Berg hinauf. Schritt für Schritt spürt Malia die Herausforderung, die der Berg ihr stellt. Sie klettert über Felsen, steppt über Wurzeln und folgt den Serpentinen durch die steilen Felder hinauf. Stunden vergehen. Sie schätzt, dass sie inzwischen auf halber Höhe des Berges sind. Wie weit sie gehen müssen, weis sie nicht. Malia ist erschöpft. Andira hat Fili vor einer Weile von ihrer Schulter verscheucht. Seither fliegt die kleine Fee von Blume zu Blume und trällert ein Lied.

Andira ~ "Fili, bitte. Kannst du bitte still sein? Wir sind hier nicht zum Vergnügen."

Malia ~ "Lass sie doch, ich finde es ganz schön."

Fili ~ "Aber wir sind hier zum Vergnügen. Wir sind überall zum Vergnügen. Das Leben ist ein Vergnügen! Sei nicht so verklemmt."

Malia ~ "Andira, deine Laune ist heute aber auch wirklich nicht von dieser Welt. Was ist denn los?"

Andira wirkt nervös, doch Malia kann in diesem Zustand keine Gefühle von ihr empfangen. Bei Andira hat sie immer noch Schwierigkeiten, sich in sie hineinzuversetzen. Sie ist wie ein Buch mit sieben Siegeln. Und gerade heute ist sie besonders verschlossen.

Andira ~ "Es ist alles okay. Hör auf zu fragen. Wir gehen da hoch, wir treffen Flyx und dann gehen wir wieder."

Fili ~ "Stooooop! Kuckt doch mal! Da!"

Andira ~ "Was ist denn jetzt schon wieder los?"

Fili ~ "Pssst. Kuuuck daaa!"

Fili zeigt mit ihrem kleinen Finger in das Feld, das unterhalb von ihnen liegt. Eine flauschige Familie tummelt sich dort, nur wenige Meter von ihnen entfernt. Lange Löffelohren lugen aus dem hohen Gras heraus. Malia geht in die Hocke. Eines der Tiere stellt sich auf die Hinterbeine. Es muss die Mädchen wohl gehört haben. Sie versuchen sich nicht zu bewegen, um die Tiere nicht zu erschrecken. Malia hört ihr Herz pochen und ihren Atem rauschen. In ihrer Projektion kann sie ihre Kräfte noch nicht gut anwenden. Sie hat Schwierigkeiten, in die Gefühle und Gedanken des Tieres einzudringen. Die Löffelohren gehören zu einem hellbraun-orange gestreiften Wollknäuel, das einem Hasen ähnelt. Die Ohren sind viel länger als die eines Hasen und die Eckzähne stehen unter der Lippe hervor wie die eines Walrosses.

Malia ~ "Ist es gefährlich?"

Andira ~ "Nein. Mach dir nicht in die Hose. Komm weiter."

Fili sieht Malia an und zuckt mit den Achseln. Vorsichtig machen sie sich wieder auf den Weg. Der Hang zu ihrer Seite wird immer steiler und der Weg ist an einigen Stellen mit Brettern und Baumstämmen verstärkt. Hin und wieder durchqueren sie einen Felsspalt, der nur über eine sehr schmale Brücke passierbar ist. Die vorher so angestaute Sommerhitze wurde von den feuchten Felsen verschluckt. Malia friert. Das gesamte Klima hat sich so sehr verändert, dass es ebenso gut Spätherbst sein könnte. Sie bekommt Angst und auch Fili versteckt sich unter Malias Haaren. Andira geht unerschrocken weiter voraus.

Malia ~ "Sind wir hier wirklich noch richtig?"

Andira ~ "Es gibt nur diesen Weg. Hast du irgendwo eine Gabelung gesehen?"

Malia ~ "Vielleicht haben wir etwas übersehen."

Andira ~ "Haben wir nicht."

Malia ~ "Können wir nicht versuchen, einen anderen Weg zu finden? Ich habe Angst."

Andira ~ "Du bist nur eine Projektion! Dir kann doch fast nichts passieren. Du kannst jederzeit zurück. Ich hingegen nicht, also bitte lass und das einfach schnell hinter uns bringen."

Fili ~ "Ich kann vor fliegen und sehen, ob der Weg sicher ist."
Sie schlottert vor Angst.

Malia ~ "Nein, nein, Kleine. Das musst du nicht. Bleib bei uns,
hier bist du sicher."

Andira ~ "Es wäre tatsächlich eine gute Idee. Hier in den
Bergen leben einige gefährliche Geschöpfe. Ich bin nicht
gerade scharf darauf, einem von ihnen über den Weg zu
laufen. Fili fällt kaum auf und sie kann schnell entwischen."

Fili packt ihren ganzen Mut zusammen. Sie fliegt hoch. Dort
fühlt sie sich sicherer. Andira und Malia laufen zum Ende der
Brücke. Dort setzen sie sich auf einen morschen
Baumstamm, der am Wegrand liegt, und warten. Fili ist lange
weg.

Malia ~ "Was ist denn los? Irgendetwas stimmt doch nicht mit
dir."

Andira ~ "Das habe ich doch gerade gesagt, ich bin nicht
scharf darauf, hier oben kämpfen zu müssen. Falls es dir noch
nicht aufgefallen ist, ich wäre allein. Fili kann nichts
ausrichten und du auch nicht."

Malia ~ "Okay, tut mir leid! Ich wäre sehr gern mit meinem
richtigen Körper hier, aber ich kann die Akademie nicht
verlassen. Ich weiß, dass du in Gefahr bist. Und ich weiß, dass
du das hier nur für mich tust."

Andira ~ "Das ist verdammt richtig. Es bringt mir überhaupt
nichts Flyx zu finden! Ich tue das für dich! Damit wenigstens
DU wieder eine Familie hier hast!" Andira wird lauter.

Malia schreit zurück ~ "DU bist meine Familie!"

In diesem Moment hören sie ein tiefes Grummeln und Schnauben. Sie schrecken verängstigt auf und sehen sich um. Dunkelrote Schuppen schlängeln sich durch den Graben unter ihnen. Malia sieht einen knochigen Flügel und einen schlangenartigen Schwanz mit einem spitzen Dorn am Ende.

Malia ~ "W... Was... Andira, was ist das?"

Andira ~ "Das wovon ich gesprochen habe. Ein Wyvern. Wir dürfen uns nicht bewegen."

Malia ~ "Hat er uns entdeckt?"

Andira ~ "Keine Ahnung. Wyvern können nichts hören und tagsüber sehen sie sehr schlecht. Dafür ist ihr Geruchssinn unschlagbar."

Malia ~ "Können wir... Kannst du... ihn bekämpfen?"

Andira ~ "Nicht hier. Halte still. Er kann die Erschütterung deiner Schritte spüren und wenn wir uns bewegen, wirbeln wir unseren Geruch in die Luft. Vielleicht verschwindet er wieder."

Malia möchte am liebsten verschwinden. Es fällt ihr sowieso schwer, die Projektion aufrechtzuerhalten. Sie ist zu nervös.

Andira ~ "Denk nicht einmal daran, mich jetzt allein zu lassen, hörst du?"

Malia ~ "Das hatte ich gar nicht vor! Aber ich bin nervös. Ich habe wirklich Angst. Es ist nicht so einfach, hier zu bleiben, wenn ich mich fürchte."

Der Wyvern schleicht weiterhin um die Mädchen herum. Ein dicker Hornkamm wächst aus seinen Wirbeln, bis hin zur Schwanzspitze. Aus seiner Stirn ragen vier Hörner. Die Augen sind leuchtend weiß. Malia hat nun auch den zweiten Flügel entdeckt. Er schlägt sie wild auf und ab, als würde er gleich losfliegen wollen. Doch seine zwei starken Beine verlassen den Boden nicht. Andria dreht ihren Kopf langsam zu dem näher kommenden Geschöpf. Er stapft schweren Schrittes den Felsen hinauf und kommt den Mädchen immer näher. Als Andira klar wird, dass er genau auf sie zusteuert, packt sie Malias Hand und zieht sie auf die Beine.

Andira ~ "Er kommt, LAUF!"

Malia denkt nicht nach. Sie rennt. Ihr Blick kann nichts mehr fassen, außer Andiras glänzend rote Haare, die im Wind wehen. Doch sie spürt die tonnenschweren Tritte und das schneidende Kreischen des Wyverns hinter ihr. Er ist ihnen auf den Fersen. Andira schießt mit ihrer Hand Blitze auf das Tier. Sie versucht zu kämpfen, während sie flieht. Einige Male trifft sie und versteinert das drachenähnliche Ungestüm für wenige Sekunden. Doch er schafft es immer wieder, sich von Andiras Zauber zu lösen. Seine Flügel schlagen bedrohlich weiter, ohne ihn in die Luft zu heben. Malia spürt seinen Atem in ihrem Nacken, doch sie traut sich nicht, sich umzudrehen. Der Weg ist schmal und unter der Feuchtigkeit der mit Wasser benetzten Felsen glatt. Ein Fehltritt und sie stürzen ab. Fili fliegt ihnen entgegen. Sie macht sofort kehrt, als sie entdeckt, welches Ungeheuer die Mädchen gerade in die Flucht treibt.

Fili ~ "Ihr müsst weiter! Dort vorn ist noch ein schmaler Felsspalt, wenn ihr da durch seid, seid ihr in Sicherheit. Er kann euch unmöglich folgen. Schnell!"

Malia und Andira rennen so schnell sie können. Fili hält sich an Andiras Schopf fest. Der Wyvern gibt nicht auf. Er kreischt und knurrt und schnaubt, während er seine scharfen Zähne fletscht. Der Weg macht eine Kurve und verschwindet im Felsen. Das muss der Spalt sein, von dem Fili gesprochen hat. Noch eine weitere Hängebrücke und ein morsches Brett, das den schlammigen Boden bedecken soll. Andira quetscht sich gerade noch rechtzeitig in die schmale Kluft. Malia schafft es nicht. Der Wyvern packt sie an der Hüfte und wirbelt sie in die Luft. Und ehe sie in seinen weit aufgerissenen Rachen fällt, verschwindet sie einfach.

Retr Xera

Malia findet sich zusammengerollt in der Bibliothek der Akademie wieder. In dem kleinen Leseraum hat sie niemandes Aufmerksamkeit auf sich gezogen. Ihre Hüfte schmerzt, aber es geht ihr gut. Keine Wunden, keine Verletzungen. Nur ein paar blaue Flecke wachsen unter ihrer Haut. Sie schließt ihre Augen, um sich zu allererst zu beruhigen. Sie muss zurück, das ist ihr bewusst. Doch sie kann nur an einen Ort zurückkehren, an dem sie bereits gewesen ist und das bedeutet, dass der weiteste Ort der Eingang des Felsspaltes sein kann. Möglicherweise lungert dort aber noch der Wyvern und sucht nach ihr. Sie muss sich also sowieso ein paar Minuten Zeit nehmen, damit das Tier wieder verschwindet und sie nicht wieder direkt vor ihm auftaucht. Das Adrenalin rauscht noch durch ihren Körper. Ihre Hände zittern. Hoffentlich sind Fili und Andira in Sicherheit. Sie hat Andira versprochen, sie nicht allein zu lassen, aber hätte sie die Projektion nicht in diesem Moment beendet, wäre sie jetzt vermutlich tot. Aus ihrer Tasche zieht sie eine Flasche Himbeerschorle und einen Riegel, den sie sich vorsichtshalber eingepackt hat. Etwas Süßes wird ihren Nerven jetzt sicherlich guttun. Den Kopf an die Wand gelehnt, sitzt sie in der Ecke der durch einen schweren Vorhang von der Bibliothek abgetrennten Lesenische. Sie atmet tief durch, ehe sie ihre Augen schließt und sich mit aller Kraft an den gefährlichen Pfad vor dem Felsspalt zurück projiziert. Ihre Angst davor, wieder von dem Wyvern angegriffen zu werden, klebt wie ein alter Kaugummi an ihr. Es fällt ihr schwer. Sie nimmt allen Mut zusammen, ploppt plötzlich direkt vor dem Felsspalt auf und springt in derselben

Sekunde zwischen die Felsen. Sie hat es geschafft. Langsam tritt sie durch die Dunkelheit, bis sie am anderen Ende eine saftig grüne Wiese erblickt. Das Klima ist wieder wärmer und die Felsen sind von saftigem Moos und blühenden Pflanzen bedeckt. Andira und Fili liegen mitten im hohen Gras. Sie schnappen nach Luft.

Malia ~ "Gott sei dank, euch geht es gut!"

Andira schreckt auf ~ "Uns? Natürlich geht es uns gut! Ich bin froh, dass DIR nichts passiert ist! Es ist doch alles in Ordnung?"

Malia ~ "Ja mir ist nichts passiert."

Fili schwirrt um Malia herum, als würde sie überprüfen, ob noch alle Finger und Zehen an ihr dran sind. Andira steht auf. Sie alle haben sich von dem massiven Schreck erholt und Andira möchte direkt weiter gehen. Malia hat überhaupt keine Lust, noch weiter zu wandern. Ihr reicht es. Aber sie muss. Sie hat eine Aufgabe. Außerdem ist Aufgeben im Moment keine Option. Der Rückweg wäre für Andira und Fili zu gefährlich. Also schließt sie sich an und folgt Andira die Serpentinen durch die Bergwiese hinauf. Die Sonne brennt ihnen erneut auf die Schultern. Schließlich treffen sie auf eine Weggabelung, die drei verschiedene Richtungen einschlägt. Der linke Weg führt geradeaus weiter, der mittlere schräg nach oben in einen Wald und der rechte windet sich in weiteren Serpentinen den Hang hinauf.

Andira ~ "Naja, wir nehmen den linken Weg, oder? Das hat Nola doch gesagt. Der linke Pfad."

Malia ~ "Valentina hat das gesagt. Sie sagte *links vom linken Pfad liegt der rechte Pfad.*"

Andira ~ "Okay, dann los."

Malia ~ "Stop. Sie sagte LINKS vom LINKEN PFAD."

Andira ~ "Es gibt aber nur einen linken Pfad."

Fili schüttelt den Kopf ~ "Nein, nein. Sieh nur. Hinter dem Gebüsch."

Andira streicht mit ihren Händen einige tiefe Äste zur Seite. Mit dem Kopf voraus verschwindet sie im Gestrüpp.

Andira ~ "Du hast recht Fili! Kommt her!"

Fili fliegt unbemüht über das wilde Gestrüpp, während Malia sich zwischen den dichten Ästen hindurch kämpft. Sie folgen einem schmalen Grat. Holzlatten, die gerade so bereit sind wie zwei Füße nebeneinander, bilden einen Weg durch ein Meer aus Farnen. Der Weg endet an einem breiten, ruhigen Fluß, in dem viele bunte Fische ihre Kreise ziehen. Das Wasser windet sich zwischen Felsen und Bäumen. Ein kleiner Wasserfall plätschert vor ihnen und der Wind weht einige Tropfen über das Wasser hinweg. Die Luft ist erfrischend kühl. Genau das Richtige, nach einer anstrengenden Wanderung. Am Ufer formen die Mädchen ihre Hände zu einer Schaufel und füllen sie mit Wasser. Sie sind durstig. Ein Weg aus Steinen führt zum anderen Ufer. Sie hopsen hinüber, folgen weiter dem Weg über weichen Waldboden, bis sie auf einer kleinen Wiese eine alte Hütte mit Feuerstelle entdecken. Dunkler Rauch steigt aus dem Feuer in die klare

Bergluft. Das Holz der Behausung ist morsch und von Efeu und Unkraut überwuchert. Wahrscheinlich wäre es ohne die Unterstützung der Ranken schon lange in sich zusammengefallen. Vor der Hütte sitzt eine Frau mit kurzen, braun gescheckten Haaren und rührt in einem großen Topf. Neben ihr stapelt sich die abgeschälte Haut der Karotten und Kartoffeln, die langsam vor sich hin garen. Eine reinweiße Aura umgibt sie. Völlig ausgelaugt kommen die drei Mädchen an der Hütte an. Tiefe Atemzüge der Erleichterung fahren durch ihre angestrengten Lungen. Doch je näher sie herantreten, desto glücklicher werden sie.

Malia ~ "Hallo. Entschuldigen Sie bitte. Wir sind auf der Suche nach Flyx."

Die Frau sieht Malia mit ihren karamellbraunen Augen an und setzt das breiteste Lächeln auf ihre Wangen, das Malia je gesehen hat. Ein leuchtendes Colgate-Lächeln blitzt zwischen ihren Lippen hervor und ihre Augen bilden sich zarte Lachfalten vor Freude. Es ist, als würde in diesem Moment die Sonne aufgehen.

Frau ~ "Er ist im Haus. Er steht kurz vor der Lebenswende und ist sehr erschöpft."

Malia ~ "Was meinen Sie?"

Frau ~ "Er wird bald für einige Tage schlafen und sein Leben dann wieder rückwärts leben. Jeden Tag wird er dann jünger, bis er schließlich ein Baby ist und sein Leben wieder von vorn beginnt. Ist das nicht aufregend? Einen Moment, ich hole ihn, aber ihr müsst euch bitte kurz fassen." Sie huscht schnell in die kleine wackelige Hütte.

Fili ~ "Wer ist das?"

Andira ~ "Keine Ahnung, sei still."

Fili ~ "Ich bin so erschöpft, aber auch irgendwie wirklich glücklich."

Andira ~ "Wovon bist du bitte erschöpft?"

Fili ~ "Fliegen ist auch anstrengend!" Sie zieht eine Schnute und verschränkt ihre Arme vor der Brust.

Malia ~ "Pssst. Er kommt!"

Ein alter, tattriger Mann kommt auf einen Holzstock gestützt aus dem Haus. Er ist so dünn, dass er sich selbst kaum auf den Beinen halten kann. Die Frau hält ihn unter der Schulter, damit er nicht fällt. Er hat lange graue Haare, die zu einem zerrupften Zopf zusammengebunden sind. Kräuselige Strähnen fallen ihm ins Gesicht. Seine Augen sehen müde aus. Er muss bestimmt schon 400 Trimester alt sein. Doch wenn er unsterblich ist, kann er bereits seit tausenden Trimestern auf dieser Welt wandeln.

Flyx ~ "Wer seid ihr?"

Malia ~ "Ich bin Malia. Deine Enkeltochter."

Flyx ~ "Enkeltochter?"

Malia ~ "Ja. Ich bin Peters Tochter."

Flyx ~ "Peter?"

Malia ~ "Nolas und dein Sohn."

Flyx ~ "Mein Sohn? Oh Nola. Wo ist sie? Wie geht es ihr?"

Malia spürt ihr Herz brechen.

Fili ~ "Sir, Nola ist gestorben."

Flyx ~ "Das ist bedauerlich. Sie war wundervoll."

Frau ~ "Nola war seine große Liebe."

Andira ~ "Entschuldigung, aber wer sind Sie?"

Frau ~ "Ich bin Jinna, Liebes."

Flyx ~ "Jinna ist eine Muse."

Fili ~ "Verstehe. Deshalb ist mir schwindelig vor Glück. Ich dachte, es sei nur die Freude darüber, dass wir endlich angekommen sind."

Flyx sieht Malia eindringlich an ~ "Du bist nicht echt. Warum seid ihr hier?"

Malia ~ "Nein, ich bin eine Projektion."

Flyx ~ "Das ist ja großartig! Zum Täuschen echt! Du bist sehr gut!"

Andira ist schon wieder ungeduldig ~ "Lisala ist tot. Wir brauchen das Artefakt, um Albas wieder frei zu setzen. Malias Vorfahren haben uns diese Aufgabe gegeben. Haben Sie es?"

Flyx ~ "Das Artefakt ist in Nybula."

Malia ~ "Nybula?"

Flyx ~ "Dort ist es in Sicherheit. Du kannst es dort holen."

Andira ~ "Und wie kommen wir dorthin?"

Flyx ~ "Nicht IHR. SIE." Er zeigt auf Malia.

Malia ~ "Okay, und wie komme ICH dorthin?"

Flyx ~ "Na, als Projektion natürlich. Nybula ist ein Geisterreich."

Pyn Xera

Flyx hat sich ins Haus zurückgezogen. Er ist müde und er kann sich kaum daran erinnern, was Malia und er erst vor zwei Minuten gesprochen haben. Immer wieder fragt er, wer sie ist und immer wieder muss sie ihm erklären, dass Nola nicht mehr am Leben ist. Dass sie im Atrium mit Nola sprechen kann, hat sie gar nicht erst erwähnt. Jinna hat die Mädchen gebeten, noch etwas zu bleiben und mit ihr gemeinsam zu Mittag zu essen. Nach der langen und aufregenden Wanderung klingt ein Mittagessen für die drei nur zu verlockend. Über dem Feuer brodelt ein großer Kessel mit Eintopf. *Eintopf* denkt Malia. Es erinnert sie an das Essen mit Nola. Kartoffeln, Karotten, Lauch, Zwiebeln und im Sommer mit einigen Apfelschnitzen. Dazu selbst gebackenes Holzofenbrot mit einer dicken Schicht Butter darauf. Malia knurrt der Magen. Aus dem großen Kessel steigt der gleiche Duft in ihre Nase wie damals in Nolas Haus. Es ist der glücklichste Moment seit langem. Ob es jedoch am Eintopf oder an der Anwesenheit einer Muse liegt, kann Malia nicht sagen. Seit Jinna bei ihr ist, fühlt sie sich plötzlich wieder ganz geborgen und sicher. Sie fühlt sich ausgelassen. Dass sie nach Nybula gehen soll, schüchtert sie keineswegs ein, im Gegenteil, sie fühlt sich dieser Aufgabe absolut gewachsen und würde am liebsten direkt losstürmen. Auch Andira scheint es besser zu gehen. Den ganzen Tag über war sie mürrisch, doch nun sitzt sie lächelnd am Tisch und schmiert Brote für alle. Seit langer Zeit hat Malia Andira nicht mehr so entspannt gesehen. Ihre Augen strahlen.

Malia ~ "Wie lange lebt ihr schon hier oben?"

Jinna ~ "Oh, es sind schon unzählige Monde vergangen. Es ist schwer zu sagen, ich habe jedes Zeitgefühl verloren. Das Leben eines Arkanisten dauert eine Ewigkeit, aber die Zeiten zwischen den Lebenswenden sind kürzer als unsere. Etwa alle zwanzig Trimester überlistet er den Tod."

Fili ~ "Das ist wunderschön!"

Andira lacht lautstark los bei Filis Bemerkung. Was soll am Tod wunderschön sein? Jinnas Anwesenheit scheint zu viel Glück für die kleine Fili sein. Sie schwingt durch die Luft wie ein Blatt im sanften Wind und ihrem Blick ist deutlich anzusehen, dass sie gerade in ihrer eigenen bunten Wolke schwebt. Ihre Augen starren verträumt in die Luft.

Jinna ~ "Weißt du liebes, Pyta war schon immer etwas zu vernarrt in die Menschenwelt. Er wollte unbedingt dorthin gelangen. Eines Tages ging er aus dem Haus und kam nicht mehr zurück. Flyx hat sich auf die Suche nach ihm gemacht. Damals war er ein kleiner Junge, der in der Zeit zur Geburt zurück lebte. Er suchte so lange nach Pyta, bis er zu jung war, um weiter zu gehen. Als ich ihn gefunden habe, war er schon ein Kleinkind, das gerade so laufen konnte. Ich habe ihn zu mir genommen und seither leben wir hier. Wir sind inzwischen sehr gute Freunde geworden. Nola hat ihn schließlich vor langer Zeit hier gefunden und ihn gebeten, eine kleine Schatulle aufzubewahren. Das war das letzte Mal, dass sie sich gesehen haben."

Malia ~ "Und diese Schatulle befindet sich nun in Nybula?"

Jinna ~ "Ganz recht. Er war davon überzeugt, dort sei sie sicher."

Malia ~ "Und wie komme ich nach Nybula? Wo liegt diese Geisterwelt?"

Jinna ~ "Die Geisterwelt ist überall. Wir befinden uns quasi mittendrin und können sie doch nicht sehen. Es ist kein Reich in einer Glaskugel. Es ist genau hier."

Das war nicht, was Malia hören wollte. Am liebsten wäre sie jetzt vom Essen gestärkt direkt dorthin gelaufen und hätte sich die Box unter den Nagel gerissen. Sie hat mit einem Tor, einem Eingang oder zumindest einem Pfad gerechnet, den sie gehen muss. Flyx meinte, sie kann als Projektion dorthin, also wieso nicht jetzt gleich? Wieso Zeit verschwenden?

Die warmen Kartoffelstückchen rutschen ihre Kehle hinab. Sie spürt jeden Bissen, die Hitze, die mit jedem Stück kurz in ihrem Magen hängt. Sie spürt den Löffel an ihren Lippen, als wäre sie selbst hier. Alles ist so intensiv. In ihren Ohren spielt das Zirpen der Grillen ein Lied. Sie sieht das satte Grün der Wiesen, schimmernde Blüten, die im Schein der Sonne glänzen und sie spürt die zarte Brise, die die frische Bergluft um Malias Nase weht. Malia kann verstehen, dass Flyx hier mit Jinna lebt. Ihr Zuhause ist idyllisch. Das Leben friedlich. Die kleine Hütte bietet ihnen alles, was sie brauchen. Hinter dem Haus sind Gemüsebeete, ein Fluss schlängelt sich durch die Felsen, nicht weit von ihnen. Am Waldrand steht eine Futterstelle für wilde Tiere, die sich in der Dämmerung herantrauen. Jinna versprüht so viel Liebe und Herzlichkeit, dass man das Gefühl hat, nichts anderes im Leben mehr zu brauchen. Ihre pure Anwesenheit lässt alles Schlechte einfach verschwinden. Ängste verwandeln sich in Chancen, Sorgen werden zu Fröhlichkeit. Fili hat sich auf Jinnas Schulter gesetzt und flechtet ihr viele dünne Zöpfe in ihr

Haar. Dann sammelt sie kleine Blüten und steckt sie zwischen die geflochtenen Strähnen, so, wie Malia und ihre Freundinnen es auch auf dem Frühlingsfest getragen haben. Jinna sitzt ganz geduldig auf ihrem Hocker und lässt Fili ihre Kreativität ausleben. Nicht weit von ihnen steht eine verbeulte metallene Schale, den Bauch nach oben gerichtet. Andira hat eine kleine Wolke darüber gezaubert und mit jedem Tropfen, der auf dem Metall aufprallt, erklingt ein Ton. Eine sanfte Melodie ertönt durch den Garten. Dieser Moment dürfte für Malia gern ewig dauern. Ihre Projektion ist so stark, dass sie das Gefühl hat, tatsächlich dort zu sein. Ihre Kräfte sind stärker. Sie spürt nicht nur ihre eigene Zufriedenheit, sondern auch die der anderen. Fast könnte sie vor Glück platzen. Doch auch einen tiefschwarzen Schleier kann Malia zwischen all dem Licht spüren. Er kommt von Andira. Seit sie wieder zurückgekehrt ist, ist Andira nicht mehr dieselbe. Malia macht sich schon lange Sorgen um ihre Freundin, denn sie weis nicht, was mit ihr los ist. Andira spricht nicht mit ihr. Malia weis noch immer nicht, wo Andira all die Zeit über war und was sie dort erlebt hat. Ihre große Angst ist es, dass Andira etwas Schlimmes erleben musste. Nach dem Krieg und dem Leid, das sie sowieso schon zu tragen hatte. Sie ist immer noch der Meinung Nola getötet zu haben und sie hat im Krieg ihre Eltern verloren. Andira hat Malia zwar immer felsenfest versichert, dass alles in Ordnung ist, doch hier hat Malia den Beweis, dass tief in ihr großer Kummer steckt. Es ist ihr immer schwer gefallen Andiras Gefühle und Gedanken aufzugreifen, doch hier sind sie. Ihre Macht fühlt sich in diesem Moment so stark an, dass nicht einmal Andiras Mauer sie aufhalten kann und obwohl Malia diese Dunkelheit ganz genau spüren kann, ist sie zuversichtlich, dass alles bald wieder in Ordnung sein wird.

Die Mädchen bleiben einige Stunden bei Jinna und Flyx, in der Hoffnung, Flyx würde ihnen mehr verraten können, wenn er sich ausgeruht hat. Doch seit Stunden liegt er in seinem Bett und schläft. Es ist Zeit für die Freundinnen aufzubrechen, bevor die Dämmerung ins Land zieht. Von der Hütte führt ein weiterer Weg durch den Wald ins Tal hinab. Jinna hat ihnen geraten, diesen Weg zu gehen, er sei ohne Gefahren. Sie drückt die Mädchen zum Abschied und bittet Malia, sie bald wieder zu besuchen. Der Abschied fällt Malia schwer und je weiter sie sich von Jinna entfernen, umso mehr Freude entweicht ihr. Am liebsten hätte sie Jinna mitgenommen oder wäre einfach dort geblieben. Alles war so schön mit ihr, doch ohne sie fühlt sich die Welt plötzlich kalt und grau an.

Andira ~ "Das vergeht wieder."

Malia ~ "Was meinst du?"

Andira ~ "Dieses Gefühl."

Malia ~ "Wann?"

Andira ~ "Nach einer Weile. Ein paar Stunden."

Andira tröstet die kleine Fili, die weinend auf ihrer Schulter sitzt.

Andira ~ "Deshalb sind die Musen geflohen. Die Menschen haben sie gefangen gehalten und sie teilweise an sich fest gebunden, damit sie immer bei ihnen sind. Damit sie mehr Macht haben. Viele Musen sind in Käfigen gestorben. Ausgelaugt und gequält. Und wenn ein Plan nicht so funktioniert hat, wie erhofft, dann war es immer die Schuld der Muse. Es war ihre größte Folter, dass sie ihre Magie nicht in freien Stücken verschenken konnten."

Malia ~ "Das ist furchtbar, sie sind so tolle Geschöpfe."

Andira ~ "So sind die Menschen, was hast du erwartet? Du kennst die Entstehungsgeschichte von Rhimmard doch inzwischen. Es ist allen magischen Geschöpfen so ergangen. Ausnahmslos. Der Mensch wollte Macht und wir sollten sie ihm geben."

Malia ~ "Nicht alle Menschen sind so, weißt du."

Andira ~ "Ich weis. Aber die Wenigen sind grausam für alle."

Der Weg nach unten ist wesentlich kürzer. Es dauert nicht lange, da sind sie zurück im Tal. Malia ruft Moose, der Andira und Fili zurück zum Haus fliegt. Sie winkt ihnen zum Abschied und verschwindet dann selbst. Es ist inzwischen Spätnachmittag. Den ganzen Tag über saß sie in der kleinen abgetrennten Lesenische in der Bücherei. Vermutlich blieb sie unentdeckt und selbst wenn sie jemand gesehen hat, dürfte er gedacht haben, dass sie beim Lesen eingeschlafen ist. Sie legt die Bücher weg, die sie sich zur Tarnung mitgenommen hat und geht in ihr Zimmer. Draußen ist es immer noch sehr heiß und morgen ist kein Unterricht, deshalb beschließt Malia, noch für ein paar Stunden zu den Zwillingen an den See zu gehen. Sie kann die Erfrischung gut gebrauchen. Doch vorher sucht sie, wie vereinbart, das Atrium auf. Sie will Bericht erstatten.

Nola ~ "Hast du die Box gefunden?"

Malia ~ "Naja fast."

Rosalie ~ "Was heißt fast? Weißt du wo sie ist?"

Malia ~ "Sie ist in Nybula."

Valentina ~ "Nybula?"

Nola ~ "Flyx hatte früher die total verrückte Vision, eine Brücke in die Geisterwelt zu erschaffen."

Malia ~ "Ja, er meinte, die Box befindet sich in der Geisterwelt. In Nybula. Ich kann dort als Projektion hin, sagt er."

Meena ~ "Hat er das geschafft? Ohne, dass die Welten in sich zusammengebrochen sind?"

Rosalie ~ "Das ist unmöglich."

Malia zuckt mit den Schultern.

Nola ~ "Kind, ich weiß nicht, wie ich es finden soll, dass du dorthin gehen willst. Ich befürchte, das solltest du nicht."

Malia ~ "Wieso nicht? Es kann ja niemand anders dorthin. Ich kann das schaffen!"

Nola ~ "Ich weiß, dass du das schaffst. Aber..."

Meena ~ "Nola, wir haben keine Wahl. Sie hat recht. Vielleicht wird es ja gut gehen."

Valentina ~ "Flyx hat die Box dort platziert, folglich muss er sie zurückholen."

Malia ~ "Er ist zu schwach. Ich mache es selbst. Ich weiß nur noch nicht, wie ich dort hinkomme."

Nola ~ "Dafür brauchst du Flyx. Du musst nochmal zu ihm. Und dieses Mal darf es keine Projektion sein. Du musst selbst dorthin."

Malia ~ "Flyx befindet sich kurz vor der Lebenswende. Er ist wirr und kann sich kaum konzentrieren. Jinna sagte, ich soll ihm noch Zeit geben."

Sys Xera

Während des gesamten Vormittags haben die Galumi die prall gefüllten Wolken abregnen lassen, damit das Herbstfest unter freiem blauem Himmel stattfinden kann. Eigentlich mischen sie sich nicht in die Bedürfnisse der Natur ein, doch kaum etwas steht für die Bewohner von Rhimmard höher als die Trimesterfeste. Die Sommerhitze hat sich in den letzten Tagen bereits etwas zurückgezogen, weshalb sich Malia für den Abend einen Strickpullover eingepackt hat. Doch tagsüber lässt sie noch ein letztes Mal den Rock ihres dunkelgrünen Kleides um ihre Waden streifen. Der Marktplatz durftet nach gerösteten Makronen. Malia und die Zwillinge sitzen schon seit einer Ewigkeit bei den Feen, um ihre Hände mit Henna verzieren zu lassen. Goldene Muster aus Blumen, Mandalas und Spitze winden sich von ihren Fingern über den gesamten Unterarm. Im Hintergrund spielt ein alter Mann fröhliche Musik auf Trommeln und Pauken. Vor seinem Gesicht hängt eine Mundharmonika. Er sieht dabei aus wie das Gestalt gewordene Chaos, doch der Mann weiß, was er tut. Mädchen und Jungs tanzen barfuß auf den warmen Pflastersteinen zur Musik. An zahlreichen Obstständen gibt es noch die letzten Ernten des Sommers zu ergattern. Die Zeit verging wie ein Augenaufschlag. Ab morgen werden die Tage wieder kürzer, die Temperaturen kühler und die Natur legt sich langsam schlafen. Dieser Sommer war zu heiß, um die freien Tage wirklich genießen zu können. Die meiste Zeit haben die Mädchen am See, der sich nach dem Krieg ringsum und unter der Akademie gebildet hat, oder im Schutz des kalten Gemäuers verbracht. Mit Einbruch des Herbstes werden sie bestimmt wieder mehr

Zeit im Innenhof verbringen können. Malia hofft auch, Tris dann wieder öfter zu Gesicht zu bekommen. Den Sommer über hatte sie nur wenig Kontakt mit ihm. Er war unnahbar. Um ihn herum war es immer laut, er war umzingelt von Mädchen und immer in Gesellschaft der anderen Krieger. Sie haben den See jeden Tag aufs Neue erobert. Malia war zu schüchtern, um sich dazwischen zu drängen, also hat sie ihm aus der Ferne zugesehen. Wenn er sich wieder häufiger in der Akademie aufhält, kann sie ihn vielleicht auch wieder öfter allein antreffen. Zuerst muss sie jedoch die kleine Schatulle aus der Geisterwelt holen. Sie will den Ausgang für das Herbstfest dafür nutzen. Am Abend wird sie nicht in die Akademie zurückkehren. Sie wird das Fest früh verlassen und die Nacht bei Andira in Nolas Haus verbringen. Am nächsten Morgen will sie mit Moose zu Flyx fliegen.

Die große Sonnenuhr am Marktplatz zeigt an, dass es später Nachmittag geworden ist. Richtige Uhrzeiten, wie Malie sie von Zuhause kennt, herrschen in Rhimmard nicht, doch mit der Sonne kennt man zumindest die ungefähre Tageszeit. In Chicago würde es jetzt etwa 16:20 Uhr schlagen. Malia entdeckt am größten Tisch in der hintersten Ecke wie immer das Stadtkomitee sitzen. An deren Spitze hat Karima, die neue Bürgermeisterin, ihren Platz gefunden. Sie scheint zufrieden zu sein, lacht, plaudert mit den Stadtältesten und schüttelt zwischendurch hier und da ein paar Hände von Bürgern. Malia sucht auch das Gespräch mit Karima. Ihr ist nicht klar, wie ihre Aufgabe im Komitee aussieht. Sie hat Nolas Platz übernommen, war aber bisher nur zu einem Treffen - dem Besuch in Albas - eingeladen. Sie drängt sich durch die Menge hinüber zu Karima.

Malia ~ "Hallo. Darf ich mich setzen?"

Karima ~ "Selbstverständlich. Du hast hier einen festen Platz an unserem Tisch. Wie geht es dir? Wie läuft es in der Schule?"

Malia ~ "Mir geht es gut, danke. Die Akademie hat sich ganz schön verändert."

Karima ~ "Yaro hat seine eigene Art, wie er die Schule leitet. Das finde ich gut, deshalb habe ich ihn ausgewählt. Ich glaube, er kann wieder Ruhe einkehren lassen."

Malia ~ "Das tut er irgendwie, ja. Aber er hat wieder die Kämpfe verboten. Und wir dürfen die Akademie nicht verlassen. Ist das wirklich nötig?"

Karima ~ "Ich weiß, doch ich muss dir sagen, ich stehe hinter dieser Entscheidung. Yaro und ich haben die neuen Regeln gemeinsam gestaltet. Es ist wichtig, dass die Schüler sich jetzt von der Stadt und dem was passiert ist abgrenzen. Ihr sollt dort wieder ein unbeschwertes Leben führen. Der Kampfunterricht wird zurückkehren, aber nicht jetzt. Jetzt brauchen wir Frieden."

Malia ~ "Und Meditation." Sie lacht.

Karima ~ "So ist es."

Malia ~ "Ich kann nur dadurch leider nicht zu den Treffen des Komitees kommen. Ich könnte mich vielleicht projizieren, wenn das gewünscht ist, aber ich weis ja auch gar nicht wann ich dann wo sein muss."

Karima ~ "Du kannst dich projizieren?"

Malia ~ "Ja, seit einiger Zeit. Ich habe viel geübt und es gelingt mir immer besser. Ich könnte bestimmt bei den Treffen dabei sein."

Karima ~ "Nein, mach dir deshalb keine Sorgen. Ich habe dich absichtlich nicht zu den Treffen gerufen. Du sollst dich auf deine Ausbildung konzentrieren und darauf, ein junges Mädchen zu sein. Die Verantwortung für das Komitee kommt noch früh genug auf dich zu, aber bis dahin solltest du dein Leben genießen. Du hast noch viel Zeit."

Malia ~ "Das ist wirklich in Ordnung?"

Karima ~ "Natürlich. Ich habe dir nur Albas so unbedingt zeigen wollen. Du solltest sehen, wo Arie die ganze Zeit über gewesen ist. Warst du nochmal dort?"

Malia ~ "Nein, war ich nicht. Ich wusste nicht, dass das erlaubt ist."

Karima ~ "Oh, das verwundert mich. Wieso sollte es verboten sein? Albas ist wieder ein freies Land. Entschuldige mich jetzt bitte, ich muss gleich den Sommer verabschieden."

Malia ist erleichtert und sie denkt darüber nach, dass sie, um das ursprüngliche Albas wieder freizugeben, auch wieder in das jetzige Albas gehen muss. Sie hatte bisher noch keinen Gedanken daran verloren, diesen Ort noch einmal zu besuchen, doch vielleicht ist es auch keine schlechte Idee, sich ein zweites Mal dort umzusehen, bevor sich alles wieder verändert. Schließlich hat Karima recht, ihre Schwester hat eine lange Zeit dort verbracht. Doch je länger sie ihre Gedanken über das verkohlte, tote Land schweifen lässt, desto größer wird auch ihre Erinnerung an die Gefahren dort. Ist sie dem wirklich gewachsen? Will sie tatsächlich wieder an den Ort zurückkehren, der ihre Schwester so lange gefangen hielt? Nur um erneut zu sehen, wie nah sie ihr in Wirklichkeit war? Um erneut die Körper Lisalas früherer Opfer zu sehen? Nein. Das Albas, wie es nun ist, muss so schnell wie möglich der Vergangenheit angehören. Ihr Ehrgeiz, nach Nybula zu reisen, ist größer denn je.

Malia knurrt der Magen. Zusammen mit Luana und Loomy holt sie sich einen Kürbisfladen mit Ziegenkäse. Sie setzen sich auf ihren bekannten Platz am Stadtbrunnen. Der Musiker beendet seine Klänge und verlässt die Bühne, die Karima gerade dabei ist zu betreten. Alle Augen sind auf sie gerichtet. Sie beginnt eine Rede, spricht über den vergangenen Sommer, über die Hitze, darüber, was das Stadtkomitee in den letzten Wochen erarbeitet hat und über die Pläne, die für den kommenden Herbst anstehen. Dann bittet sie eine Gruppe junger Vorschüler auf die Bühne, die gemeinsam ein Gedicht verfasst haben und es gern vortragen möchten. Sechs kleine Zauberer, Krieger und Feen stellen sich nervös in einer perfekten Reihe auf, der Reihe nach sagen sie ihr Gedicht auf:

Im Sommer blüh'n die Wiesen weit,
Die Welt im bunten Farbenkleid.
Doch Herbstwind flüstert, leise, sacht,
Die Blätter tanzen in der Nacht.
Die Tage kürzer, kühler Zeit,
Ein gold'ner Glanz, der Schatten schneidt.

Applaus tobt durch die Menge und die Kinder verlassen die Bühne. Karima hat inzwischen den schweren Gong-Schlägel an sich genommen. Mit einem Lächeln holt sie aus und schlägt in die Mitte des großen Gongs. Ein dumpfer Schall durchfährt Malias Körper. Galumi haben sich in einer Reihe um den Marktplatz aufgestellt. Sie halten ihre Hände nach oben, murmeln einige Wörter in Libell und in der einsetzenden Dämmerung beginnen die Blüten zu verwelken und die Blätter sich orange zu färben. Glühwürmchen tummeln sich in den Laternen, um den Platz in warmes Licht zu tauchen. Der Sommer ist vorüber.

Kaum dass die Sonne nicht mehr mit voller Kraft scheint und die Dämmerung langsam heran bricht, wird es kühl. Malia schlüpft in ihren Pullover und als der grobe Strick ihre Augen freigibt, entdeckt sie Tris in der Menge. Ihr Herz pocht. Sie hat den gesamten Tag über Ausschau nach ihm gehalten, denn auf den Trimesterfesten haben sie sich bisher immer getroffen. Er ist spät dran. Tris drängelt sich durch die Menge auf Malia zu. Ihre Wangen weichen dem großen Lächeln, das sich auf ihren Lippen schleicht. Tris sieht sich immer wieder um, als würde er nach jemandem suchen. Er scheint in Begleitung gekommen zu sein. Als Malia sieht, dass seine Hand nach einer anderen greift, verschwindet ihr Lächeln sofort. Luana und Loomy sehen sich geschockt in die Augen, als auch sie entdecken, wessen Hand Tris hält. Malia weicht jede Farbe aus dem Gesicht. Leuchtend rotes Haar weht im frischen Abendwind und mit einem zurückhaltenden Lächeln winkt Andira den Mädchen zu.

Luana ~ "Träume ich?"

Loomy ~ "Das hoffe ich. Ich habe den selben Traum!"

Malia ~ "Es gibt bestimmt eine Erklärung. Das tut sie mir nicht an."

Tris dreht sich zu Andira um, drückt ihr zum Abschied einen Kuss auf die Lippen und geht zu seinen Freunden. Andira nähert sich dem Brunnen und ihren Freundinnen.

Andira ~ "Hi..."

Luana ~ "Was tust du hier mit ihm? Was war das eben?"

Andira ~ "Es... Ich..."

Loomy ~ "Erklär es uns."

Andira ~ "Malia..."

Malia ~ "Was? Ich bin auch gespannt auf die Erklärung. Die gibt es doch, oder?"

Andira ~ "Wir haben in den letzten Wochen viel Zeit miteinander verbracht, weißt du."

Malia ~ "Wie? Die Akademie lässt niemanden raus."

Andira ~ "Es gibt noch geheime Wege."

Luana ~ "Die wurden verschlossen."

Andira ~ "Nicht alle."

Malia ~ "Und jetzt? Seid ihr zusammen?"

Andira ~ "Ja."

Malia ~ "Beende es."

Andira ~ "Das werde ich nicht. Spinnst du?"

Loomy ~ "Sie hat recht, Andira, wie kannst du das tun?"

Andira ~ "Was denn? Ihr habt ewig nicht mehr miteinander gesprochen, du hast ihn ignoriert. Wir haben viel geredet."

Malia ~ "Worüber? Was hattet ihr euch so vieles zu erzählen?"

Andira ~ "Wir hatten die selben Verluste. Unsere Eltern, Sully und wir haben auch vieles gemeinsam."

Malia ~ "Wie kannst du mir das antun?"

Andira ~ "Was willst du von mir? Er gehört dir nicht! Du hast keinen Anspruch auf ihn. Hör auf, dich wie ein Kind zu verhalten."

Malia ~ "Du bist unglaublich. Und ich dachte, wir wären Freundinnen."

Andira ~ "Wenn das bedeutet, dass du mir vorschreibst was ich tun darf und was ich zu lassen habe, ja, dann sind wir wohl keine Freundinnen."

Malia fehlen die Worte. Sie steht auf und geht. Loomy will sie noch aufhalten, doch sie ist so schnell in der Menge verschwunden, dass sie nicht mehr zu sehen ist. Brennende Tränen steigen in ihre Augen. Sie verlässt den Markplatz, rennt durch Gassen, die Treppe an der Stadtmauer hinab, den Weg zu Nolas Haus entlang, dem Sonnenuntergang entgegen. Als sie nicht mehr weit hat und Nolas runde Steinhütte erkennen kann, fällt ihr ein, dass die dort nicht bleiben kann. Sie wollte hier die Nacht verbringen, doch Andira wird ebenfalls dorthin zurückkehren. Vielleicht sogar mit Tris. Das würde Malia in diesem Moment nicht verkraften. Weinend bricht sie zusammen und sinkt auf ihre Knie. Sie vermisst Nola, sie vermisst ihr Leben in der kleinen Hütte bei den Hühnern und Schweinen, sie vermisst ihre frühere beste Freundin, die sie nun so betrogen hat. Die Nacht bricht bald herein. Malia weis nicht, wohin. Sie kann nicht ins Haus, sie kann nicht in die Akademie. Würde sie in die Schule zurückkehren, würde sie am nächsten Morgen nicht zu Flyx gehen können. Doch das muss sie. Und da niemand wissen darf, dass sie am Abend nicht in die Akademie zurückgekehrt ist, kann sie auch nicht bei jemandem aus der Stadt unterkommen. Ihr kommt eine Idee. Konzentriert und mit geschlossenen Augen ruft sie in Gedanken nach Moose. Er kennt ihren ursprünglichen Plan bereits und ruht sich hinter dem Haus für den morgigen Flug aus, doch als Malia ihn ruft, ist er sofort hellwach. Malia klettert auf seinen Rücken und vergräbt sich tief in seinem dichten Fell. Sie braucht Trost. Dann übermittelt sie ihm den Weg zu Flyx. Sie will die Nacht nun dort verbringen. Schließlich wird es egal sein, ob sie gleich kommt, oder erst morgen früh. Moose putzt sich die Fühler und schlägt seine Flügel auf. Mit einem lauten Surren, das durch das Tal hallt, bringt er Malia in die Berge. Der Wind ist kalt und Malia gräbt sich noch weiter in das warme Fell. Problemlos findet Moose sofort die alte Hütte im Wald mit der großen Feuerstelle. Er setzt Malia in der freien Wiese nebenan ab. Sie verabschieden sich und Malia läuft den restlichen Weg allein. In der Feuerstelle brennt noch eine kleine Flamme vor sich hin. Malia will niemanden erschrecken und ruft nach Flyx und Jinna. Daraufhin stürmt Jinna aus dem Haus. Sie hat noch nicht mit Malia gerechnet, doch sie freut sich sichtlich über den frühen Besuch. Sie legt ihre Arme über Malias Schultern und führt sie ins Haus.

Jinna ~ "Kleines, was ist geschehen? Hatten wir nicht vereinbart, dass du uns erst morgen besuchen kommst?"

Malia ~ "Ist es in Ordnung, dass ich jetzt schon hier bin?"

Jinna ~ "Aber natürlich, du bist hier jederzeit willkommen. Flyx ist schon schlafen gegangen. Setz dich. Möchtest du etwas trinken?"

Malia nickt ~ "Ja gern. Jinna, darf ich hier vielleicht über Nacht bleiben?"

Jinna ~ "Na selbstverständlich. Ich mache dir das Sofa zurecht."

Sie steht auf, holt Malia etwas Wasser mit Zitrone und einem frischen Minzblatt aus der Küche und zieht anschließend ein Laken, ein Kissen und eine Decke aus dem Wandschrank. Malia legt sich aufs Sofa. Zum Abschied streicht Jinna ihr über das Haar. Malia fühlt sich besser. Jinna hat ihre Wut genommen, ihren Zorn verschwinden lassen und ihr stattdessen Ruhe und Gelassenheit geschenkt. Sie ist zwar noch traurig, aber sie schläft seelenruhig ein.

Sefen Xera

Nach dem Frühstück will Flyx Malia zeigen, wie sie in die Geisterwelt Nybula gelangt. Flyx ist inzwischen schon wieder einige Jahre jünger geworden und er ist sehr aufgeweckt. Malia lernt ihren Großvater an diesem Tag zum ersten Mal wirklich kennen. Er albert viel herum, ist lustig, lacht laut und aus vollem Herzen. Während des gesamten Morgens hat er Malia über ihr Leben ausgefragt. Wie sie aufgewachsen ist, was sie erlebt hat und allem voran, wie es seinem Sohn Pyta geht und welches Leben er nun lebt. Als Pyta die Familie verlassen hat, um seinem Bauchgefühl zu folgen, war es eine schwere Zeit für Nola und Flyx. Gespannt hört er Malia mit aller Aufmerksamkeit zu, als sie ihm von ihrem Haus am Waldrand erzählt, von ihrer Mutter Stacy und von ihren Geschwistern Arie und Chase. Sie teilt Geschichten aus ihrer Kindheit mit ihm, Erinnerungen aus ihrem Leben und dabei wird sie so wehmütig, dass sie selbst zum ersten Mal wieder ein bisschen Heimweh bekommt. Die Erinnerungen spielen sich wie Kurzfilme vor ihrer beider Augen ab, als würden sie alles noch einmal durch ein Fenster beobachten können. Sie vermisst ihre Familie, doch mit Flyx hat sie nun wieder einen Teil ihrer Familie hier in Rhimmard. Sie fühlt sich dadurch etwas weniger allein. Nachdem ihre Freundschaft mit Andira durch die Beziehung zu Tris gebrochen ist, hat sie hier einen neuen Zufluchtsort gefunden. Ob sie Andira verzeihen kann, weis sie nicht. Sie möchte es gern, doch sie fühlt sich zu sehr von ihr betrogen. Jinna hat ihr prophezeit, dass ihr Schmerz nachlassen wird. Dass die Wunde nun tief ist und blutet, doch mit der Zeit verschließt sie sich, blutet weniger und verwächst schließlich zu einer Narbe. Es benötigt Zeit,

Geduld und Hoffnung, dann wird sich auch diese Wunde irgendwann schließen. Malia hängt sich an den Gedanken, dass nun einfach noch nicht die Zeit für sie ist, darüber nachzudenken und sie muss Andira jetzt nicht noch verzeihen. Dieser Tag hält etwas anderes für sie bereit. Zeit mit ihrem Großvater und ihre Aufgabe nach Nybula zu reisen. Sie ist gespannt, was sie erwarten wird. In ihrer Vorstellung ist alles dunkel, grau. Kakerlaken und Spinnen rennen über die Pflastersteine am Boden und überall schweben Skelette und Geister umher. Sie hofft, sich zu irren, denn ihre Vorstellung ist zu gruselig.

Flyx jubelt ~ "Nun hopp, hopp, mein Kind, lass uns loslegen. Gehen wir hierher, hier ist die Energie besonders gut."

Er führt Malia mitten in die Wiese hinter dem Haus. Dort legt er eine Decke auf den taufeuchten Boden, damit sie sich setzen können.

Flyx ~ "Großartig. Setz dich, na komm. Und links, und rechts, und plumps!" Er lässt sich aus dem Stand direkt in den Schneidersitz fallen. "Konzentrieren wir uns."

Flyx atmet mit geschlossenen Augen tief ein und aus. Malia tut es ihm gleich.

Flyx ~ "Wir müssen uns nun sehr tief entspannen. So tief, dass wir beinahe schlafen. Wir beginnen an unseren Zehen und gehen Stück für Stück nach oben, bis wir ganz oben im Kopf angekommen sind. Reich mir deine Hände, ich leite dich."

Malia legt ihre Hände in seine. Sie spürt sofort ein leichtes Kribbeln, eine Verbindung. Dann entspannt sie sich, wie Flyx es gesagt hat. Sie entspannt ihre Zehen, ihre Füße, ihre Knöchel. Die Waden, die Schienbeine und ihre Knie. Sie spürt, wie ihre Beine ganz schwer werden. Ihre Wirbelsäule wird fest wie eine Lehne, in die sie sich fallen lässt. Der Bauch entspannt sich, ihr Oberkörper. Über ihre Schulter fährt eine warme Welle ihre Arme hinab und rollt in ihren Kopf bis hoch zu ihrem Scheitel. Flyx' Hände lösen sich von ihren und Malia wird umhüllt von einem dichten, weißen Nebel. Sie öffnet ihre Augen. Der Nebel verzieht und ein Junge sitzt wortlos vor ihr. Er ist ganz weiß. Weiße Haut, eisblaue Augen, weiße, stachelig zu Bergen stehende Haare, ein weißes Leinenhemd und eine weiße Hose. Barfuß sitzt er ebenfalls im Schneidersitz vor ihr und sieht sie mit einem Lächeln an.

Malia ~ "Flyx?"

Maylo ~ "Flyx? Ich bin Maylo."

Malia ~ "Wer?"

Maylo ~ "Das enttäuscht mich jetzt. Erinnerst du dich nicht an mich?"

Malia ~ "Nein, tut mir leid."

Maylo ~ "Hm. Du hast wohl schon zu lange ohne mich gelebt. Ich bin dein Zwillingsbruder."

Malia fällt die Kinnlade herunter. Ihr Zwillingsbruder? Ihr wurde nie erzählt, dass sie einen Zwillingsbruder hatte.

Malia ~ "Wir sind Zwillinge? Aber... wann bist du gestorben?"

Maylo ~ "Ich habe es leider nur kurz auf diese Welt geschafft."

Malia ~ "Das tut mir leid."

Maylo ~ "Das macht doch nichts." Er lächelt sie an.

Malia ~ "Ist das Nybula?"

Maylo ~ "Ja. Was machst du hier?"

Malia ~ "Ich muss eine Schatulle finden."

Maylo ~ "Darf ich dir helfen?"

Malia grinst ~ "Sehr gern!"

Sie steht aus ihrem Schneidersitz auf. Alles um sie herum ist weiß, als hätte es geschneit. Flyx, der Wald, die Hütte, alles ist verschwunden. Malia ist umzingelt von weißen, fluffig weichen, hohen Gräsern, die im sanften Wind wehen. Weiße, runde Sträucher wachsen dazwischen und Zuckerwatte ähnliche Bäume ragen aus dem Boden empor. Malia traut sich kaum durch die zerbrechlich schöne Landschaft zu gehen, doch alles fühlt sich weich und warm an unter ihren Füßen. Große, flauschige weiße Raupen robben sich über den Boden. Sie reichen Malia fast bis zu den Knien. Sie läuft einige Schritte mit Maylo durch die Wiese, um auf einen Weg aus weißen Steinen zu gelangen.

Maylo ~ "Und wo steht deine Schatulle?"

Malia ~ "Da weis ich leider nicht. Hast du mal eine gesehen?"

Maylo ~ "Hm. Nein, tut mir leid."

Malia ~ "Gibt es hier Höhlen oder Häuser?"

Maylo ~ "Es gibt einen Tempel. Aber da war ich noch nie drin."

Malia ~ "Wo wohnst du hier?"

Maylo ~ "Wohnen?"

Malia ~ "Ja, wo ist dein Zuhause? Wo ist deine..." Malia wollte Maylo nach seiner Familie fragen, bis ihr auffällt, dass ihre gemeinsame Familie ohne ihn lebt.

Maylo ~ "Familie?" Er hat sie ertappt. "Sie sind genau hier." Er zeigt mit dem Finger auf seine Brust.

Malia ~ "Aber bist du hier denn ganz allein?"

Maylo ~ "Nein. Ich bin doch bei euch. Bei Mum und Dad, Arie, Chase und bei dir."

Malia ~ "Du kennst uns?"

Maylo ~ "Na aber hallo. Ich war überall dabei! Mein ganzes totes Leben lang. Ich habe mit euch gespielt, ich habe euch angefeuert und ich habe mit euch Geburtstage gefeiert. Ich habe mir dir zusammen unsere Geburtstagskerzen ausgepustet. Das lasse ich mir doch nicht entgehen!"

Malia ~ "Wie geht es allen im Moment? Warst du in letzter Zeit dort?"

Maylo ~ "Ja, die Zeiten waren schon hart, aber Arie ist froh, wieder Zuhause zu sein. Ich hatte wirklich gehofft, du findest sie früher. Du hättest dich ruhig beeilen können, aber manchmal stehst du wirklich auf dem Schlauch. Chase ist nochmal richtig groß geworden. Er hat den Wissenschaftspreis in seiner Klasse gewonnen, weil er Roboterflügel in eine tote Libelle eingebaut hat. Total ekelhaft. Dad arbeitet weniger, er will mehr Zeit für die Familie haben und Mum engagiert sich sehr im Sozialzentrum. Sie haben jetzt sogar einen Hund aus dem Tierheim adoptiert! Ein richtig kuscheliges Kerlchen. Er liegt die meiste Zeit im Garten und wälzt sich im Gras. Er liebt Chase, die beiden sind unzertrennlich, das hätte ich niemals erwartet."

Malia kullert eine Freudenträne über die Wange. Dass Maylo ihre Familie besucht, tröstet sie. Sie ist froh, dass es allen gut geht. Endlich hat sie auch die Gewissheit, dass ihr Plan, Arie nach Hause zu bringen, geklappt hat und sie endlich wieder bei ihrer Familie ist. Dann hört sie ein lautes Schlürfen. Neben ihr rutscht eine zwei Meter große, weiß-graue Schnecke über den Weg und hinterlässt eine klebrige Schleimspur. Malia springt zur Seite.

Maylo ~ "Puh, Glück gehabt. Die Dinger kleben dich tagelang am Boden fest, wenn sie über dich drüberrollen."

Malia ~ "Dieser Ort ist wirklich eigenartig."

Maylo ~ "Wundert dich hier wirklich noch etwas? Du hast doch schon so vieles gesehen."

Maylo hat recht. Seit sie in Rhimmard ist, hat sie unzählige Skuriliäten gesehen. Eine verrückter als die andere. Wieso ist sie über eine riesige Schnecke verwundert?

Malia ~ "Da sitzt jemand! Schau! Auf der Schnecke!" Sie zeigt auf das Schneckenhaus. "Hey! Hallo! Können Sie uns bitte helfen? Wir suchen den Tempel! Hallo?"

Maylo ~ "Malia, er hört dich nicht. Die hören gar nix."

Malia ~ "Also gibt es hier noch andere? Du bist also nicht allein hier?"

Maylo ~ "Ja, hin und wieder laufen mal welche rum. Aber die hören und sehen nix. Die sind auf einer anderen Ebene."

Sie laufen immer weiter, doch alles sieht gleich aus. Als würden sie auf der Stelle treten. Ein einziger Weg führt zwischen Sträuchern, Gräsern und Bäumen hindurch, schlängelt sich durch die Landschaft, doch nichts verändert sich.

Malia ~ "Wo ist dieser Tempel, von dem du gesprochen hast?"

Maylo ~ "Keine Ahnung."

Malia ~ "Weißt du, wo wir sind?"

Maylo ~ "Nein, eigentlich nicht."

Malia ~ "Gibt es noch andere Wege?"

Maylo ~ "Nein, nur diesen. Aber du kannst ihn endlos weit gehen, solange du willst."

Malia ~ "Und..." sie versucht ihre Frage zu formulieren "...was machst du, wenn du nicht mehr auf dem Weg laufen willst?"

Maylo ~ "Dann laufe ich in die andere Richtung."

Malia seufzt.

Malia ~ "Und wenn du gar nicht mehr laufen willst?"

Maylo ~ "Oh, dann lege ich mich auf den Boden und gucke den Wolken zu. Oder ich besuche meine Familie."

Malia ~ "Du kannst sie von hier aus besuchen? Kann ich auch dorthin gehen?" Sie ist aufgeregt.

Maylo ~ "Nein, gerade geht es nicht. Die Fenster sind alle zu."

Malia ~ "Okay. Und was ist dann jetzt unser Plan? Wie finden wir die Schatulle?"

Maylo ~ "Wo steht sie denn?"

Malia ~ "Na, das weiß ich doch nicht."

Maylo ~ "Oh. Und wie sieht sie aus?"

Malia ~ "Das weis ich leider auch nicht."

Maylo ~ "Das ist ja eine komische Schatulle."

Malia ~ "Maylo, wie gelangen wir zum Tempel?"

Maylo ~ "Wir müssen es uns vorstellen."

Malia ~ "Natürlich."

Malia ist frustriert. Wie soll sie sich einen Tempel vorstellen, den sie nicht kennt? Sie folgt weiter dem Weg durch den neu aufgezogenen Nebel. Maylo ist inzwischen wie von der Hummel gestochen und rennt fröhlich lachend durch die Felder, wirbelt Blütenstaub auf und verschreckt Raupen und Käfer. Sind die Tiere hier besonders groß, oder ist sie selbst nur besonders klein? Eine Herde weißer Emus trabt friedlich neben ihr über die Wiese und vor ihr auf dem Weg entfaltet ein weißer Pfau seine beeindruckende Federpracht.

Maylo ~ "Malia, sieh nur, es ist so schön!"

Malia ~ "Ja, das ist es, aber hör doch mal auf alles aufzuwirbeln." Sie muss über Maylos Albernheit lachen.

Maylo ~ "Niemals!" Er rennt weiter durch das staubende Blütenmeer. "Es sind die kleinen Freiheiten des Lebens, die uns zu Rebellen machen, das weißt du doch."

Malia lässt sich anstecken und rennt Maylo hinterher. Sie greift in die Wattebäusche, zwischen den Gräsern und formt sie wie einen Schneeball. Mit Schwung schmettert sie den Zuckerwatteball auf Maylo und trifft ihn direkt am Kopf. Maylo macht es ihr nach. Er formt einen Ball und wirft ihn auf Malia. Die Schlacht beginnt. Sie bewerfen sich, jagen sich und raufen sich. Plötzlich hört Malia ein Rauschen in ihrem Ohr und sie spürt einen Sog, der nach ihr greift.

Malia ~ "Maylo! Ich muss gehen! Ich komme wieder! Hol mich ab, ok?"

Maylo ~ "Ok, bis bald, Schwester!"

Malia ~ "Es tut mir leid, dass du tot bist!"

Maylo ~ "Es macht nichts, tot zu sein, Malia. Ein Herz, das nicht schlägt, kann nicht gebrochen werden."

Malia lächelt, denn er hat recht. Und sie wird ihn wieder sehen. Sie winkt ihm zu und verschwindet. Als sie ihre Augen wieder öffnet, ist sie zurück bei Flyx, der mit erwartungsvoller Miene vor ihr sitzt.

Flyx ~ "Das war grrrooooßartig!" Er jubelt lautstark. "Jinna! Sie hat es aufs erste Mal geschafft! Was für ein Talent!"

Malia reibt sich die Augen. Sie ist noch so voller innerer Ruhe, als wäre sie aus einem tiefen Schlaf erwacht. Flyx ist so euphorisch, dass Malia sich kaum traut, ihm zu sagen, dass sie die Box nicht gefunden hat. Sie hat versagt.

Flyx ~ "Wie war es? Was hast du gesehen?"

Malia ~ "Flyx, ich habe die Schatulle leider nicht gefunden."

Flyx ~ "Natürlich nicht, das wäre ja noch die Krönung gewesen."

Malia ~ "Du bist nicht böse?"

Flyx ~ "Nein ganz und gar nicht. Ich bin stolz!"

Er schwingt seine Arme um Malia und wirbelt sie freudig durch die Luft.

Flyx ~ "Du hast großes Talent, meine Kleine! Meine Enkelin."

Malia ~ "Aber wie komme ich jetzt an die Box? Ich muss zurück."

Flyx ~ "Ja, du musst zurück, aber das macht doch nichts. Du musst es eben nochmal versuchen. Immer und immer wieder, bis du sie gefunden hast. Und nun weißt du, wie es geht."

Malia ist erschöpft. Es hat ihr zugesetzt, denn trotz der tiefen Entspannung musste sie sich sehr anstrengen. Bei Flyx und Jinna fühlt sie sich wohl, sie geht nur ungern wieder zurück in die Akademie. Moose hat es sich noch in der großen Wiese hinter dem Haus bequem gemacht. Er rollt umher und macht hin und wieder ein Nickerchen. Jinna tut auch ihm gut. Malia wird in der Akademie nicht einfach so durch das Tor spazieren können, also hat sie sich überlegt, dass Moose sie im Flug einfach auf einem der Gänge zwischen den Türmen absetzen kann. Sie klettert nicht auf seinen Rücken, sondern hält sich an einem seiner Beine fest. Moose setzt vom Boden ab und fliegt schnurstracks zur Akademie. Malias Arme verkrampfen sich, sie hält sich ganz fest und als sie ganz nah über die Akademie fliegen, lässt sie einfach los und landet sich kugelnd auf einem Turm. Moose fliegt weiter.

Okt Xera

Skelette, Totenköpfe, geschnitzte Kürbisse. Ähnlich wie zu Hause wird auch in Rhimmard Halloween gefeiert. Es ist ein Fest, um Schrecken zu verbreiten und um die Zauberei und die Magie zu feiern. Ursprünglich war es der Tag, an dem die Toten die Lebenden besuchen. Um nicht heimgesucht zu werden, verkleidete man sich und geisterte selbst durch die Gassen. In Rhimmard ist man von den Toten jedoch nicht erschrocken, sondern begrüßt sie vielmehr und so hofft Malia auch auf Nola zu treffen. Es ist das größte Fest in Rhimmard - und auch in der Akademie. Der Unterricht richtete sich nun schon den gesamten Monat über nach diesem Fest, denn alle schmückten gemeinsam die Akademie gruselig festlich. Jeden Tag bastelten sie hierfür etwas und platzierten es anschließend irgendwo im Gemäuer. Sie schnitzten Kürbisse, bastelten Girlanden aus getrockneten Beeren, zogen Spinnweben, bastelten Geister aus Seidentüchern und Laternen aus transparentem Papier. Man lehrte sie die Geschichte der Hexen, die Geschichte des Irischen Samhain-Festes und sie lernten alte Bräuche. Jeden Tag freute sich Malia ein Stückchen mehr darauf. In diesen Wochen hatten sie zusätzlich auch eine weitere, neue Stunde auf ihrem Lehrplan. Sie nähten. Keine erschreckenden Kostüme, nein, denn sie möchten für die Geister schön aussehen. Sie nähten sich festliche Kleidung. Die Jungen werden im Frack, mit Zylinder, Rüschenhemd und einer feinen Hose auf das fest gehen, die Mädchen in langen, pompösen Kleidern. Über die Jahre haben sich die Stile etwas verändert und die Schüler haben ihre Kleidung mit Ketten, Taschenuhren, Ringen, Armbändern und Lederriemen aufgewertet. Malia hatte sich vorher Skizzen der letzten Feste gesehen, damit sie sich einen Eindruck machen konnte. Sie hatte lange überlegt, doch schließlich hatte sie das perfekte Muster für ihr Kleid entdeckt. Eines Tages hielt sie den richtigen Stoff in der Hand und plötzlich war die Idee geboren. Nähen konnte sie noch nie sehr gut, sie hatte es Zuhause meist ihrer Mutter überlassen, doch hier musste sie es selbst versuchen und es klappt bisher erstaunlich gut. Die Kleidung nähen die Schüler jedes Jahr selbst in ihren Zimmern, lediglich das Material dafür besorgen sie sich aus einem Lagerraum im Keller der Akademie.

Malia hatte sich zunächst für eine eng anliegende schwarze Corsage mit dünnen Trägern entschieden, die am Rücken tief ausgeschnitten ist. In stundenlanger Handarbeit hat sie hunderte Perlen und Blumen darauf festgenäht. An den Trägern sind zwei schmale schwarze Schleier befestigt, die über die Schulterblätter bis zum Boden reichen. Sie war der Meinung, die Corsage sei das schwierigste und aufwendigste Stück, weshalb sie sich gleich zu Anfang dieser Aufgabe hingeben wollte, und sie hatte recht. Für den Rock hat sie lange schwarze und rosafarbene Stoffe gerafft und angenäht, die sie zum Schluss ebenfalls noch mit Blüten verziert hat. An der Hüfte sind sehr viele Blumen angebracht, damit der Übergang zwischen Corsage und Rock nicht zu sehen ist, denn der ist Malia nicht sehr gut gelungen. Je tiefer die Blüten reichen, desto lichter sind sie über den Rock verteilt. Es sieht aus, als stünde Malia unter einem Blütenregen. Das Kleid reicht ihr bis zum Boden und verdeckt ihre Schuhe. Eine Sorge weniger für Malia, denn sie hatte vor, heimlich ihre bequemen Sneaker darunter zu tragen. In hohen Absätzen könnte sie sowieso nicht laufen.

Loomy und Luana nähten ihre Kleider zusammen mit Malia. Die drei haben sich Tipps gegeben und geholfen. Ihre Schneiderpuppen stehen nun fertig genäht im Zimmer der Zwillinge. Loomys Kleid ist helltürkis, leicht, aus fließendem Tüll und mit großen, rosa und lilafarbenen Schmetterlingen verziert. Sie hat lange, offene Ärmel, die sich wie eine Decke über ihre Arme legen. Goldene Verzierungen schmücken ihr Oberteil. Luana hat sich für helle, blaue und grüne Stoffe entschieden. Ihr Rock ist weniger pompös als der ihrer Schwester, eher wild. Sie hat viele schmale Stoffstreifen mit einer Ecke an ihrer Corsage angenäht, bis sich ein dichter, zerrupft aussehender Rock gebildet hat. Um ihre Hüfte schmiegen sich Äste, Blätter und Moos. Getrocknete Blumen bilden buschige Träger über ihren Schultern.

Neugierige Blicke wandern in jede offenstehende Tür, denn jeder ist daran interessiert, was die anderen tragen werden und jedes Mädchen möchte mit dem imposantesten Kleid aus der Menge herausstechen. Malia freut sich schon darüber, dass ihr Kleid überhaupt geglückt ist und alle Nähte halten. Stunde für Stunde, teilweise bis tief in die Nacht, nähten die Mädchen an ihren Kleidern. Das Halloween-Projekt lenkte Malia gut vom Herbstfest ab und davon, dass sie sich von Andira und Tris immer noch betrogen fühlt. Sie hat seither mit keinem der beiden mehr gesprochen, aber von Fili weiß sie, dass Andira noch im Haus wohnt. Fili war hin und wieder bei Malia und hat versucht, die Wogen zu glätten, doch ohne Erfolg.

Der Tag der Feier ist angebrochen und Malia ist seit dem Morgen aufgedreht. Endlich darf sie ihr Kleid tragen und endlich haben die Bastelstunden ein Ende. Bereits Zuhause in

Chicago war Halloween ihr Lieblingstag, umso gespannter ist sie, wie viel Magie hier in diesem Fest steckt. Zusammen mit den Zwillingen dreht sie Locken in ihre Haare und zwängt sich in ihr aufwändiges Kleid. Da sie in den letzten Tagen noch etwas Zeit hatten, haben sich die Mädchen passend zu ihren Kleidern aus Stoffresten Masken angefertigt. Malia hat außerdem noch passende Spitzenstulpen in ihrer Schublade gefunden. Als die Dämmerung ins Land bricht, sind sie bereit und machen sich auf den Weg zur Arena. Auf den Gängen bewegt sich ein dichter Strom aus Schülern.

Der Weg in den Keller ist geschmückt wie ein Wald in der Dunkelheit. Schwarze Seidentücher hängen zwischen moosbewachsenen Ästen und wehen im Zug des Herbstwindes, der durch das alte Gemäuer zieht. Stimmen flüstern aus dem Nichts heraus und Vogelscheuchen mit Kürbisköpfen stolpern durch die Gänge und erschrecken die Schüler. Malia hält sich mit einer Hand an Loomy und mit der anderen Hand an Luana fest. Vor Schreck über die klappernden Skelette und von der Decke schwingenden Geister müssen sie laut lachen. Die Gänge durch die Akademie sind wie ein Irrgarten. Tatsächlich spukt auch hier und da ein richtiger Geist umher. Sie laufen mit den Schülern über die Gänge, durchqueren Wände, als wäre ihnen nichts im Weg und hinterlassen einen kalten Wind. Nach einer Weile betreten die Mädchen endlich die festlich geschmückte Arena. Kürbisse und Kerzen füllen den Raum. Glitzernde Kronleuchter aus langen weißen Perlenketten, die aussehen wie die Trauerweide hinter Nolas Haus, spiegeln sich im glatten Fliesenboden. Dicke Säulen stehen mitten im Raum, darauf tronen leuchtende Kürbisse. Totenköpfe schweben in der Luft umher. Die Wände sind mit schweren, schwarzen

Vorhängen bedeckt. In der Mitte der Arena ist eine runde Bühne, auf der ein Sänger wild performt. Die schwarzen Haare hat er zu einer Igelfrisur gestylt und seine Augen und Lippen sind schwarz geschminkt. Er hüpft über die Bühne, als gäbe es keinen Morgen. An der hohen Decke der Arena springt über ihren Köpfen ein Feuerwerk durch die Luft.

Malia sieht sich um. Die Kleider der anderen Mädchen sind imposant, eines schöner, als das andere. Doch auch die Jungen haben große Arbeit geleistet. Mit Zylinder auf dem Kopf und Monokel ins Auge geklemmt, stolzieren sie, als wären sie Gentlemen des 19. Jahrhunderts. Elegante Anzüge schleichen zwischen aufgebauschten Röcken umher und tanzen. Es scheint auch, als würde sich ein Gruppentanz entwickeln. Zwei Schüler haben angefangen synchron zur Musik zu tanzen und mit jeder Runde, in der sich die Schritte wiederholen, tanzen mehr und mehr Schüler mit, bis schließlich die gesamte Tanzfläche im Rhythmus ihre Beine schwingt. Auch Malia bewegt sich ausgelassen zum Takt der elektrisierenden Musik, bis ihre Füße schmerzen. Loomy ist beim Tanzen immer näher in Rawos Richtung gerückt, bis sie schließlich genau neben ihm stand. Durch ihre Maske macht sie ihm schöne Augen und er scheint es zu mögen. Luana und Malia tanzen miteinander. Sie halten sich an den Händen, drehen sich, lehnen Rücken an Rücken. Malia denkt zum ersten Mal seit langer Zeit nicht nach. Jede Sekunde ist sie ganz bewusst genau dort. In der letzten Zeit hat sie sich so oft projiziert, dass sie hin und wieder die Realität verloren hat. Sie hat sich in Prüfungen auf ihr Zimmer geschlichen, um in einem ihrer Bücher nachzuschlagen, sie war oft bei Maylo, sie hat Flyx besucht, um ihn besser kennenzulernen. Die geschlossenen Akademie Tore schränken sie ein und inzwischen hat sie die Bequemlichkeit der Projektion etwas zu sehr in ihren Alltag integriert. Eines Abends wollte Malia nach dem Abendessen die Zwillinge besuchen und weil sie zu faul war von ihrem Zimmer aus nochmals den gesamten Gang entlang zu laufen, hat sie kurzerhand ihre Projektion vor die Zimmertür geschickt. Als sie im Laufe des Abends einmal niesen musste und die Projektion dadurch unterbrach, haben Luana und Loomy ihr Geheimnis entdeckt. Bisher wussten nur Andira und Fili davon. Luana hat schließlich bemerkt, dass Malia oft nervös war und nach ihrem Körper gesucht hat, weil sie das Gefühl hatte, nicht mehr aus ihrer Projektion ausbrechen zu können. Dabei hat sie sich bereits in ihrem realen Körper befunden. Auch Yaro sind Malias Projektionen nicht entgangen. Daher hat er ihr ein Verbot auferlegt, an das sie sich zumindest für ein paar Tage halten möchte.

Zur Mitternacht erreicht die Party ihren Höhepunkt und es wird Zeit für ruhigere Klänge, um den Abend langsam zum Ende zu führen. Der Sänger, der die Menge zum Toben gebracht hat, weicht einem instrumentellen Quartett, das mit jedem Stück immer ruhigere Lieder spielt. Loomy tanzt eng umschlungen mit Rawo. Luana möchte sich setzen, Malia folgt ihr. Im Schein der Kerzen entdeckt sie Tris, der ihr beim Vorbeigehen tief in die Augen blickt. Er unterbricht sein Gespräch, doch bevor er Malia ansprechen kann, ist sie bereits aufgestanden und versucht in der Menge unterzutauchen. Er eilt ihr nach, bis er sie schließlich einholt. Sein Kopf ist so nah an ihrem, dass sie seinen Atem auf ihrer Wange spürt.

Tris ~ "Können wir reden?"

Malia schüttelt den Kopf und versucht ihn zu ignorieren.

Tris ~ "Bitte Malia, es tut mir leid. Bitte, versuch es zu verstehen."

Er greift nach ihrem Arm und hält sie fest. Malia sieht ihn wütend an. Sie verliert sich in seinen mandelbraunen Augen. Die Stelle, an der er sie hält, wird immer wärmer, bis sie so heiß ist, dass Funken zwischen Tris' Hand und Malias Arm springen. Sie schrecken beide zurück, denn keiner der beiden hat dies bewusst ausgelöst. Malias Arm schmerzt. Sie reibt mit der anderen Hand über die verbrannte Haut, dann spürt sie etwas Dunkles näher kommen. Wut und Angst. Sie sieht sich um. Ein Mädchen in einem langen dunklen Kleid starrt sie durch die Menge an. Es ist Andira. Sie trägt ein Kleid aus schwerem schwarzen Stoff, der mit schwarzer, zerrissener Spitze und dunkelgrünen Perlen bedeckt ist. Schultern und Arme sind ebenfalls mit transparenter schwarzer Spitze bedeckt, die Ärmel reichen bis über ihre schwarz lackierten Fingernägel. Auf ihren Haaren liegt ein Kranz aus getrockneten Ästen.

Andira schreitet langsam näher, ihr Blick noch immer bedrohlich auf Malia fixiert, doch die ist außer sich.

Malia ~ "Was tut sie hier? Sie hat hier nichts verloren! Sie geht nicht einmal mehr auf diese Schule!"

Tris ~ "Malia, beruhige dich bitte."

Andira ~ "Die Frage ist doch, was IHR da tut!"

Tris ~ "Es ist nicht so, wie es aussieht. Ich wollte nur mit Malia sprechen. Ihr alles erklären."

Malia ~ "Und ich will es nicht hören."

Andira ~ "Tris, was interessiert sie dich überhaupt noch? Es gibt nichts zu erklären. Es geht Malia nämlich nichts an."

Luana eilt hinzu ~ "Andira, du solltest gehen. Wirklich."

Loomy ~ "Wie kommst du überhaupt hier rein? Die Akademie ist doch verschlossen. Abgeriegelt."

Andira ~ "Ach bitte, das war leicht."

Tris ~ "Komm, Andira, wir gehen."

Andira ~ "Nein, ich finde es hier ganz großartig. Die Musik ist der Wahnsinn und eure Kleider sind wirklich grandios. Ihr seht toll aus..." Ihr Tonfall ist sarkastisch. "Und solange du die Finger von ihr lässt... Ihr könnt froh sein, dass es nur kleine Funken waren."

Malia ~ "Du kannst froh sein, dass ich dich überhaupt noch in meinem Haus leben lasse!"

Andira ~ "Es ist Nolas Haus. Verjage mich nur daraus. Versuch es!"

Malia ~ "Es ist mein Haus, denn Nola ist tot, wie du weißt."

Andira ~ "Ich weiß! Denn ich habe sie getötet!"

Andira schreit Malia mit diesem Satz direkt ins Gesicht. Alle drehen sich zu ihnen und bilden einen Kreis um sie, um nicht ins Gefecht zu geraten. Die Kronleuchter wackeln und klappern, als Andira ihre Stimme erhebt. Der Boden bebt. Malia spürt die aufbrodelnde Wut in Andira.

Andira ~ "Aber weißt du wen ich nicht getötet habe? Fili, meine Eltern und Sully, denn die hat deine Schwester umgebracht!"

Geist ~ "Was redest du da? Arie hat niemanden umgebracht, ebenso wenig wie du."

Andira stockt der Atem. Sie bekommt Gänsehaut, denn ganz nah hinter ihr ist der Geist von Sully, der zu ihr spricht. Sie wird schwach, ihre Beine geben beinahe nach, doch sie kämpft. Tränen stauen sich in ihren Augen an. Mit zerzausten Haaren und zerrissener Kleidung. Seine einst leuchtend blauen Augen sind milchig weiß. Sie möchte ihn in den Arm nehmen, ihn festhalten, doch ihre Arme wischen einfach durch seinen blassen Körper hindurch und als sie die Kälte deiner Gestalt spürt, kann sie sich nicht mehr halten und sinkt ohnmächtig zu Boden.

Von Xera

Vom Himmel fallen weiße Flocken, die in der Brise durch die Luft wirbeln. Es sieht aus, als fiele Schnee. Ob die Jahreszeiten hier auch wechseln, weiß Malia nicht. Nybula ist ihr noch fremd. Sie ist zurückgekehrt, um Nolas Schatulle zu suchen. Eigentlich hat sie gehofft, Maylo wiederzusehen. Sie ist enttäuscht, ihn nicht angetroffen zu haben. Sie ist dieses Mal an einer anderen Stelle in Nybula gelandet. Kein Weg in Sicht, kein riesiges Tier, kein Geist, kein Maylo. Sie stapft über den wattebauschigen Boden, nicht wissend was sie genau sucht. Maylo meinte, die Schatulle sei vermutlich im Tempel, aber Malia sieht nichts außer Weiß. Weiße Sträucher, weiße Gräser, weißer Boden, weißer Himmel. Sie ist barfuß, doch der Boden fühlt sich nicht kalt an, nur weich. Sie läuft und läuft und läuft, nichts verändert sich. Also versucht sie nach Maylo zu rufen. Sie ruft, so laut sie kann. Doch die Watte verschluckt den Schall vollständig. Also schließt sie ihre Augen und konzentriert sich ganz auf ihren Bruder. Als sie ihre Augen wieder öffnet, befindet sie sich an einem anderen Platz - immer noch in Nybula, aber woanders - und Maylo sitzt neben ihr auf einer Schaukel.

Maylo ~ "Hallo!" Er lächelt verschmitzt.

Malia ~ "Hi."

Maylo ~ "Hat ja ganz schön gedauert."

Malia ~ "Ja, tut mir leid. Ich habe dich gesucht."

Maylo ~ "Ich war doch da."

Malia ~ "Aber wo?"

Maylo ~ "Na überall."

Malia ~ "Hast du den Tempel gefunden?"

Maylo ~ "Ja, hab ich."

Malia ~ "Das ist spitze! Wo ist er?"

Maylo hebt seinen Arm ~ "Da."

Malia sieht nichts.

Malia ~ "Maylo... Bitte... Wo ist der Tempel?"

Maylo ~ "Na daahaaa! Komm mit."

Maylo hopst von seiner Schaukel. Malia folgt ihm.

Malia ~ "Wo warst du an Halloween? Ich dachte, vielleicht sehe ich dich ja."

Maylo ~ "Ich war hier."

Malia ~ "Wieso?"

Maylo ~ "Ich kann nicht weg."

Malia ~ "Und wieso können das andere? Wer macht die Regeln?"

Maylo ~ "Hm." Er zuckt mit den Schultern. "Ich muss eben hier bleiben."

Malia ~ "Das ist schade."

Maylo ~ "Naja, es ist doch schön hier. Wer weiß, wie es woanders ist."

Malia ~ "Aber hast du mal versucht, von hier weg zu gehen?"

Maylo ~ "Nein. Ich mag es hier. Du bist hier."

Malia und Maylo laufen und laufen und Malia überlegt oft, ob sie wirklich auf dem richtigen Weg sind. Alles um sie herum sieht immer noch gleich aus. Die gleichen Bäume, die gleichen Sträucher, der gleiche Weg, der gleiche Himmel, und weit und breit kein Tempel. Maylo pfeift vor sich hin und bestätigt Malia immer wieder, dass sie bald da sind. Nebel zieht auf.

Maylo ~ "So gleich musst du springen."

Malia ~ "Springen?"

Maylo ~ "Ja, eine richtige Arschbombe musst du machen."

Malia ~ "Wann?"

Maylo ~ "JEEEETZT!"

Seine Stimme entfernt sich, denn er ist einfach gesprungen. Malia zögert, aber sie hat Sorge, den Moment zu verpassen, also nimmt sie all ihren Mut zusammen und springt kräftig und mit geschlossenen Augen ab. Was soll ihr schon passieren? Sie zieht ihre Beine an die Brust und umarmt fest ihre Knie. Ihr wird eiskalt. Wind, Nebel und Eiskristalle wehen über ihre Haut und wirbeln ihre Haare wild in die Luft. Ihr

Rücken liegt plötzlich irgendwo auf. Als sie langsam ihre Augen öffnet, liegt sie in einer breiten Rutsche, die sie hin und her wiegt. Rasant flutscht sie über die Wolkenrutsche in Richtung Boden, wo Maylo breit grinsend auf sie wartet. Er streckt seine Arme zur Seite aus, um Malia aufzufordern, sich umzusehen, die ihren Augen kaum glauben schenken kann. Sie haben das einsame, stille Feld verlassen, wo alles gleich ausgesehen hat, und sind nun in einem japanischen Dorf gelandet. Die Häuser haben Strohdächer und die Geister, die dort wandeln, tragen Kimonos und Holz-Schuhe. Doch immer noch ist alles weiß. In der Ferne entdeckt Malia auch den Tempel. Ohne Maylo hätte sie diesen Weg vermutlich niemals gefunden. Sie folgen dem Kiesweg durch das Dorf. Wieder reagiert niemand auf ihre Anwesenheit, als würden sie sie nicht sehen. Etwas außerhalb erreichen sie nach einer Weile den imposanten Tempel. Doch vorher versperrt ihnen ein Tor den Weg. Es ist verschlossen.

Malia ~ "Oh nein, was machen wir denn jetzt? Wie bekommen wir es auf?"

Maylo ~ "Kennst du noch die Geschichte vom quirligen Hasen?"

Malia ~ "Ähm. Nein. Woher?"

Maylo ~ "Ach komm, denk nach! Was sagt der Hase vor dem Abend?"

Malia ~ "Hände dran, Hände weh, Hände aua, Hände ab." Malia ist verdutzt. "Wieso weis ich das?"

Maylo ~ "Ich habe dir die Geschichte 1000x vorgelesen."

Das Tor knarzt, rüttelt sich, quietscht und grummelt. Dann öffnet es sich langsam. Malia überlegt immer noch, woher sie die richtige Antwort wusste. Sie kennt keine Geschichte vom quirligen Hasen und sie kann sich auch nicht daran erinnern, dass Maylo ihr früher etwas vorgelesen hat. Sie haben sich doch nie zuvor kennengelernt. Aber Maylo sagte, er sei immer bei ihr gewesen, also hat er ihr vielleicht als Geist hier und da eine Geschichte erzählt. Oder in ihren Träumen. Malia findet den Gedanken schön. Auch wenn sie ihn nie sehen konnte, so war er bei ihr. Hat sie vermutlich getröstet, sie in den Schlaf gewiegt, mit ihr gespielt. Sie vergisst zu oft, dass er ihr Zwillingsbruder ist. Ein Leben mit ihm zusammen wäre sicherlich sehr spaßig gewesen. Sie fragt sich, wieso ihre Eltern ihr nie etwas davon gesagt haben. Es wurde nie ein Wort darüber verloren, dass bei Malias Geburt ein weiterer Sohn früh verstorben ist. Im Stammbaum war nur Arie aufgeführt. Malia und Chase haben dort ebenfalls gefehlt. Malia nimmt sich fest vor, Maylos und ihren Namen, und den von Chase, auf den Stammbaum zu schreiben. Sie gehören ebenso zur Familie wie Arie. Es hat sich nur seither niemand mehr darum bemüht, oder Nola wusste tatsächlich nicht, dass sie noch mehr Enkel hat.

Malia ~ "Eines Tages möchte ich die Geschichte vom quirligen Hasen nochmal hören. Das heißt, wenn du sie mir nochmal erzählen möchtest."

Maylo ~ "Das mach' ich sehr gern."

Malia ~ "Wo müssen wir jetzt hin?"

Maylo ~ "Sag du es mir. Es ist deine Kiste."

Malia ~ "Es ist eine Schatulle, keine Kiste."

Maylo ~ "Kiste, Box, Schatulle, Quarktasche."

Malia verdreht lächelnd die Augen. Ihr Bruder ist wirklich ein Quatschkopf.

Ihr Gefühl zieht sie außen um den Tempel herum nach rechts, also folgt sie. Um den Tempel schlängelt sich ein schmaler, ruhiger Fluss, auf dessen Oberfläche Blüten im leichten Strom schwimmen und glänzende Seifenblasen herausploppen. Kleine Holzbrücken verbinden die Ufer. Auf dem Tempel ragen mehrere Dächer und Türmchen wie spitze Stachel zum Himmel. Über eine schmale Treppe gelangen sie auf einen Balkon, der vor einem kreisrunden Zimmer gebaut ist. Das Zimmer ist durch einen Gang mit einem zentralen Turm in der Mitte des Tempels verbunden. Langsam schreiten sie durch den Gang. Weit und breit ist keine Seele zu erkennen, sie sind wohl allein im Tempel. Malia weiß zwar nicht, wohin sie und Maylo gehen müssen, doch ihr Gefühl weist ihr einen eindeutigen Weg. Im mittleren Turm angekommen, folgen sie der spiralförmigen Treppe tief bis in den Keller hinab. Der Weg ist hell, zum Teil vom weißen Gemäuer, zum anderen aber auch von den bodentiefen, offenen Fenstern. Man könnte einfach aus ihnen hinaus in die Tiefe direkt in den Teich springen, der den mittleren Turm umgibt. Und je tiefer sie gehen, desto näher kommen sie der Wasseroberfläche. Die Fenster, noch immer offen und ohne Glas, reichen bis auf den Boden des Teichs, doch das Wasser dringt dennoch nicht in den Turm ein. Weiß schimmernde Koi Fische schwimmen vor den Fenstern umher. Malia und Maylo treten die letzte Stufe hinab und stehen schließlich in einem leeren Raum ohne Türen. Nur steinige Wände, zwei leere Fenster und die Treppe, die sie gerade hinabgestiegen sind. Sie sehen sich in die Augen und Maylo zuckt mit den Schultern. Malia sieht sich nochmals um. Es führt kein Weg weiter, außer durch das Wasser. Malia klettert in den hohen Fensterrahmen. Einen Fuß voraus tritt sie auf den Kiesboden am Grund des Sees. Ihre Haare fließen mit dem Wasser sanft umher, sie fühlt sich leicht, als würde sie im Weltall wandern. Luft benötigt sie keine, sie hat das Gefühl, ganz normal atmen zu können, doch immer wenn sie ausatmet, blubbern Luftblasen aus ihren Nasenflügeln, die zur Oberfläche steigen. Maylo folgt ihr. Er hopst von einem Bein auf das andere und tut so, als könne er in Zeitlupe fliegen. Dabei verzieht er jedes Mal sein Gesicht zu einer Grimasse. Malia lacht sich schlapp.

Auf einer etwa hüfthohen Säule glänzt und glitzert ein helles Licht. Malia springt vom Grund ab und schwimmt darauf zu. Ihre Hände greifen nach einer kleinen Box, die mit goldenen Blumenverzierungen geschmückt ist. Sie klemmt sich die Schatulle unter den Arm und paddelt mit ihren Füßen schnell zurück zum Turm. Maylo springt vor Freude Salti im Wasser. Als Malia zurück im Turm ist, könnte man nicht meinen, dass sie eben aus dem Wasser kam. Sie ist vollständig trocken. In ihren Händen hält sie endlich Nolas Schatulle. Maylo spaßt noch immer im Wasser herum und schwimmt wie ein Fisch, mit aufgeplusterten Backen, vor den Fenstern hin und her. Malia winkt ihm, um ihn aufzufordern, herein zu kommen. Weil er nicht folgt, greift sie nach seinem Knöchel und zieht ihn durch das Fenster. Maylo klatscht mit voller Wucht auf dem Boden auf.

Malia ~ "Kuck doch!"

Maylo ~ "Du hast sie gefunden! Prima!"

Malia ~ "Ich habe Angst sie zu öffnen."

Maylo ~ "Nein! Mach sie nicht auf!"

Malia ~ "Zumindest nicht hier. Los, gehen wir." Sie steppen die Treppe hinauf.

Maylo ~ "Was ist denn eigentlich da drin?"

Malia ~ "Die Schatulle gehört Nola. Sie ist unsere Großmutter. Nola hat vor vielen Jahr das Reich Albas darin eingesperrt. Sie hat die Schatulle hier versteckt. Meine Aufgabe ist es jetzt die Schatulle zu holen..."

Maylo ~ "...check..."

Malia ~ "...und Albas wieder frei zu lassen."

Maylo ~ "Das klingt doch nach einem richtigen Abenteuer."

Malia ~ "Ja, das ist es definitv. Und du bist mittendrin."

Malia lächelt Maylo an, er grinst zurück. Sie verlassen den Tempel und gehen zurück zum großen Tor. Malia fällt ein, dass Maylo ihr die Geschichte vom quirligen Hasen noch nicht erzählt hat, also fragt sie nach. Noch bevor sie den Tempel durch das Tor verlassen, setzt sich Maylo im Schneidersitz auf den Boden, mitten auf dem Weg. Malia setzt sich dazu. Er räuspert sich.

Maylo ~ "Es war einmal ein kleiner quirliger Hase. Jeden Morgen stand er auf und konnte kaum erwarten, über die

Wiesen zu hoppeln. So auch an diesem Morgen. Seine Mutter wusch ihn, brachte ihm Frühstück und wünschte ihm einen schönen Tag. Der Hase drückte seiner Mutter einen Kuss auf die Wange und hoppelte davon. Auf den Wiesen lebten zahlreiche Tiere, doch keines davon war so schnell wie er. Wie ein Pfeil schoss er durch das hohe Gras. Eines Nachmittags traf er einen jungen Affen. Der Hase kannte wirklich jedes Tier, das in den Wiesen lebt, doch den Affen hatte er noch nie gesehen. *Wer bist du, fragt* der Hase. *Bist du neu hier?* Der Affe kommt näher und antwortet, *ich komme aus dem Dschungel. Ich habe mich wohl ein bisschen zu weit hinaus gehangelt.* Der Hase sieht ihn traurig an. *Soll ich dir helfen?* Fragt er ihn. *Nein, danke, ich komme klar*, sagt der Affe. *Aber möchtest du vielleicht spielen?* fragt ihn der Affe. *Na klar*, antwortet der Hase, *hast du Lust auf ein Wettrennen?* Es war das Lieblingsspiel des Hasen, weil er dabei immer gewann, doch die anderen Wiesentiere hatten inzwischen keine Lust mehr, immer gegen den Hasen zu verlieren. Die beiden stellten sich am Rand zwischen Dschungel und Wiese auf. Das Ziel soll der Fluss, einige hundert Meter entfernt sein. Wer als erstes seinen Zeh ins Wasser streckt, hat gewonnen. Auf Los ging es los. Der Hase hoppelte so schnell er konnte. Jedes Mal, wenn er über sie hohen Gräser hüpfte, sah er den Affen sich im Dschungel von Ast zu Ast hangeln. Der Affe war ein kleines bisschen schneller als der Hase, also beeilte er sich noch mehr. Am Ende der Wiese streckte er seinen Zeh ins kalte Wasser des Flusses und sah zum Affen hinüber. Genau zur selben Zeit hielt auch der Affe seinen Zeh in den Fluss. Unentschieden. Das konnte der Hase nicht so stehen lassen, also forderte er den Affen zu einem neuen Wettkampf auf. *Wer als erstes ans andere Ende des Ufers geschwommen ist*, sagte er. Der Abend brach schon bald herein und es war Zeit für das Abendessen. Auch für die Krokodile, die im Fluss herumtreiben. Der Affe wusste von den Krokodilen und lehnte den Wettkampf deshalb ab. *Bist du ein Angstaffe?* fragte der Hase. *Nein, aber ich folge meiner Mutter. Sie hat eine Weisheit.* Der Hase war neugierig. *Und wie lautet die?* Der Affe stellte sich vor den Hasen und holte tief Luft. *Hände dran, Hände weh, Hände aua, Hände ab,* sagte der Affe. Der Hase kniff die Augen zusammen. *Das ist aber eine komische Weisheit,* sagte der Hase. *Es bedeutet,* erklärte der Affe, *tue nichts, was dich nicht mehr nach Hause kommen lässt, wenn es nicht unbedingt sein muss. Wenn wir in den Fluss gehen, fressen uns die Krokodile und dann ist meine Mama traurig.* Der Hase versteht, was der Affe damit sagen möchte und weil er nicht will, dass seine Mutter traurig ist, kehrt er schnell wieder in seinen Hasenbau zurück. Seine Mutter freut sich, als er nach Hause kommt. Er kuschelt sich an sie an, erzählt ihr von dem schlauen Affen und schläft friedlich ein."

Malia ~ "Und das hast du mir vorgelesen?"

Maylo ~ "Jeden Abend."

Malia lacht laut ~ "Wer hat sich so etwas ausgedacht?"

Maylo ~ "Flyx."

Malias Lachen verstummt sofort ~ "Du kennst ihn? Wieso hast du nichts gesagt?"

Maylo zuckt mit den Achseln ~ "Ich habe ihn getroffen. Ich schätze, er hat an diesem Tag die Schatulle versteckt. Er ist hier herumgeschlichen."

Malia ~ "Wie kommen wir denn jetzt eigentlich wieder zurück?"

Maylo ~ "Du kannst einfach deine Augen öffnen. Und ich, ich geistere einfach weiter hier herum."

Malia hält die Schatulle fest in ihren Händen. Sie sieht ein letztes Mal in Maylos eisblaue Augen und holt tief Luft. Als sie ihre Augen beim nächsten Zwinkern wieder öffnet, sitzt sie in ihrem Zimmer, wo sie sich für die Projektion zurückgezogen hat. Pippa ist mal wieder unterwegs und Malia hat das Zimmer den ganzen Tag für sich. Ihre Hände sind in ihren Schoß gelegt. Sie halten die kalten Ecken der weiß-goldenen Schatulle fest. Malia ist überglücklich. Sie hat Nolas Schatulle gefunden, ihre Aufgabe erfüllt, das Vermächtnis aufgespürt. Nun muss sie einen Weg finden, die Schatulle nach Albas zu bringen. Sie ist sehr gespannt, wie Albas aussehen wird und welcher Magie die kahle schwarze Umgebung weichen muss. Sie verstaut die Schatulle tief in ihrem Schrank, wo sie nicht zu sehen ist, und verlässt das Zimmer, um Luana und Loomy zu treffen.

Byn

Der Herbst ist Malias Lieblingsjahreszeit. Die Farben, die in dieser Zeit noch viel intensiver werden, die kalte Luft, einen verregneten Tag mit einer Wolldecke vor dem Kamin zu verbringen. Auch die Schulstunden sind besonders spannend in dieser Zeit. Im Magie-Unterricht haben sie geschnitzte Kürbisse verzaubert, die ihre Gesichter bewegen und Fratzen ziehen konnten. Malia hat sich an die Geschichte erinnert, die Philbin ihr über Nola erzählt hat, deshalb hat es ihr besonders viel Spaß gemacht. Und nicht nur die Hexen waren dabei erfolgreich. Malia hat gelernt, dass sie auch einen kleinen Teil der Zauberei beherrscht. Zusammen mit ihrer Gabe als Mentibus konnte sie den Kürbissen kleine Befehle erteilen. Auch die Feen waren in der Lage, Elemente wie Luft und Wasser, die sich von Natur aus im Kürbis befinden, so zu steuern, dass er sich ein klein wenig bewegt hat. In Pflanzenkunde haben sie fleischfressende Pflanzen gezüchtet. Da ihr Hunger aber irgendwann zu unersättlich war und sie für die Schüler gefährlich groß gewachsen sind, haben sie sie im Feld hinter der Akademie eingepflanzt. Dort fressen sie jetzt allerhand Käfer und Vögel, die vorbeifliegen. Im Mythologieunterricht hat Nyiri ihnen vieles über Undinen beigebracht, die Malia sehr fasziniert haben. Es sind Wassergeister, die mit schönen Gesängen Partner anlocken wollen, damit sie sich mit ihnen vermählen können. Sind sie mit einem fleischlichen Wesen vermählt, erhalten sie eine Seele und sind frei. Sind ihre Partner jedoch irgendwann untreu, töten sie sie schonungslos, indem sie ihnen kurzerhand den Kopf abreißen. Seit sich hinter der Akademie der See gebildet hat, sind auch hier nachts die sanften Klänge ihrer zarten Stimmen zu hören, deshalb ist es besonders wichtig, dass die Schüler über die Undinen aufgeklärt sind. Weist man ihre Annäherungsversuche ab, ziehen sie einen unter Wasser, bis man erstickt. Nur wenigen gelingt es sich aus den Fängen der Undine zu befreien, wenn sie erst einmal verärgert ist. Die Gefahr, sich einer zu nähern, ist also groß, doch die Jungs stellen sich jeden Abend auf Neue die Mutprobe, sich einer Undine zu stellen. Bisher ist zum Glück noch keiner von ihnen gestorben.

Wie sich herausgestellt hat, ist Yaro ein guter Nachfolger für Karima. Die Schüler haben sich an die täglichen Meditationen gewöhnt und gehen inzwischen nicht mehr nur gezwungenermaßen, sondern auch gern dorthin. Ihre Kräfte sind dadurch viel stärker geworden, weil sie gelernt haben, sich selbst, ihre Gefühle, Impulse und ihre Kräfte besser zu kontrollieren. Etwas, das Malias Meinung nach auch Andira sehr gut tun würde. Dass sie keinen Kampfunterricht mehr haben, stört am Meisten die Krieger. Doch durch Pippa weiß Malia, dass sie sich heimlich treffen und gegeneinander kämpfen. Inzwischen kommen auch andere Schüler zu den geheimen Treffen, um die Krieger anzufeuern. Ob die Lehrer davon wirklich nichts wissen, oder es einfach nur selbst nicht ausplaudern, weiß niemand so genau. Yaro hat die Akademie jedenfalls weiter gebracht und die Schüler haben ihn inzwischen akzeptiert. Dass sie die Akademie nicht verlassen dürfen, stört auch nur noch einige wenige - wie zum Beispiel Malia, die ihre Ausflüge zu Flyx oder ihren bevorstehenden Weg nach Albas immer auf die Trimesterfeste legen muss. Dass die Schüler an den schulfreien Tagen die Akademie nicht verlassen können, macht den Meisten nichts aus. Sie haben genügend Möglichkeiten, ihre Zeit in der Schule zu verbringen. Es gibt Kurse wie Schauspiel, Dichten, Musik- und Sportkurse. Man kann sich im Schulgarten nützlich machen oder mit Freuden Brettspiele und kleine Wettkampfspiele spielen. Jedes Wochenende findet außerdem ein Eldrion-Turnier statt. Diese Sportart vereint die Elemente von Kampfkunst, Magie und Teamstrategie. Jede Mannschaft besteht aus einem Team von acht Spielern, bestehend aus mindestens einem Krieger, einer Fee und einer Hexe, um die verschiedenen Fähigkeiten der Kreaturen zu nutzen. Die Schüler dürfen ihre Teams selbst bilden und sich zum Schuljahresbeginn beim Wettkampfmeister Garash anmelden. Er erstellt daraufhin einen Spielplan. Am Ende der Saison wird der Meister gekürt. Bei jedem Spiel treten zwei Teams gegeneinander an. Das Spielfeld ist eine langgezogene rautenförmige Arena. In der Mitte des Feldes schwebt ein Eldrith-Kristall, der von den Teams erobert werden muss. Ziel des Spiels ist es, den Eldrith in die gegnerische Kammer auf der anderen Seite des Spielfelds zu transportieren.

Die Krieger fungieren als Beschützer und Angreifer, nutzen ihre Stärke und Kampfkunst, um Gegner abzuwehren und Angriffe zu starten. Ihr Arsenal umfasst magische Waffen, die sie mit ihrer körperlichen Kraft kombinieren.

Die Feen bringen ihre Schnelligkeit und Flugfähigkeit ins Spiel. Sie sind ideal zum Ausweichen von Angriffen und können den Kristall mit Geschick und Wendigkeit bewegen. Zudem besitzen sie die Fähigkeit, temporäre magische Schutzschilde zu erschaffen und die Elemente für ihren Vorteil einzusetzen.

Die Hexen und Hexenmeister sind die Meister der strategischen Magie. Sie setzen Zauber ein, um das Spielfeld zu manipulieren, Gegner zu verwirren oder ihre eigenen Teammitglieder zu stärken. Ihre Zaubersprüche können das Terrain verändern, Illusionen herbeirufen oder gegnerische Spieler kurzfristig außer Gefecht setzen.

Das Spiel ist ein harter Wettkampf, bei dem Talent und Teamkoordination von größter Wichtigkeit sind. Jede Begegnung ist anders, da die magischen Möglichkeiten nahezu unbegrenzt sind und jedes Team seine eigenen Taktiken entwickelt, um das Spiel zu dominieren. Jedes Spiel ist anders und neu. Der Kreativität der Spieler sind keine Grenzen gesetzt. Außerdem ist es die einzige Möglichkeit, bei der Yaro den Einsatz der aktiven Kraft erlaubt.

Den Sommer haben die meisten Schüler aber am See verbracht. Die Zerstörung durch den Krieg im Land hat einen Damm gebrochen und die Wassermassen haben ihren Weg mitten in den Akademie-Graben gefunden. Vermutlich war hier früher bereits ein See, der zur Sicherheit der Schüler mit dem Damm einfach trocken gelegt wurde. Allerdings haben mit dem Wasser auch die Undinen wieder Einzug gefunden. Malia lauscht abends gern ihren Gesängen, die über die Wasseroberfläche hallen. Sie bilden die perfekte musikalische Untermalung zum nächtlichen Sternenhimmel.

Auch die Halloween Dekoration blieb bis vor einigen Tagen noch in der ganzen Akademie bestehen, es sah wunderbar herbstlich festlich aus. Doch bald steht der Winter vor der Tür und der Herbst wird im ganzen Land verabschiedet. Weil auch Yaro die Dekoration sehr gefallen hat, hat er entschieden, die Akademie in Zukunft zu jeder Jahreszeit entsprechend zu schmücken. Die kahlen Steinwände, die von Efeu und Hopfenranken überwuchert sind, dürfen gern etwas Abwechslung vertragen, meint er. Allerdings müssen künftig nicht mehr die Schüler die Dekorationen selbst basteln, sondern die Lehrer und Galumi werden - wie es sich für diese magische Welt gehört - die Schmückungen kurzerhand durch Zauberei vollziehen.

Am Morgen des Winterfestes ist Malia extra früh aufgestanden. Sie will als erste an diesem Tag noch morgens die Akademie verlassen und sich auf den Weg nach Albas machen. Luana und Loomy werden sie begleiten. Um keine Zeit zu verlieren, bringt Moose sie dorthin. Malia zieht sich warm an und packt ihre Tasche. In der hintersten Ecke ihres Schrankes - sie hat extra noch eine Decke, zwei Jacken und etliche Schuhe wild darüber geworfen, damit niemand auf die Idee kommt, unter dem Wäscheberg herumzustöbert - hat sie die kleine, weiß-goldene Schatulle versteckt, in der Nola Albas aufbewahrt hat. Vorsichtig nimmt sie das kostbare Stück und verstaut es, in ein Tuch eingewickelt, in ihrer Tasche. Sie schnappt sich eine Jacke und verlässt das Zimmer. Luana und Loomy warten in ihrem Zimmer bereits auf Malia. Die Mädchen versuchen sich unauffällig zu verhalten, schließlich haben sie ja eigentlich auch nichts Verbotenes vor. Am Tor hält sie der Wärter auf. Ein großer Mann mit kurzen, zotteligen Haaren und einer dicken Knollennase. Sein Rücken ist gekrümmt, seine Beine schlürfen über den Boden.

Wärter ~ "Wass wollt ihr denn sso früh sschon hier?" Er lispelt.

Luana ~ "Wir möchten auf das Winterfest."

Wärter ~ "Iss viel zzu früh!"

Loomy ~ "Wir dachten, wir gehen etwas früher und besorgen vorher noch neue Schulsachen."

Der Wärter zeigt auf Malias Tasche, die sie verdächtig nah an sich drückt.

Wärter ~ "Iss dir wohl wichtig, dass Ding, hm."

Malia ~ "Ja... ähm... wichtig... ja..."

Wärter ~ "Okee, aber passst auf euch auf, ne."

Mit seinen übergroßen Pranken betätigt er einen Hebel, als würde er nur eine Stecknadel in Bewegung setzen. Die großen Tore schwingen langsam auf und die Mädchen laufen vorsichtig und mit angehaltener Luft über die Schwelle. Sie haben die Akademie verlassen. Der Weg nach Folkocs ist weit zu Fuß, doch um keine Aufmerksamkeit zu erregen, haben sie Moose gebeten, sie an der Stadtmauer abzuholen. Malia sieht ihn bereits durch die Lüfte gleiten. Er beobachtet die Mädchen genau. Sein türkis, grün, blau und orangefarbenes Fell schimmert in hunderten von Farbkombinationen in der aufgehenden Morgensonne. Er macht sich bereit, fliegt langsam immer tiefer, bis er schließlich in einer Wiese vor dem Stadttor landet. Dort breitet er seine Flügel aus, als würde er sich sonnen. Als die Mädchen bei Moose ankommen, klettern sie vorsichtig auf seinen Rücken und verstecken sich in seinem dichten Winterfell. Niemand darf sie sehen, denn was sie vorhaben, könnte einige Bewohner verunsichern. Außerdem ist die Reise nach Albas für drei Teenager nicht ganz ungefährlich.

Malia erinnert sich noch gut an gellende Schreie, kratziges Gekreische, die Skorpione, die Käfer und die tote Landschaft dort. Die Galumi dürften die Natur zwar inzwischen wieder etwas aufgebaut haben, doch sicher fühlt sich Malia dennoch nicht. Die meisten Bewohner leben jetzt in Folkocs oder sind weiter weg gegangen. Es war kein Leben mehr in Albas möglich.

Moose fliegt hoch, damit niemand die drei Mädchen auf seinem Rücken erkennen kann. Er fliegt über die Schlucht, über die Berge hinweg. Der Ausblick ist atemberaubend. Malia hatte nie im Sinn, dass Rhimmard so groß ist. Sie sieht Berge, kleine Städte und im fernen Norden eine große bebaute Fläche mit hochgewachsenen Türmen. Für sie bestand Rhimmard immer nur aus Folkocs und der Akademie. Dass neben Folkos und Albas noch weitere Städte und Reiche existieren, war nicht ein einziger ihrer Gedanken. Unter ihnen eröffnet sich Albas. Noch immer tot, noch immer schwarz, noch immer ohne Leben. Als wären die Galumi niemals hier gewesen. Ein paar Sträucher sind gewachsen, Aloe Vera und Enzian Pflanzen, Latschenbüsche, alles, was keine großen Ansprüche auf Wasser und fruchtbaren Boden hat. Moose setzt die Mädchen ab. Er traut sich selbst nicht noch tiefer ins Tal zu fliegen. Wespen schwirren durch die Lüfte, solche, die Lisala im Kampf eingesetzt hat und Moose erinnert sich noch gut an ihre Angriffe. Die Mädchen verabschieden sich und Moose zieht sich auf einem der Berge zurück.

Malia ~ "Na gut, legen wir los. Wir müssen noch ein Stück weiter gehen."

Loomy ~ "Oh Gott, Malia, bist du dir sicher, dass uns nichts passieren wird?"

Malia ~ "Ich habe nie gesagt, dass uns nichts passieren wird."

Luana ~ "Wir schaffen das schon. Komm, Loomy, keine Angst."

Die Mädchen folgen dem Weg weiter ins Tal hinein. Der Pfad ist schmal und steinig. Wenn sie abrutschen, stürzen sie tief. Nur ein falscher Tritt würde genügen. Einige Wespen haben sie entdeckt und schwirren gefährlich nah um sie herum. Immer wieder müssen sie ihnen ausweichen. Unterhalb von ihnen wartet zusätzlich eine Horde Skorpione, die hungrig ihre Scheren klappern, bis nur eines der Mädchen abrutscht und sich als Futter anbietet. Bestimmt hatten sie schon viele Wochen keine saftige Mahlzeit mehr, denn das Land ist trocken und tot. Malia vermutet, dass auch die Galumi eine zu große Gefahr gesehen haben und deshalb die Neubesiedlung der Natur abgebrochen haben. Oder es war bereits zu spät, um noch einen einzigen Samen keimen zu lassen. Luana nimmt ihre Schwester an der Hand. Sie sprechen einen Schutzzauber, der sich wie eine Seifenblase um sie herum legt. Auch Malias Schutzamulett, das sie immer um den Hals trägt, leuchtet auf und versorgt den Schutzschild mit Energie. Die Wespen prallen ab und schleudern wie vom Blitz getroffen durch die Luft. Die Skorpione nähern sich bedrohlich. Sie sind ungeduldig und hungrig. Malia spürt selbst das Ziehen in ihren Mägen. Sie will ihnen befehlen, sie in Frieden zu lassen, doch die Skorpione protestieren laut. Es geht um ihr Leben. Einer von ihnen greift schließlich an. Loomy schlägt die Arme vor ihrem Gesicht zusammen. Sie kniet sich zu einer kleinen Kugel nieder und verschließt die Augen. Der Skorpion steht genau neben ihr und schlägt seinen giftigen Stachel über ihrem Kopf ein. Die Zauberblase hält ihn jedoch auf. Sein Stachel hat den Zauber zwar kurz durchbrochen, doch der Schutzmantel schließt sich so schnell wieder, dass es ihm den Dorn vom Schwanz trennt. Der Stachel fällt zu Boden und der Skorpion schreckt mit einem giftig kreischenden Schrei zurück. Sie flüchten. Der Dorn ist so groß wie eine Wassermelone. Keiner traut sich, ihn zu berühren, bis Luana ihn schließlich mit einem gezielten Tritt bergab kickt. Ein paar Meter weiter finden sie einen geeigneten Platz mit einem hohen, flachen Stein in der Mitte. Der ideale Ort, um die Schatulle zu öffnen. Malia holt vorsichtig den Klumpen Tuch aus ihrer Tasche, in dem das wertvolle Stück eingepackt ist. Behutsam wickelt sie das Tuch auf und stellt die Schatulle auf den Stein. Die Mädchen atmen tief ein. Der Moment ist gekommen. Sie wissen nicht, was passieren wird. Sie wissen nicht, welche Welt sich ihnen zeigen wird. Doch sie wissen, dass sie das größte Glück haben, diesen Moment gemeinsam zu erleben. Egal was kommen mag, sie sind nicht allein.

Auf alles gefasst, öffnet Malia langsam den Deckel der Schatulle. Hellblauer Nebel steigt heraus. Malia tritt einen Schritt zurück. Der Nebel fährt über den Stein hinab, streift über Wege und Felsen in alle Richtungen. Bei jedem Tier und bei jeder Pflanze, die er bedeckt, springen kleine Funken aus dem Nebel hervor. Ein kleines Feuerwerk legt sich über das Land. Im Kelch entlang wandert der Nebel bis hinab zum Dom, der am tiefsten Punkt des Landes steht. Eine Kuppel bildet sich über den schwarzen Türmen und ringsherum steigt Wasser zu einem tiefen, klaren See auf. Die zerfallenen Hütten der früheren Bewohner bauen sich wieder auf. Saftig grünes Gras wächst zwischen den toten Lavafelsen empor. Aus den Funken des Feuerwerks sprießen handgroße Schmetterlinge, Libellen, Grashüpfer und andere magische Tiere, die Malia noch nie zuvor gesehen hat. Die bösen Wespen, Skorpione und Zecken verwandeln sich in Huftiere mit großen schwarzen Knopfaugen und einer flammenden Mähne. Bären mit spitzen Ohren und Pflanzenkelchen auf dem Rücken grasen in der saftigen Wiese. Es ist ein Zauber, den sich Malia nicht hätte erträumen können. Ein kleiner Fluss plätschert an ihnen vorbei, den Hang hinab direkt in den See. Loomy springt hastig zur Seite, damit ihr das Wasser nicht direkt über die Füße fließt. Über den Boden, den Fluss und den See rollen sich Wege aus Ästen aus und es bilden sich schmale Holzbrücken. An einer Stelle fließt das türkisfarbene Wasser durch so viele große nebeneinander liegende Bombenlöcher, dass sich unzählige niedrige Wasserfälle bilden. Sanft fließt das Wasser von einem Tümpel in den nächsten, bis es schließlich in einen großen Fluss einmündet. Auch Moose sieht zu, wie die Idylle immer weiter wächst. Er schwebt über das Land, begutachtet alle Ecken. Die tote, schwarze Landschaft weicht satten Farben, grünen Wiesen, bunten Tieren und Pflanzen, einem türkisblauen See und dem glänzenden Strahl der Sonne. Schade, dass noch am selben Tag der Winter über das Land ziehen wird.

Ihr Auftrag ist erfüllt. Malia ist stolz. Ihr Lächeln breitet sich bis über beide Ohren aus. Sie versteht, weshalb Nola Lisala dieses Reich vorenthalten wollte. Lisala hätte alles Leben ausgelöscht und alles unwiderruflich zerstört. Ihr ein bereits totes Land vorzulegen, war die beste Entscheidung, die Nola treffen konnte.

Moose landet neben den Mädchen am Ufer des Sees. Der See ist so kristallklar, dass man den schwarzen Dom am Grund deutlich erkennen kann. Malia versucht nicht darüber nachzudenken, was sich darin noch alles befindet. Es ist gut, dass der Dom vom See umschlossen ist und niemand mehr diesen Schrecken zu Gesicht bekommen muss. Nun können sie vielleicht endlich mit Lisala und ihren grausamen Taten abschließen. Luana, Loomy und Malia steigen auf Mooses Rücken. Sie kehren zurück nach Folkocs. Es ist Zeit für das Winterfest.

Lyn Byn

Moose setzt die Mädchen am großen Stadttor ab. Der massive Eisenbogen ist mit gläsernen Schneeflocken geschmückt. Sie sind glücklich und ihre Mägen knurren. Malia will Karima aufsuchen und ihr berichten, dass Albas wieder zur ursprünglichen Natur zurückgefunden hat und dass die Bewohner, die zwischenzeitlich in Folkocs untergekommen sind, wieder in ihr Zuhause zurückkehren können. Es sind große Neuigkeiten. Sie spürt Stolz und ein Gefühl von Erfolg in ihr aufsteigen. Loomy ist von dem Erlebnis völlig aufgedreht. Sie spricht schnell und laut und wiederholt immer wieder, welche überwältigende Magie sie gesehen hat, als wären Malia und Luana nicht selbst dabei gewesen. Die Straßen sind voll, denn jeder macht sich auf den Weg zum Marktplatz. Sie sind genau zur richtigen Zeit in die Stadt zurückgekehrt. An einem der Stände holen sie sich einen Becher Heidelbeerlimonade und eine süße Mahlzeit: Teig, der in der Pfanne gebraten und mit Apfelmus, gemahlenem braunem Zucker und Zimt serviert wird. Sie brauchen eine Stärkung, bevor sie Karima suchen. An einem der Stehtische vor den Holzbuden stellen sie ihre Teller ab und genießen ihre Mehlspeise. Loomy kann immer noch nicht aufhören zu schwärmen, weshalb Luana ihr androht, ihre Lippen zu verschließen, dann könne sie weder essen noch sprechen. Nach dem Essen suchen sie Karima. Die Tische des Stadtkomitees befinden sich am anderen Ende des Marktplatzes. Sie müssen vorbei an Bastel- und Spielecken, Essenausgaben und Getränkeständen. Über dem Platz sind Girlanden aus getrockneten Blättern gespannt, die sich später in Schneeflocken verwandeln werden. In der Mitte des Platzes ist dieses Mal ein Zirkus in der Stadt, bei dem man Kunststücke und Tricks lernen kann. Geduldig schlängeln sie sich durch die Menge und sehen sich auf dem Platz um. Jedes Trimesterfest wird individuell vorbereitet, es gibt mit jedem Fest wieder Neues zu entdecken. Für die Kinder gibt es ein breites Angebot zum Basteln und Spielen, die Eltern sitzen meist zusammen und unterhalten sich bei einer Tasse Tee oder Ingwersaft. Die Verkaufsstände bieten viele selbstgemachte Spielsachen, Kleidung, selbst angebautes Obst und Gemüse oder selbst gebastelten Schmuck an. Es erinnert Malia immer an eine Mischung aus Wochenmarkt und Weihnachtsmarkt und bei jedem Fest gibt es eine Attraktion, wie dieses Mal den Zirkus. Am eindrucksvollsten fand Malia bisher die Eislaufbahn beim vergangenen Frühlingsfest. Sie hat ihr besonders gut gefallen.

Der Duft von Zimt und Lebkuchen steigt in ihre Nase und von der Bühne klingen die sanften Gesänge des Chors. Hier und da treffen sie auf Bekannte aus der Stadt und auf Mitschüler aus der Akademie und werden in kurze Gespräche verwickelt. Auch Rawo spricht Loomy an und zwirbelt dabei immer wieder ihre Haarspitzen um seinen Finger. Loomy kichert ununterbrochen wie ein kleines Kind. Wenn Rawo da ist, vergisst sie völlig, wer sie ist. Genervt unterbricht Luana die beiden und zieht Loomy mit, die ihr mit einem verträumten Blick folgt. Malia sieht sich aufmerksam in der Menge um, denn sie möchte auf keinen Fall auf Andira und Tris treffen, doch Tris scheint sie bereits vorher entdeckt zu haben und schneidet ihr den Weg ab.

Tris ~ "Malia..."

Malia ~ "Ich will nicht mit dir reden."

Tris ~ "Ich habe mich von Andira getrennt."

Ihr Herz bleibt stehen, doch sie will es sich nicht anmerken lassen.

Malia ~ "Das tut mir leid."

Tris ~ "Ich habe mich deinetwegen von ihr getrennt."

Malia ~ "Das wäre nicht nötig gewesen."

Tris ~ "Doch."

Luana ~ "Tris, was willst du? Sie will nicht mit dir reden, lass sie in Ruhe!"

Tris ~ "Du musst nicht für sie sprechen, Luana."

Malia ~ "Aber auf mich hörst du ja nicht!"

Tris ~ "Na, du hörst mir ja auch nicht zu."

Malia ~ "Weil es nichts zu sagen gibt. Weder für dich, noch für mich. Jetzt entschuldige mich."

Tris springt zur Seite, als Malia losstürmt und ihn beinahe umrempelt. Sie taucht in der Menge unter, die Zwillinge folgen ihr. Wie gern würde sie Tris verzeihen, doch das kann sie nicht. Jetzt nicht. Er wusste schon immer, was sie für ihn fühlt. Gefühlt hat. Es kann also nicht der Grund gewesen sein, weshalb er sich jetzt von Andira getrennt hat. Sie hat sich nicht in die Beziehung eingemischt. Seit sie davon wusste, hat sie sich zurückgezogen und von Andira und Tris ferngehalten. Sie trifft keine Schuld für die Trennung und er hat es nicht für sie getan. Was immer ihn dazu gebracht hat, der Grund liegt bei Tris und Andira. Malia entdeckt das blaue Haar von Karima nur einige Meter entfernt, doch kurz bevor sie sie erreichen kann, wird ihr Weg aufs Neue versperrt.

Andira ~ "Wo willst du hin?"

Malia ~ "Geh mir aus dem Weg."

Andira ~ "Wieso tust du mir das an?"

Malia ~ "Ich? Dir? Was hab ich dir denn angetan?"

Andira ~ "Deinetwegen ist er weg! Du und deine Schwester, ihr habt mir alles genommen!"

Malia ~ "Tris? Wenn du glaubst, dass ich etwas damit zu tun habe, dann irrst du dich. Ich habe nichts getan, ich will mit keinem von euch beiden etwas zu tun haben!"

Andira ~ "Du erträgst es nur nicht, dass ich glücklich bin."

Malia ~ "Ach bitte, wann warst du denn je glücklich?"

Andira ~ "Ich werde es dir heimzahlen. Du wirst dafür büßen!"

Malia ~ "Mach was du willst, aber lass mich in Ruhe! Und zieh aus meinem Haus aus!"

Andira ~ "Aus deinem Haus? Du meinst wohl das, was davon noch übrig ist."

Malia ~ "Was meinst du damit?"

Andira ~ "Nolas Haus war das einzige, das den Krieg überstanden hat, weißt du nicht mehr? Ein bisschen unfair, wenn du mich fragst?"

Malia ~ "Was redest du da? Was hast du getan?"

Andira zieht ein breites, böses Lächeln über ihre Lippen. Ihre Augen sind wie schwarzes Eis. Völlig ausdruckslos. Malia fährt es eiskalt durch ihre Gliedmaßen. Andira ist mächtig und in diesem Zustand vermutlich auch gefährlich. Was auch immer sie getan hat, es ist persönlich gegen Malia gerichtet. Sie will ihr Schaden zufügen, sie quälen. Malia fällt in einen Schock, einen Tunnel. In ihren Ohren klingelt es. Sie rennt los, drängt sich durch die Menge, sprintet durch die Gassen, die Steintreppe an der Stadtmauer hinunter. Über die Felder hinweg sieht sie bereits Andiras Drohung. Ein loderndes Feuer, das bereits Nolas gesamtes Haus verschluckt hat. Ein stummer Schrei fährt aus ihren Lungen. Sie hat keine Kraft, keine Stimme. Sie muss sofort zum Haus. Über die nassen Felder rennt sie auf das Feuer zu. Ihre Lunge brennt von der kalten Luft. Völlig gedankenlos rennt sie immer weiter. Die Zwillinge versuchen ihr zu folgen, doch sie kommen ihr kaum hinterher. Je näher sie dem Haus kommt, desto heißer wird es um sie herum. Altes Holz und Stroh knistern ist den Flammen und fliegen glühend um Malias Kopf. Sie kann nichts tun. Weinend bricht sie zusammen. Loomy und Luana versuchen mit ihrer Kraft die Flammen zu löschen, doch sie sind zu schwach. Karima und andere Mitglieder aus dem Komitee haben schnell erfahren, was passiert ist und eilen ebenfalls über die Felder. Sogar die Mächtigsten von ihnen schaffen es nicht, das Feuer zu löschen. Einige Galumi verursachen Regen, die Feen bewegen das Wasser des

Meeres über die Klippe zum Haus, Hexen versuchen es unter Sand und einer luftdichten Glocke zu ersticken. Das Feuer ist zu stark und bereits zu weit fortgeschritten. Es ist ein magisches Feuer, das nur Andira löschen kann. Verzweifelt muss Malia dabei zusehen, wie alles, was sie noch an Nola erinnert hat, zerstört wird. Ein weiterer Schmerz durchfährt sie und sie rennt um das Haus herum zu den Ställen. Sie muss wenigstens die Tiere befreien, wenn es nicht schon zu spät ist. Nolas Hühner und Schweine müssen in Sicherheit gebracht werden. Auch die schützende Trauerweide steht in Flammen, an der einst Nolas alte Schaukel hing. Als sie hinter dem Haus ankommt, stellt sie fest, dass die Ställe leer und die Gatter offen sind. War es eine letzte gute Tat von Andira oder konnten sie selbst fliehen? Es ist ihr egal. Die Tiere sind entkommen, mehr braucht sie nicht zu wissen. Traurig tritt sie zurück und setzt sich auf einen Baumstamm, der in sicherem Abstand in der Wiese liegt. Sie weint. Vor ihr stürzt das gesamte Dach in den Flammen ein, ringsherum blicken fassungslose Gesichter in die Flammen. So wehrlos hat sie sich noch nie zuvor gefühlt. Am Himmel bricht die Abenddämmerung herein. Einige Bewohner versuchen noch immer die Flammen zu löschen, doch jeder Versuch ist vergebens. Malia fühlt sich schwach. Luana und Loomy haben sie aufgesucht und setzten sich wortlos neben sie, um ihr beizustehen. Der Regen der Galumi wird leichter und plötzlich fallen Schneeflocken sanft vom schwarzblauen Himmel.

Ein klägliches Miauen weckt Malia aus ihrem Alptraum. Etwas streift um ihre Beine. Toffee konnte ebenfalls aus dem Haus entkommen und sucht nun bei Malia Schutz. Sie bückt sich und hebt den völlig entkräfteten Kater auf ihren Schoß.

Auf ihm krallt sich eine ebenso entkräftete kleine Fee fest, die schwarz vor Asche ist und vom Rauch hustet.

Malia ~ "Fili, was ist passiert? Geht es dir gut?"

Fili ~ "Sie ist böse, Malia. Du musst etwas tun. Sie ist durch und durch böse!"

Malia ~ "Ich hätte nicht gedacht, dass sie dazu fähig ist."

Luana ~ "Das hätte niemand gedacht. Sie war schlecht drauf, aber dass sie so weit gehen würde, hätte ich niemals erwartet. Es tut mir so leid."

Malia ~ "Wie hast du es da raus geschafft?"

Fili ~ "Ich bin Andira hinterher geflogen, bevor sie alles in die Luft gejagt hat. Ich wollte sie noch aufhalten, aber sie hat nicht auf mich gehört. Plötzlich hat alles gebrannt. Ich bin sofort zurückgeflogen und habe die Stalltore geöffnet. Dann bin ich ins Haus gegangen und habe Toffee befreit. Ich konnte mich gerade noch an ihm festhalten, er ist so schnell gerannt!"

Loomy ~ "Du bist wirklich die beste kleine Fee der Welt."

Fili ~ "Aber ich konnte das Haus nicht retten."

Malia ~ "Du hast das Wichtigste darin gerettet!"

Fili weint dicke Tränen. Sie hat sich auf Luanas Schoß gesetzt und klopft sich den Ruß von den Kleidern. Malia hält Toffee unterdessen ganz fest an sich gedrückt und krault ihn zwischen den Ohren. Das tiefe Schnurren des Katers beruhigt sie etwas.

Fili ~ "Aber wo wohnen wir denn jetzt?"

Luana ~ "Na, ihr kommt mit uns mit."

Loomy ~ "Genau, ihr wohnt bei uns in der Akademie."

Malia ~ "Ist das denn erlaubt?"

Luana ~ "Ist das hier erlaubt?" Sie zeigt auf das Feuer.

Die Mädchen stehen auf, stapfen über die verschneite Wiese, weg vom Feuer. Sie können nichts tun, sie können nur fliehen. Niemand spricht ein Wort, als sie den langen Weg zur Akademie auf sich nehmen. Ihre Füße sind kalt, ihre Kleider durchnässt. Sie können nicht fassen, was Andira getan hat, wozu sie im Stande ist. In der Stadt nimmt das Winterfest wie gewohnt seinen Lauf. Leise Musik klingt über das Land. Vom Himmel rieseln Schneeflocken und Asche. Je weiter sie gehen, desto kleiner wird das Feuer, bis das Haus schließlich vollständig niedergebrannt ist.

Das Byn

Malia hat Toffee in die Akademie geschmuggelt, was nach der Aufruhr um Nolas Haus leichter war als erwartet. Verängstigte Schüler stürmten durch die Tore der Akademie und der Wärter hat sie alle herein gewunken. Fili hat sich in der großen Kapuze von Loomys Winterjacke versteckt. Damit auch Pippa nichts bemerkt, wohnen Katze und Fee nun bei den Zwillingen. Ihr Zimmer ist sowieso größer und auch viel schöner. Malia ist alleine in ihr Zimmer gegangen, um das Atrium aufzusuchen. Sie muss ihren Ahnen Bericht erstatten und sucht ihren Rat. Ihre Gefühle sind in diesem Moment völlig tot. Sie fühlt nichts. Im Atrium findet sie zunächst keine Worte. Sie atmet einfach, sieht Nola in die Augen und versucht, ihre Tränen zurückzuhalten.

Nola ~ "Schon gut, Kind. Du trägst keine Schuld."

Malia ~ "Doch. Ich habe sie dort wohnen lassen. Ich habe sie allein gelassen. Sie hätte mich gebraucht."

Rosalie ~ "Malia, du hättest nichts daran ändern können. Du kannst ihr diese Wut und Trauer nicht nehmen. Sie muss es allein überwinden."

Malia ~ "Was soll ich jetzt tun?"

Nola ~ "Dein Zuhause ist in der Akademie. Danke, dass du Toffee aufgenommen hast. Dieser alte Kater kann doch nirgendwo anders hin."

Malia ~ "Er ist ja auch mein Kater, irgendwie. Ich habe ihn gern hier."

Emilia ~ "Malia, es ist wichtig, dass du jetzt genau zuhörst." Ihre Stimme klingt befehlerisch. "Du musst Andira verbannen. Sie ist eine Gefahr geworden, für euch alle. Sie hat sich nicht mehr unter Kontrolle und auch ihre Kräfte nicht mehr. Ihre Magie ist zu stark, als dass sie wild damit um sich peitschen sollte."

Malia ~ "Wie mache ich das?"

Valentia ~ "Bringe sie an einen Ort, den sie nicht mehr verlassen kann."

Malia - wieder einmal völlig verwirrt von Valentinas Worten ~ "Sie ist stärker als ich, wie soll ich sie irgendwohin bringen?"

Valentina ~ "Mit der einen Kraft, die nur du besitzt."

Malia taucht aus dem Spiegel zurück. Sie ist verzweifelt. Nachdem Andira ihr allen Rest genommen hat, muss sie sie nun auch noch bezwingen. Sie hält sich die Hände vor die Augen, in der Hoffnung, die Welt zumindest für kurze Zeit auszuschalten. Alles wächst ihr über den Kopf. Sie atmet tief ein und aus, reibt mit den Finger über ihre Lieder und über ihre Stirn hinweg. Der Schlag der zufallenden Zimmertür zieht sie aus ihren Gedanken. Pippa ist gekommen und eilt energisch auf Malia zu. Sie kniet sich vor Malia auf den Boden, die verzweifelt auf ihrem Bett sitzt und sich an der Wand anlehnt. In ihren Augen brennt ein Feuer und ihr Blick ist entschlossen. Dort sitzt sie, die Indianerkriegerin, die alle aus ihrem Kurs mit einem Schnipser zu Boden ringt. Das eine

Wesen, das vielleicht ebenso mächtig ist wie Andira. Malia spürt Pippas Ehrgeiz zu ihr überfließen. Ihre Energie ist mitreißend.

Pippa ~ "Mach sie fertig!"

Es sind die einzigen Worte, die voller Kraft aus ihrer Kehle dringen. Kein *Geht es dir gut?*, kein *Was ist passiert?*, nur *Mach sie fertig!* und diese Worte dringen so tief in Malias Seele ein, dass sie spürt, wie sich alle Kraft in ihr bündelt. Pippa hat recht. Sie kennen sich kaum, Malia hat sich nie groß darum bemüht, mit Pippa Freundschaft zu schließen, aber diese Kriegerin steht hinter ihr. Und so mächtig, wie sie Pippa in der Arena erlebt hat, so mächtig fühlt sie sich nun selbst. Malia kneift ihre Augen zusammen, richtet sich auf, rollt die Schultern zurück und nickt. Sie ist voller Tatendrang und voller Feuer, um Andira in die ewigen Jagdgründe zu schicken. Dieses verzogene Gör muss in die Schranken gewiesen werden und Malia wird dafür sorgen.

Sie sagt niemandem etwas. Wortlos verlässt sie ihr Zimmer, huscht am Schlafzimmer der Zwillinge vorbei und stürmt in den Innenhof. Es ist ihr egal, ob sie erwischt wird, es ist ihr egal, ob sie von der Akademie fliegt, jede Zelle in ihr ruft nach Moose. Binnen Sekunden eilt er zu ihr. Er hat geradeso Platz, um auf der mit Büschen und Bäumen voll gepflasterten Wiese im Inneren der Akademie zu landen. Sein Flügelschlag weht Malia fast davon. Sie rennt auf ihn zu, steigt auf seinen Rücken und noch bevor Moose vollständig gelandet ist, fliegt er wieder davon. Natürlich wurde Malia entdeckt, doch es hält sie nicht auf. Sie lässt Schüler, Lehrer und auch Yaro ohne Erklärung stehen. Es kümmert sie nicht und somit schickt sie Yaro auch keine Erklärung mit ihren Gedanken.

Sie hat sich abgeriegelt und alles um sie herum blockiert. Moose fliegt Malia zurück in die Stadt. Andira befindet sich noch auf dem Marktplatz, das kann sie spüren. Ihr Herz rast, doch jeder Schlag pumpt in diesem Moment noch mehr Mut und Kraft durch ihre Adern. Die kalte Winterluft weht um ihr Gesicht. Sie hat den Eindruck, als hätte Pippa ihr ein kleines bisschen ihrer Krieger-Mentalität übertragen, auch wenn sie weiß, dass es nicht möglich ist. Immer war sie so friedlich und strebte nach Harmonie und Ruhe. In diesem Moment wählt sie jedoch den Kampf. Ihr ganzer Körper ist angespannt. Moose landet auf dem Marktplatz. Besucher springen zur Seite und rennen davon, denn Moose fordert seinen Platz auf dem immer noch gut besuchten Fest ein. Malia steigt ab.

Malia ruft mit kräftiger Stimme Andiras Namen.

Andira ~ "Hast du noch nicht genug?"

Malia ~ "Ich habe noch gar nicht angefangen."

Andira ~ "Was willst du mir tun? Du bist schwach!"

Malia ~ "Ich will dir nichts tun. Ich will dir helfen."

Andira ~ "Ich brauche deine Hilfe nicht."

Malia ~ "Doch, die brauchst du."

Malia läuft auf Andira zu. Um sie herum bildet sich ein Kreis von Zuschauern. Jeder ist eingeschüchtert und dennoch so neugierig. Malia ist voll konzentriert. Sie hat keine aktive Kraft und wenn Andira zum Schlag ausholt, ist sie geliefert. Sie muss ihr einen Schritt voraus sein, ihre Gedanken lesen oder sogar kontrollieren. Doch gerade Andira hat sie bisher nie in ihren Kopf eindringen lassen. Sie muss alles geben - zumindest, um sie zurückzuhalten.

Andira ~ "Na, was ist dein Plan?"

Malia ~ "Ich will nur mit dir reden."

Andira ~ "Du bist lebensmüde. Und dumm."

Malia weiß, dass sie gegen Andira nicht kämpfen kann, doch tief in ihr vertraut sie darauf, dass Andira ihr nichts tun wird. Wie groß ihr Hass auch ist, Andira ist ihre Freundin. Hofft sie. Malia tritt immer näher. Ihre Konzentration ist so sehr gebündelt und bereit wie eine geschüttelte Flasche Coca Cola. Andira ist gespannt. Malia spricht nicht mehr mit ihr. Sie sieht gebannt in die dunklen Augen und Malia erkennt an ihrem breiten Lächeln, dass Andira ebenso bereit ist zu kämpfen. Andira hebt ihre Hand höher, je näher Malia kommt. Es ist eine klare Drohung. In Andiras Handfläche sammeln sich schwarze Blitze. Es werden mehr und sie werden kräftiger. Malia muss sich beeilen. Plötzlich wird Andiras Hand von einem gelben Blitz getroffen, der wohl von einem der Bürger am Rand abgefeuert wurde. Andira ist in diesem Moment so entsetzt, dass Malia sich mit einem kräftigen Satz auf sie wirft und sie überwältigt. Malia umklammert Andira fest und schließt ihre Augen. Die weißen Wattebälle der Felder in Nybula fangen sie auf. Malia öffnet ihren Klammergriff.

Andira ~ "Wo sind wir? Was hast du getan?" Sie will ihre Kräfte gegen Malia abfeuern, doch in dieser Welt ist sie machtlos.

Malia ~ "Wir sind in Nybula."

Andira ~ "Bring mich auf der Stelle zurück!"

Malia ~ "Nein. Du musst hier bleiben. Andira, du drehst völlig durch! Du bist nicht mehr du selbst."

Andira ~ "Woher willst du das wissen? Du kennst mich nicht."

Malia ~ "Ich kenne dich. Du bist meine beste Freundin. Doch du hast dich verändert und ich weis nicht, wieso. Du bist in Trauer, das verstehe ich..."

Andira ~ "...halt die Klappe."

Malia ~ "...wir alle haben Verluste erlebt, Andira. Du bist nicht die einzige. Aber du bist die einzige, die sich deshalb Vorwürfe macht. Wärst du nicht gewesen, wären noch viel mehr gestorben, aber das reicht dir nicht. Du scheinst dir jeden einzelnen Tot auf deine Rechnung zu schreiben."

Andira ~ "Nein, ich schreibe sie auf Aries Rechnung!"

Malia ~ "Weil sie deine Zimmernachbarin war und du sie nicht durchschaut hast? Wie hätte dir das gelingen sollen? Lisala war tückisch."

Andira antwortet ihr nicht.

Malia ~ "Als wir uns das erste Mal getroffen haben, dachte ich, ich teile mir mein Zimmer mit einem depressiven, mürrischen, kalten Mädchen. Je besser ich dich kennenlernen durfte, desto mehr habe ich deine Maske durchschaut und entdeckt, dass hinter deiner Fassade eine starke, loyale

Freundin steckt. Du bist mir die wichtigste Person in Rhimmard geworden. Ich hätte dich gern durch diese schwere Zeit begleitet."

Andira ~ "Ja und genau aus diesem Grund bist du sofort zurück zur Akademie geflüchtet und hast mich mit Nolas Viechern allein gelassen."

Malia ~ "Du hast recht, es tut mir leid. Ich dachte, es würde dir guttun. Doch ich habe mich geirrt und du hast dich in deine Wutspirale so tief einsaugen lassen, bis du völlig verrückt geworden bist. Und deshalb wirst du nun hier bleiben. Bis du wieder bei Verstand bist."

Andira ~ "Das glaubst nur du. Ich werde entkommen. Ich bin stärker als du."

Malia ~ "Mag sein. Aber jetzt gerade, habe ich dich besiegt. Machs gut."

Malia verschwindet. Sie lässt Andira allein in Nybula zurück. Nicht einmal Maylo war dort, um Andira Gesellschaft zu leisten. Sie ist gefangen in den Weiten der gleich aussehenden Wege und Wiesen und im besten Fall wird sie noch von einer der riesigen Schnecken auf dem Boden fest geschleimt. Malias Plan hat funktioniert. Sie konnte Andira überlisten und ihre Seele aus ihrem Körper heraus in eine andere Welt mitreißen. Sie war sich nicht sicher, ob es funktionieren würde, umso erfreuter ist sie, dass ihr Plan erfolgreich war.

Als Malia ihre Augen öffnet, liegt sie auf dem kalten, verschneiten Boden des Marktplatzes. Schneeflocken landen auf ihrem Gesicht. Neben ihr liegt Andiras regungsloser Körper. Karima beugt sich über Malia und streckt ihr eine Hand entgegen, um ihr aufzuhelfen. Jubeln und Klatschen dröhnen dumpf in ihren Ohren. Karima nickt ihr lächelnd zu. Was sie getan hat, war richtig. Malia begreift noch nicht, was sie eben vollbracht hat. Sie braucht einige Minuten, bis ihr klar wird, dass sie Andira tatsächlich besiegt hat. Zumindest vorerst.

Karima ~ "Wir müssen ihren Körper hier wegbringen."

Es sind die ersten Worte, die Malia wieder bewusst hören kann. Malia weis nicht, wie lange Andira in Nybula bleiben wird, ob ihr Zauber irgendwann zu Ende geht, oder ob sie nicht doch einen Weg finden wird zu fliehen. Malia will auch lieber nicht darüber nachdenken. Andiras Körper muss verwahrt werden.

Karima ~ "Wir kümmern uns darum. Komm, Malia. Ich helfe dir."

Malia ~ "Wir können sie nach Albas bringen!"

Ihr fällt ein, dass sie Karima noch nicht erzählt hat, dass sie die Schatulle geöffnet hat. Die Worte sprudeln nur so aus ihr heraus. Sie erzählt Karima, dass Nola Albas in einer Schatulle aufbewahrt hat, dass sie die Schatulle in Nybula versteckt hielt, dass Malia in Nybula war, um die Schatulle zu holen und dass sie sie mit Hilfe von Loomy und Luana dann in Albas geöffnet hat. Sie erzählt ihr von der traumhaften Natur, die sie befreit hat und von dem schwarzen Dom, der jetzt auf dem Grund des Sees verborgen liegt. Dort will sie Andiras Körper in Sicherheit bringen.

Karima ~ "Das ist eine ganz fabelhafte Idee! Was für ein aufregendes Winterfest."

Karima hebt Andiras Körper mit der Kraft ihrer Magie in die Luft und sie verlassen den Marktplatz. Der Weg nach Albas ist dunkel und trostlos. Malia hätte nicht gedacht, den weiten Weg dorthin erneut laufen zu müssen. Sie ist erschöpft, müde und ausgelaugt. In der Ferne sieht Malia die noch immer im Schnee funkelnde schwarz-rote Glut von Nolas niedergebranntem Haus. Schritt für Schritt kämpft sie sich durch den frischen Schnee hinter Karima her. Sie sprechen kein Wort, denn Malia weis nicht, was sie sagen soll. Ihr ist nicht danach, sich zu unterhalten, denn sie versucht noch immer zu begreifen, was an diesem Tag alles geschehen ist. Im Schein des Mondes leuchtet der Schnee und erhellt die Dunkelheit zumindest ein bisschen. Malia hört nur das Knirschen des Schnees unter ihrer Sohle.

Es ist bereits nach Mitternacht, als Malia und Karima in Albas eintreffen. Der Winter ist auch dort bereits eingetroffen und verleiht der ohnehin schon überwältigenden Gegend einen glitzernden Schimmer. Die Wasseroberfläche des Sees hat an einigen flachen Stellen bereits begonnen zu gefrieren, deshalb war es wichtig, dass sie sich sofort auf den Weg machten. Sie stehen am Ufer.

Malia ~ "Wie kommen wir in den Dom?"

Karima ~ "Ich möchte dir eine Besonderheit erzählen, die manchen Geschöpfen in Rhimmard zuteil wird. Du weißt, es gibt Hexen, die magische Tränke und Zaubersprüche beherrschen. Es gibt Krieger, die übermäßige Kräfte und Kondition besitzen. Es gibt Feen, die fliegen können und die die Elemente beherrschen. Es gibt Seher, die Gedanken lesen und kontrollieren können, in Vergangenheit und Zukunft blicken und die sich projizieren können. Und es gibt Geschöpfe, die Hybriden aus zwei oder sogar mehreren Kräften sind - wie ich. Ich bin eine Fee und zugleich eine Hexe. Denk bitte einmal in deiner Zeit hier zurück. Hast du jemals eine andere Kraft ausgeübt als die Deine?"

Malia denkt angestrengt nach ~ "Naja, nicht absichtlich."

Karima ~ "Das macht nichts. Nola hat mir erzählt, wie sie beobachtet hat, dass du an der Klippe die Wellen mit deiner Willenskraft bewegen konntest."

Malia ~ "Ja, da konnte ich aber meine eigenen Kräfte noch nicht gut anwenden. Ich wusste gar nicht, was ich da tat."

Karima ~ "Ich möchte, dass du dich konzentrierst und uns einen Weg zum Dom errichtest. Nach allem was ich heute von dir gesehen habe, bin ich sicher, dass du das schaffst."

Malia fühlt kaum noch Kraft in ihr, um aufrecht zu stehen, und nun fordert Karima sie auf, eine neue, unbekannte Kraft zu testen? Sie wird es versuchen, doch sie hat wenig Hoffnung. Malia zieht ihre Schuhe aus und stellt sie beiseite. Ihre Füße tunkt sie bis zum Knöchel in das eiskalte Wasser des Sees. Ein lautes Gähnen fährt versehentlich aus ihrer Lunge. Sie holt tief Luft, atmet aus und prustet dabei die Luft so stark zwischen ihren Lippen aus, dass sich das Wasser vor ihr zur Seite auftut. Ein schmaler Weg bildet sich zwischen meterhohen Wänden aus stechend kaltem Eiswasser. Er führt direkt zum Dom.

Karima ~ "Beeindruckend."

Malia ~ "Wir müssen uns beeilen. Ich bin müde."

Der Weg zum Dom ist steinig und glatt. Vorsichtig treten sie über die Felsen. Andira hängt immer noch bewusstlos in der Schwebe. Im Wasser neben ihr schwimmen Fische und Schildkröten mit langem Schweif umher. Hier und da bricht etwas Wasser wie ein Ziegelstein aus der Wand heraus und platscht auf den Boden. Malia und Karima beeilen sich. Ihr Zauber über das Wasser hält gerade lange genug an, bis sie den Dom betreten. Unmittelbar beim Betreten durch das schwere Eingangstor brechen die Wassermassen hinter ihnen zusammen. Malia holt noch ein letztes Mal tief Luft, um den gesamten Dom mit Luft zu füllen und das hereinbrechende Wasser sofort wieder zu verdrängen. Im Inneren sind sie sicher. Sie suchen einen geeigneten Raum am tiefsten Punkt, tief im Keller neben den Kerkern. Malia möchte jedoch nicht, dass Andira bei Toten und Gequälten Seelen aufbewahrt wird, deshalb sucht sie besonders aufmerksam nach einem sicheren, aber schönen Ort. In einem Zimmer, nicht ganz so tief verborgen wie sie erhofft hatte, wird sie fündig. Darin steht ein einfaches Bett aus geschnitztem Ebenholz, ein Schrank, eine Truhe und ein Spiegeltisch mit filigranem Muster. Es ist der ideale Platz. Karima legt Andiras schwachen, schlafenden Körper ab und deckt ihn zu. Es ist geschafft. Malia hält ihre Hand, um sich zu verabschieden. Sie entschuldigt sich leise bei ihr.

Karima bringt Malia zurück zur Akademie. Malia hat an diesem Tag mehr geleistet, als Karima je von ihr erwartet hätte. Malia umklammert Karima fest. Zusammen schießen sie wie ein Pfeil aus dem Wasser empor. Karima breitet ihre majestätischen Flügel aus und fliegt mit Malia über das Land. Malia ist traurig. Noch vor einigen Stunden war sie so stolz auf sich und nun liegt ihre ganze Welt in Trümmern. Das einzige, was sie jetzt noch will, ist schlafen. Hoch oben überblickt Malia das gesamte Reich Albas', hinter den Bergen flackern die Lichter der Stadt Folkocs, wo noch immer der Winter gefeiert wird, unweit daneben die Trümmer von Nolas Haus. Der Mond schimmert im weiten Ozean.

Karima setzt Malia auf einem der Türme der Akademie ab.

Karima ~ "Du kannst stolz auf dich sein, Malia. Trotz allem, was du heute erleben musstest. Und keine Sorge, ich werde mit Yaro sprechen, damit dein Kater und Fili bei dir bleiben dürfen."

Karima zwinkert und Malia muss schmunzeln. Ihr entgeht wirklich nichts.

Malia ~ "Danke. Karima, ich glaube ich möchte kein Mitglied des Stadtkomitees sein. "

Karima ~ "Das musst du nicht. Ich verstehe es. "

Müde, aber schlussendlich froh darüber, endlich zurück zu sein, schlurft Malia durch das Gemäuer zu den Schlafzimmern. Die Flure sind leer. Sie klopft kräftig an die Tür mit der goldenen Ziffer 189 darauf. Luana öffnet umgehend die Tür. Die Zwillinge sind noch wach. Sie sprechen kein Wort. Loomy sitzt auf ihrem Bett und streichelt Toffee, der sich zu einem schlafenden Wollknäuel zusammengerollt hat. Fili schwebt durch den Raum. Anspannung liegt in der Luft. Sie sehen Malia sofort an, dass noch mehr vorgefallen ist. Dass sie nicht die letzten Stunden in ihrem Zimmer verbracht hat. Sie wissen Bescheid.

Malia ~ "Es ist vorbei. Andira ist verbannt."

Mit diesen Worten fällt alle Anspannung von ihr ab. Sie erkennt es selbst. Es ist vorbei.

FORTSETZUNG

Khimmard

Ruf der Sirenen